JN035870

講談社文庫

マーダーズ

長浦 京

講談社

目次

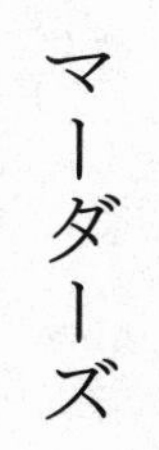
マーダーズ

序

なぜだろう。

あのとき私は、村尾（むらお）さんだけを見ていた。

灰色の髪、奥二重の細い目、無精髭（ぶしょうひげ）で覆われた頬……枯木のように痩せた体の上に載った、表情の乏しい仮面のような顔をずっと眺めていた。

たぶん、他のどこにも視線を向けられなかったのだと思う。

そう、私は怖かった。覚悟していたはずなのに全身が震え、その震えが恥ずかしくて、無理に笑おうとしていた。

あの状況に怯えたんじゃない。

これから自分のはじめようとしていることが、あまりにやましくて、卑劣で、実行のときが近づくにつれ、湧き上がってきた迷いと後悔に押しつぶされそうになっていた。

——決心はついていたはずなのに。

動揺に気づいた村尾さんは私に笑いかけてきた。

はじめて見る彼の笑顔。右手にナイフを握り、左足であの男を踏みつけながら、小さく二度三度と頷いてくれた。

口元を歪めただけの下手な作り笑いが、どこか愛らしくて、どうしようもなく物悲しくて、私も引きつった笑顔を返す。

そんな私たちを、裸同然で縛られたあの男は、床にひれ伏しながら恫喝してきた。

「すぐに来る。おまえたちも殺される」

共犯者がいるような口ぶり。でも、うそだとわかっている。下から睨むこの男、伊佐山秀雄に狂った愉しみを共有する仲間はいない。

すべて調べてある。

はじめ村尾さんは「知る必要はないよ」といった。奴の名前なんて覚えなくていい。害虫を駆除するように、ただ不快な存在を消すつもりでいればいいと。

でも、私は知りたがった。自分を強くするために名前を聞き、進んで捜査にも協力し、人となりや生活を探った。

伊佐山はこの大きな一戸建てに、ひとりで暮らしている。

表向きは妻も子供もいない。五十八歳になった今も、病的な潔癖を装い、自分のテリトリーに恋人や親族が立ち入ることを拒み続けていた。

最近三ヵ月で自宅を囲む高い塀の内側に招き入れたのは、お気に入りの七十過ぎの庭師と、片言の日本語しか使えないフィリピン人のハウスキーパー、そして被害者たちだけだった。

伊佐山は二十七年の間に十人の女性を自宅に誘拐した。

趣味に合わなかった三人は殺して捨て、あとの七人を長期にわたって監禁、虐待してきた。ペットが死んで新たな一匹を飼うように、被害者が自殺や病死するたび、新たに一人を捕らえ補充し、支配した。警察には知られていない。家族や友人も知らない。世の中の誰にも気づかれることなく罪を重ね、被害女性たちの存在を葬ってきた。

十四年前、車の目撃情報から一度だけ事情聴取を受けたものの、犯行につながる証拠は出ず、アリバイも立証され、すぐに容疑者リストから外されている。

広いリビングの奥、閉ざされた扉の向こうから、モールス信号のように壁を蹴る音が漏れてくる。外の異変に気づいたのだろう。

「出してください」「助けて」一番新しい十人目の被害者の声がかすかに聞こえる。

監禁されているのは、東京都武蔵野市に住んでいた十九歳の女性。

一ヵ月前、雨の降る十二月はじめの午後。バイトに行くと友人に告げて文京区内の女子大を出たあと、行方不明になった。その夜に同居している両親から行方不明者届が出されている。六日前から警察は公開捜査に切り替え、日本中に彼女の名前と写真が報道された。

「番号は？」

村尾さんが踏みつけている伊佐山にいった。樫の扉に三重につけられたダイヤル式の南京錠を外す数字を訊いている。

伊佐山はいわない。口を閉じたまま首を横に振った。

村尾さんは身をかがめ、ゆっくりとナイフを振り下ろした。脱毛された小麦色の尻に刃先が埋まり、血が染み出す。急所は避けているので致命傷にはならない。

伊佐山は痛みで叫び、暴れた。

しかし、どんなに大声を張り上げても、堅牢な防音構造のおかげで家の外に漏れることはない。この男の犠牲になった女性たちの悲鳴が、誰にも届かなかったように。

村尾さんは続いてふくらはぎと背中を刺した。伊佐山がようやく数字をいうと、視線を上げ、私にまたあの笑顔を見せた。

ジャケットの内ポケットに左手を入れ、封筒を差し出す。血のついた手に握られた白い封筒は赤く染まっていた。

行きなさいという合図。私の仕事はここまで、そういう約束だった。

「あの刑事か」伊佐山が目を見開いた。

ようやく気づいたらしい。私にも目を向け、「娘か」とつぶやく。「違うな。愛人？　その肌の色、外国人？　ハーフか」痛みに顔を歪めながら、声だけで無理に笑っている。

「口を閉じろ」村尾さんが警告する。

伊佐山は閉じない。「贖罪のつもりか。馬鹿」逆に挑発した。

「黙れ」村尾さんがまたいった。それでも黙らない。

「思い上がりで、俺を逃がした事実は変えられない」白い歯を見せた。「おまえの目の前で誘拐された女も、今は土の下だよ」

伊佐山の薄い髪を村尾さんが摑んだ。引っぱり、上を向かせると、ナイフの柄を鼻の上に激しく振り下ろした。

鼻血を吹き出した伊佐山が大きく口を開ける。その口に丸めた奴のパンツをねじ込み、蓋をするようにタオルで縛って黙らせた。

村尾さんは私を見て頷くと、朦朧とした伊佐山を引きずりはじめた。自由を奪われた初老の男の体が、絨毯の上をずるずると滑ってゆく。リビングの先、女性の声の漏れてくる部屋に向かって血のラインが描かれる。

私は黒檀のテーブルに置いたバッグを取り、血で汚れた封筒を入れると、玄関に向かった。涙がこぼれそうになったけれど、泣いている余裕はない。両手をぎゅっと握り、やり残したことがないかもう一度考える。

素手で触れたところは残らず拭き取った。この家の警報装置も切ってある。監視カメラの電源は壊した。画像データの入ったメモリーカードは予備も含めすべて抜き取り、バッグに入れた。薄いストッキングを穿いた足裏の足紋が気になったけれど、村尾さんが消してくれる。

ああ、そうだ。少し戻ってベージュのコートを拾い、袖を通した。

いつも通りにしているつもりでも、やっぱり普通じゃない。落ち着かなきゃ。でも胸の鼓動は激しく、首を伝わり頭にまで響いてくる。トクトクトク。鎮まらない。落ち着けないのなら、いっそ緊張していることに慣れてしまおう。

うしろで伊佐山がまた呻いた。

壊れたアンティークのおしゃべり人形のように、縛られたタオルの下で叫び続けている。声を出さずにはいられないのだろう。沈黙は死の恐怖を増長させる。

村尾さんは伊佐山をもう少しだけ生かしておくつもりだ。この男には、それがふさわしい。苦しんで苦しんで、悔しさに身をよじりながら息絶えればいい。

そう、私は人の死を恐れていない。悪人は苦悶の中で死ぬべきだ……無理に思い込もうとしたけれど、唇の震えが止まらない。

——死にも殺人にも、もっと慣れないと。

玄関を出ると、ガレージに回った。

高級車の脇を通り、シャッターの横の扉を開いて外を窺う。一月の第一週、年末年始の休みが明けたばかりの平日の昼。人通りはない。

よく知らない町を、記憶した道順を頼りに駅へと急ぐ。

早足で歩きながら静かに息を吐いた。あの家で体に入れてしまったものを出し切るように、もう一度大きく吐いた。白く広がる息が、目に焼きついていた血の赤色を薄めてゆく。自分の茶色い瞳と肌が目立たぬよう、マフラーを巻き、眼鏡をかけた。カツカツカツ。アスファルトを蹴るヒールの音がどんどん速まり、いつしか胸の鼓動の速さを追い越していた。


「早いのね」

自宅に戻ると母にいわれた。

「初日だもん。挨拶だけで仕事ないし」会社を休んだことも、休んで何をしていたのかも、もちろん教えていない。伊佐山の家を出たあと、村尾さんが作業場に使っていた貸し倉庫に立ち寄り、約束の品物を回収してから銀座で時間を潰していた。

「玲ちゃんも着ればよかったのに」母がいった。ニュース番組の画面に、晴れ着で出社する女性社員が映っている。

「今どき晴れ着出社なんて。笑われるよ」

「おかしくないわよ。みんな褒めてくれる」

「二十五にもなって恥ずかしい」

母は和服を着せたがる。とてもきれいだと親バカぶりを発揮してはしゃぐ。でも、私は嫌いだ。ひと目でハーフとわかる自分の顔立ちが、よけい目立ってしまう。

血のつながらない私を、母は誰より愛してくれている。私にとっても母は大切な人。一番失いたくない人。でも、この気持ちが家族へ向ける愛なのかどうかわからない。いや、本当はわかっている――これは感謝で、純粋な愛とは違うものだと。

「速報です」テレビのキャスターがいった。

画面に白い家が映し出された。私がいたあの場所。

カメラに囲まれた大きな門がライトに照らされ、監禁されていた女子大生が保護されたと伝えている。

「見つかってよかったけど」母がいった。「犯人も刺されたんだって」

テレビのナレーションが、誘拐監禁の容疑者が侵入者に刺され、その侵入者自身の119番通報により病院に運び込まれたと説明した。容疑者は心肺停止の状態らしい。

トクトクトク。心臓が鳴りはじめた。ヒーターで暖まったリビングが急に居心地悪くなり、洗面所へ足を向けた。

手を洗い、クレンジングでメイクを落とす。

「お父さんも早いって。一緒に食べるよね」母が遠くから訊いてくる。

「うん」顔をタオルで覆いながらいった。

ケチャップとナツメグの匂いがする。夕飯は母お得意のロールキャベツ。ほっとするはずの香りが、よけいに鼓動を速める。逃げるように二階に上がった。

自分の部屋のドアを閉めると同時に、テレビをつけ、ボリュームを下げる。

ニュースに村尾さんの顔写真とテロップが流れた。

〔無職　村尾邦宏（くにひろ）　六十二歳〕

二ヵ月前まで勤めていた警備会社が提供したのだろう。会社の身分証と同じものだ。過去に都内両国（りょうごく）署の刑事だったという経歴と併せ、女子大生失踪を独自に捜査し、彼女を監禁していた男を捕えるため伊佐山宅に侵入したようだとアナウンサーが伝えていく。

伊佐山秀雄の顔写真も映った。

ついさっき死亡が確認されたという。伊佐山が有名な精密切削加工機器メーカーの筆頭株主で、父親の遺した三つの特許により会社は安定した収益を上げているとナレーションが流れた。資産家としてだけでなく、タレントや芸能プロダクション社長と交友があることでも知られていた。

アナウンサーは村尾さんの犯行について「侵入」「殺傷」「逮捕」とくり返しているが、

監禁されていた女性を「救出した」とはいわなかった。村尾さんと伊佐山が誘拐監禁の共犯で、仲間割れをした可能性を疑っているようだ。

携帯でインターネットのニュース記事も見た。あの現場に、村尾さん、伊佐山、監禁されていた女性以外の人間がいたことは書かれていない。

——村尾さんは約束を守ってくれた。

信じてはいたけれど、あらためて胸が熱くなった。どうしても我慢できなくなってすすり泣いた。「さようなら」小さく声に出してみる。もう二度とあの人に会うことはない。

ドレッサーの鏡を見て、自分を奮い立たせる。

ここから先はすべてひとりでやらなければ。誰も助けてはくれないし、誰に頼るつもりもない。だって誰かに知られたら、そこですべて終わってしまうから。

鼓動は変わらず速い。落ち着けないのなら、緊張していることに早く慣れてしまわないと。この先、終わりなく続くであろう緊張に。

テレビを消し、ベッドに座り、村尾さんから譲り受けた紙袋に手を入れる。

大きな封筒がふたつ。これから私が接触しなければならない男と女の経歴が、それぞれに入っていた。

私の願いを聞いて、村尾さんがこのふたりを選び出してくれた。ただし、選ばれたことを本人たちは知らない。

村尾さんは多くの未解決事件を追い、捜査を続ける中で、警察の気づいていないいくつもの証拠を見つけ出した。その証拠を私が遺産として引き継ぐ。

まずこのふたりがどんな人間か、時間をかけて探ろう。そして、どうやって接点を作るか考えなければ。

私自身が罪人になろうとも、誰かを犠牲にしようともかまわない。

——何があっても、私は消えたままの時間を取り戻す。

1

五月の第二週、金曜。午後九時、渋谷。

スペイン風バルの低く暗い天井に笑い声が響く。

「あんたが悪いんだよ」

阿久津清春(あくつきよはる)の目の前、テーブルを挟んで座る眼鏡の女がいった。

「しかもぜんぜん自覚ないし」

隣の小太りの女も電子タバコのスイッチを入れながらいった。

二人は会社の先輩で、いつまでも新しい彼女ができないことをからかわれていた。清春のほうも小馬鹿にされるのを嫌がるでもなく、にやけ顔で言い訳をくり返している。

「でも俺なりに――」

「ぜんぜん努力してないって」

言葉を遮られた。

「仕事は無難にやってるけど、それ以外の普段の生活全部に手抜いてる感じ」

「覇気がない、頼りない。結婚生活への希望も見えない」

「説教ですか」小声でいった。

「黙って聞く！」二人揃ってテーブルを叩き、口を尖らせる。

清春は下を向いて笑った。自然と口元が緩んでしまう。こういう馬鹿ばかしい時間を過ごすのは嫌いじゃない。

バンケット用の個室には、総合商社日葵明和のプロジェクト開発本部アジア・インフラセクション八課に所属する二十七人全員がいる。

課長の田乃上が「俺の葬式だって揃わない」と冗談めかしていったが、たぶん間違っていない。課所属の二十七人は常に国内外を飛び回っている。仕事に関係のない社外の集まりで、ひとりも欠けず顔を揃えているのを見るのは、清春も入社以来はじめてだった。

「はい、集まってください」後輩がいった。

テーブルに置かれたタブレットの前に、集合写真を撮るように二十七人が並ぶ。画面にカップルが映ったと同時に、「フェリシダーデス」とスペイン語で祝福を送った。

『ありがとうございます』タブレットに映った男女が頭を下げる。

画面の向こうは時差マイナス十四時間のメキシコ。ふたりからの結婚報告を聞くため、今夜ここに集まった。

男性は日葵明和の同じ課に勤務していた元社員で、四年前に退社、メキシコ現地にアジア向けの食品加工品会社を設立した。隣の中国系の女性は新婚の妻で、妊娠五ヵ月だという。

『おまえも早くしろよ』メキシコから新郎が話しかけてくる。

自分のことだと気づかずにいた清春は、うしろから眼鏡の先輩に肩を突かれた。

『相手見つけないとヤバいぞ』

「まだ二十八ですよ」

『おまえみたいなグズは、その気になってから入籍まで五年はかかるんだよ。それも運良く見つかったらだ。四十近くなって慌てても遅えからな。赴任先でヤケになって、現地の女と遊ぶつもりが逃げらんなくなって、向こうの親族丸抱えで一生面倒見させられるぞ』

「いやまさか」自覚なくおどける清春を全員が笑う。

『So sorry, You've got the sort of face that suggests trouble with women.（ごめんなさい。あなたの顔に女難の相が見えます）』

新妻からもいわれ、響くような大声でまた皆に笑われた。

一時間後、清春は店を出た。

　ほぼ全員が二次会の店へ流れてゆく中、ひとり道の反対側へ足を向ける。

「行かないのか」田乃上課長に訊かれた。

「明日も出ます。もう一度リハーサルしておきたいんです」

　週明けの月曜には、執行担当重役向けの社内プレゼンが控えている。

「無理するなよ」

　誰も引き止めず、笑顔で手を振った。清春も頭を下げ、歩き出した。

　正式な情報公開は一年先だが、清春の所属するアジア・インフラセクションは今、マレー半島に国境を越えた高速鉄道を開通させる官民一体のプロジェクトに参加し、中国の企業複合体と密かに受注権獲得を争っていた。成功すれば、送配電を含む鉄道路線全体の電気設備を販売、設置、保守点検することになっている。清春自身も八ヵ月後の来年一月には、タイに赴任することが決まっていた。

　仕事は厳しい。社内外を問わず激しい競争を強いられ、勝ち抜けなければ容赦なく関連会社へ出向となる。敗者は定年まで意に沿わない仕事を続けるか、辞めるしかない。

　だが、やりがいは十分あった。衛星軌道からも見える、歴史に残る建造物を生み出していく興奮を味わえる。地球規模で人と経済を動かす壮大さも感じられる。

　かすかに風の吹く暖かい夜。

通りには人が溢れ、いつもの金曜の夜と変わらず、騒がしく埃っぽい。

それでも心地よかった。もう少し歩きたくなって、清春は渋谷駅に向かわず、宮下公園の横で明治通りを渡った。

小さなブランドショップの並ぶ裏通りを進む。ほとんどの店はすでに閉まっている。目指していた地下鉄表参道駅も通り越し、路地裏へ。細い道を進むにつれ、人通りもまばらになってゆく。あてもなく歩くにはうってつけの夜。混雑した電車に乗って無駄にしたくはない。

なのに、途中で気配を感じた。

誰かがあとをつけてくる。足を早めるが、ハイヒールが神経質にアスファルトを叩く音が背後から離れない。

残念ながら夜の散歩は終わり。六本木通りが見えてきた。あそこまで進んだら、すぐにタクシーを拾ってしまおう。

だが、悲鳴が聞こえた。

振り向くと街灯の光の中で男女が揉み合っている。背広姿の男の手には光るものが握られていた。ナイフらしい。女は片手を摑まれ、斬りつけられながらも、バッグを叩きつけ抵抗している。

悲鳴に気づいた何人かが足を止めた。が、清春は無視して立ち去ろうとした。

「助けて、阿久津くん」女が叫んだ。

自分の名前。「阿久津くん」くり返し呼ばれた。

――なんだよもう。

驚くより先に舌打ちしていた。周りを見る。通行人にも間違いなく聞かれた。何人かがこちらに視線を向けている。気づかないふりで逃げるのは無理だ。一瞬の葛藤のあと、揉み合うふたりに向かって駆けた。

男は何度も斬りつけてはいるが、急所を狙っているようには見えない。

目的は殺人じゃない？　威嚇？　拉致？

持っていたカバンを楯のように構え、「おい」と声を上げ注意を引きつける。男は清春を見ると、ためらわずナイフを突き出した。

カバンを貫かれた。そのままカバンを大きく振るう。男の手からナイフが離れ、飛んでゆく。ほぼ同時に清春は男の膝を蹴った。男がふらつき、女も摑まれていた腕を振りほどいた。

女が這うように逃げてゆく。

男は汗まみれの顔で清春を睨みながら、すぐに上着のポケットに手を入れ、新たなナイフを出した。

この男、戦いには不慣れだ。それでもしっかりと準備をしている。まだ何本かナイフを隠しているだろう。しかも刺すことに躊躇がない。止めに入っただけの清春には十分な殺意を向けてきた。

――どういうことだ?

男がナイフを二度三度と振るい、カバンを握る清春の右手、左手を裂いてゆく。スーツの袖の上から右腕、左腕も切られた。血が飛び散り、痛みが走る。それでも清春はカバンの角で男の顔を殴った。

男が両目を閉じる。隙をつきナイフを握る手を押しとどめ、喉元を摑んだ。同時に股間を膝で蹴り上げる。

「はうん」と男が呻く。不快な、睾丸をぐにゅりと押し潰す感触が膝に伝わってくる。

瞬間、揮発性の臭いがした。

清春は慌てて離れた。男の顔やワイシャツが湿っているのは汗のせいじゃない。

気づいたそのとき、女がうしろから男の首筋にスタンガンを突きつけた。

「やめろ」清春は叫んだが、間に合わない。女がスイッチを入れた。ブッという小さな音とともに、男の体とスタンガンを持つ女の右腕が燃え上がった。

「ひいっ」男は悲鳴を上げたが、炎に包まれながらも飛びかかってくる。その体を清春は蹴り倒した。

清春はすぐに上着を脱ぎ、女の燃える右袖に巻きつけ、叩いた。

ふらつく彼女の体を抱きかかえる。肩と腹、他にも何ヵ所か斬られたらしい。ワンピースが赤く汚れている。出血している腹にハンカチを当て、強く押さえた。間近で見たこの顔──覚えている。

ブラウンの大きな瞳、日焼けとは違う褐色の肌。五ヵ月前、誘われた合コンめいた食事会で会った女。少しだけ話し、名刺交換もした。

建設会社亀島組の経理部に勤めているといっていた。名前は確か、柚木玲美。

近くのバーの店員が消火器を持って駆けつけ、焼かれながら倒れている男に噴いた。火は消えたが、男は動けず呻いている。

「柚木さん」清春は女に呼びかけた。

彼女が顔を上げた。間違いない。

「あいつは？」清春は訊いた。

「あ、か……」それだけいって唇が止まった。瞳孔も小刻みに揺れている。動揺する玲美の口からすぐに言葉が出てこないのはわかっているが、それでもくり返し訊いた。

「あいつは誰？」

「関連会社の……ストーカーされて……」

「警察には？」

「……相談しました。弁護士にも」

「警察が警告して、弁護士が誓約書を書かせた。つきまといが止まって油断してたんだね」

玲美は頷いた。「終わったと思ったのに。半年何もなかったのに……」

男は体にガソリンを浴び、服にも染み込ませていた。玲美を斬りつけ動けなくしてから、意識のあるまま抱きしめ、焼身自殺の道連れにするつもりだったのだろう。

そこまではすぐに想像がついたが彼女には教えなかった。

「どうしてあとをついてきたの」

清春は静かに、しかし、強い声で尋ねた。

玲美は答えない。

「俺を尾行してただろ」

彼女は刺され、出血もしている。それでも容赦しない。

「理由は？」

人が集まってきた。

「だいじょうぶですか」コンビニの女性店員が覗き込んだ。

「彼女の出血が止まらなくて」清春は答えた。

「どうしよ。119番したんだけど」

「寒い」玲美は目を閉じ、清春の胸に頭を押しつける。

「ええと、休憩室に毛布あったかな」女性が慌てて戻っていった。何人かが遠巻きに見ている。サイレンの音も聞こえてきた。

「阿久津くん」玲美が小声で呼び、何か伝えようと唇を動かした。

彼女を抱いたまま、口元に耳を寄せる。

「恋人のふりをして」玲美が囁いた。「この状況ならそれが一番疑われない」

清春は一瞬目を見開き、すぐに彼女を睨んだ。鼻先まで数センチの近さで向き合う。玲美は目を逸らさない。

「命令するのは君じゃない」清春は低く小さな声で恫喝した。「尾行してた理由をいえ。いわなきゃ——」

「私も殺す？」

清春の強い言葉を玲美の囁きが断ち切った。

敵意を込めた清春の視線を、醒めた茶色い瞳が吸い込んでゆく。パトカーと救急車、二種類のけたたましいサイレンの音が混ざり合い近づいてくる。

「教えて。いわなければ——」玲美の震える唇がくり返した。「私も殺す？」

＊

三針、四針と短く縫われた傷痕が、左手から左肘にかけ七つ、右手から右の肩口にかけては九つ。

清春はいくつもの傷を覆うように貼られた半透明のフィルムを交換し、新しい包帯を巻き直してゆく。

もう痛みはない。ただ、まだ抜かれていない縫合糸は着替えのじゃまになるし、傷を見た人に理由を訊かれると、どう返答していいかわからなくなる。だから包帯で隠していた。

窓の外には、東京タワーと芝浦（しばうら）の水際まで続く港区の街が広がっている。

五月十七日、永田町にあるホテルの二十七階。

六日前の事件以降、清春は会社の指示でここに泊まっている。

あの夜、清春と玲美は同じ救急車で搬送された。

玲美は狭いベッドに寝かされながら、「巻き込んでごめんなさい」と涙を流し、清春の手を握り続けた。

恋人のふりを強要する彼女に、清春も従った。彼女の涙を拭うふりをして、顔を寄せ、互いの住所、生年月日、電話番号を伝え合い、つき合いはじめてからの期間や出会いのきっかけなど、急いでうそを組み立てた。

馬鹿みたいな作業。だが、彼女が何を企んでいるのかわからず、先も読めない状況ではそれが最良だと思えた。

病院に到着すると、玲美は手術室に運ばれた。

清春も手当をされ、警察から事情聴取を受けた。駆けつけた玲美の両親とも会ったが、二人ともハーフの娘を持つ親とは思えない日本人の顔をしていた。

場所を原宿警察署に移し、さらに聴取を受け、翌朝、迎えに来た田乃上課長と会社の法務担当者とともに署を出ると、もうテレビカメラが待ち構えていた――

今日も晴れている。

射す光がまぶしくて、カーテンを閉めた。五月なのにエアコンを入れないと蒸し暑い。ホテルを出るのは通院のときだけだが、病院の待合室にも記者と名乗る連中が待ち伏せていて、看護師に迷惑がられている。広報部所属でもメディア関連部門勤務でもない自分が、会社の法務部から連日マスコミ対応についてメールでレクチャーされている。

――面倒臭い。

そんな言葉が自然と口から漏れる。

赤羽の自宅マンションにも戻っていない。妹に着替えを取りにいかせると、「阿久津結真さんですね」と記者が声をかけてきたそうだ。妹の名前だけでなく、離婚して長年の愛人と再婚した父や、一周忌を終えたばかりの死んだ母のことも知っていた。

ホテルの部屋に資料を持ち込み、仕事は続けているものの、やはりもどかしい。

月曜に予定されていた社内プレゼンは延期された。清春は進行役から外れ、代わりに補佐をしている一年後輩が務めることになった。

午後一時四十五分。ワイシャツに袖を通し、ネクタイを締める。

テレビでは午後のワイドショーが先週の事件を伝えている。柚木玲美を襲った犯人は外皮や気道への重度の熱傷で、今も昏睡状態だという。犯人の顔写真は公開されていないが、名前やプロフィールは規制なく放送されていた。

藤沼晋呉、三十四歳。

玲美の勤める建設会社亀島組のグループ企業社員で、工業機器制御ソフトの開発をしていた。肩書きは係長。優秀だったらしい。過去に逮捕歴や問題行動もない。だが、あの夜はガソリンに香水とオリーブオイルを混ぜたものを、髪や肌、服にも塗っていたことが警察の調べでわかっている。やはりはじめから心中する覚悟だった。

携帯に田乃上課長からの電話が入り、部屋を出た。

専用カードキーを持つ客だけが上がってこられるエグゼクティブ・フロアーで、通路の絨毯もやたらと毛足が長い。歩くたびに靴底がふわふわとして、まだ慣れなかった。

エレベーター・ホールにはコンシェルジュと警備員も常駐している。

「いってらっしゃいませ」笑顔に送られエレベーターに乗った。

田乃上課長をロビーで出迎え、ラウンジの喫茶スペースに座る。

「柚木さんのお加減は？」田乃上が訊いた。

「だいぶ落ち着きました。ありがとうございます」

「差し障りがなければ傷の具合も教えてもらえるか」

「内臓まで届いていた傷はなく、後遺症の心配はないそうです。ただ、斬られた箇所が多くて、痕が残るのは避けられないといわれました。腕の火傷痕も完全には消えないそうです」

「女性だからな。気持ちのケアもしっかりしていかないと。この騒ぎでふたりの関係を見直したくなったなんて、思ってないよな？」

「思ってませんよ、もちろん」

「ならよかった。不謹慎かもしれんが、おまえに恋人がいて、しかも、その人を身を挺して守ったとわかって課の連中は見直してるぞ。女の扱いが限りなく下手っていうのが、共通認識だったからな」

「どう答えろっていうんですか」

「まあ、悪いことばかりじゃないってことだ」田乃上が少しだけ笑った。「そのうち俺も見舞いに行かせてもらうよ。彼女のご両親にもお詫びしないと。時機を見て声をかけてくれ」

「いえ、そこまでしていただかなくても」

「いや、会社としての誠意を示させてくれ。課全員で飲んだ帰りに起きたことで、ネットニュースだけでなくテレビや全国紙でも報道された事件だ。彼女の勤めてる亀島組にも、一度詫びを入れる必要がある。おまえは偶発的な事件で個人的問題だといいたいだろうが、世間は必ずしもそうは捉えない」

コーヒーが運ばれてきた。ウエイターが笑顔で去っていき、田乃上は「さて」と、右の拳を左手で包むようにポンと叩いた。難題に入るときの癖だった。

「出向してもらう」そういわれた。今朝の事業部会で承認され、決定事項だという。一ヵ月以内に明和フードシステムズという、一般向け飲食小売店の運営——主に海外ブランドの国内チェーン展開を手がける子会社に所属を移すことになった。

「過剰な反応で申し訳ない。どんな手を使っても必ず三年以内に本社に戻す」

田乃上は頭を下げたが、当然の処置だ。清春にもわかっている。

これは個人の問題では収まらない。

日葵明和が商売上で争っているあの国を、普通の思考で捉えてはいけない。小さな隙にもつけ込み、どんな恥知らずな手段でも涼しい顔で使ってくる。偏見でも差別でもなく、それが事実であり、だから向こうが悪だと決めつけるつもりもない。ビジネスは実弾を伴わない殲滅戦だと、商社に入ってから叩き込まれた。

日本の担当省庁や関連企業も、国家予算に影響を与えるほどの巨大プロジェクトなだけに、醜聞には極端に神経質になっている。今の清春の存在はほんの小さなトゲでしかないが、それを放置しておいても何もプラスになることはない。だったらさっさと抜くに限る。

「こちらこそ申し訳ありません」清春も座ったまま頭を下げた。

落胆していないといえばうそになるが、半ば覚悟していたせいか動揺はなかった。柚木玲美が強引に呼び込んだ災難なのに、仕方のないことと納得しようとしていた。

いつだろう？　たぶん二十歳を過ぎたころから、こんな癖がついた。

起きてしまったことはすべて摂理のように受け止める。時がたてば腹が減り、眠くなるように。昼夜がくり返され、四季が巡るように。どんな悪いことでも、抗えないものだと思い込もうとする。父が離婚をいい出したときには憤った。母が癌で死んだときは悲しかった。けれど、ある瞬間を越えると、渦巻いていた怒りや悲しみの感情が潮が引くように消えていき、ただ事実だけがぼんやりと残る。

いいことか悪いことかわからないけれど、この癖を自分では嫌っていない。

憎しみや敵意のせいで険しい顔をすることも少なくなったし、何より笑っていられる。それが偽りの表情だとしても、笑顔でいれば頭の中にある真意を隠すことができる。

清春も田乃上も感傷的になることなく、子会社への出向と本社業務の引き継ぎについて淡々と話した。

「一緒に出ようか」三十分後、田乃上は立ち上がった。「今日も行くんだろ？」

「はい」清春も席を立つ。事件以来、玲美の病室に連日見舞いに行っている。ラウンジを出ようとするとコンシェルジュが小声で話しかけてきた。業務用の搬入口に案内するという。正面玄関と第二玄関の外に、カメラと記者が待ち構えているそうだ。従業員通路を抜け、精肉所のトラックのうしろからタクシーに乗り込んだ。

「妹さんはだいじょうぶか」田乃上が訊いた。

「はい。新居のほうには取材は来ていないようです」

「家を出たあとでよかった。それだけは不幸中の幸いだな」

妹の結真は婚約者と暮らしはじめている。長年家族四人で暮らしていた赤羽のマンションには今、清春ひとりしかいない。

「今度こそ無事に終わらせてやらないとな」田乃上が前を見ながらいった。

去年四月に行われるはずだった結真の結婚式は、その二週間前に母が亡くなり延期になっていた。式自体、母の乳癌が発覚し、生きているうちに白無垢(しろむく)姿を見せたいと慌てて準備したものだったため、急ぐ理由がなくなったからだ。

父は式に参加しない。妹が許さなかった。

三年前。結真の就職が内定し、大学卒業に必要な単位も取得すると、父は突然宣言した

――母と別れ、長年つきあってきた人と一緒に暮らす。おまえたちの父親であることは変わらないし、金銭的な援助も可能な限り続ける。でも、この先の俺の生き方には一切口を

出さないでほしい。

　父と愛人の間には子供もひとり生まれていた。

　妹はおかしいと感じていたようだが、清春は気づかなかった。祖父から継いだ小さな冷凍食品工場を経営する父、公認会計士の母、古い4LDKのマンション。少しばかり恵まれた普通の家族だと思っていた。けれど、自分は上辺しか見ていなかった。

　双方弁護士を立てての約六ヵ月の話し合い期間を経て、父と母は正式に離婚した。その直後に母が癌を患っているとわかり、一年半の苦しい闘病ののちに亡くなった。

　結真は母の死の大半は父に責任があると怨んでいる。もう父とはいわず、あの人とも呼ばず、清春が話題にしても無視し、縁を切ったつもりでいる。

「式まであと二ヵ月と少しか」田乃上が言葉を続ける。

「はい。なのに、まだ披露宴のドレスも決まってないし、席次も手つかずで」

「おまえがやきもきしてどうする」

「どうにもならないから、よけい焦れったいんです」

　結婚式にはもちろん清春も出席し、披露宴では父に代わって挨拶することにもなっている。

　数年前まで清春が阿久津家だと思っていたものは、壊れ、バラバラになり、今はもうほんの欠片しか残っていない。だからこそ、最後に残った家族として、妹をしっかり送り出してやりたかった。

「今は柚木さんと妹さんのことだけを考えろ。そのためにも、不本意だろうがホテルで静かにしていてくれ」

御成門(おなりもん)の病院前で清春だけがタクシーを降りた。

玲美は事件の二日後、手術を受けた救急病院から、建設会社亀島組グループが運営する病院に移り、今はVIP用フロアーにいる。

エレベーターを降りるとゲートがあり、警備員が常駐していた。リストに名前を書き、ゲートの先へ。一般病棟なら常に開いている病室のドアはすべて閉まっており、廊下で他の見舞客や入院患者とすれ違うこともない。

ノックとともにドアを開け、内側のカーテンも開いた。

玲美はベッドに横になったまま、こちらを向いて笑った。鼻の酸素管は外れたが、左腕の留置針から伸びるチューブは、相変わらず点滴バッグにつながれている。

「痛みは？」清春は訊いた。

「少し」玲美がいった。「鎮痛剤に体が慣れたみたい。効き目が弱くなってきた」

六日前まで友達ですらなかったふたり。何も知らず、何も理解していない者同士が、親しげに話している。聴取に来た警察官や彼女の両親、弁護士など、これまで連日誰かが病室にいた。その前で恋人のふりを続けるうち、こんな欺瞞にも抵抗がなくなってしまった。

だが今日、ようやくふたりきりになれた。

玲美は笑っているものの、右手のすぐ横にナースコールのボタンが置いてある。もちろん清春も警戒している。カメラやマイクが病室のどこかに隠されている可能性を忘れてはいない。

「金曜の夜」清春はベッドの横に座った。「尾行していた理由は？」

「ちょっと待って」玲美は手を伸ばし、ナースコールではなくベッドの起床ボタンを押した。モーター音とともに上半身が起き上がり、あの夜のようにふたりの顔が近づいてゆく。

「その前に倉知真名美さんのことを話してもいい？」玲美がいった。

「誰？」清春は訊き返す。

ふいに出てきた名前に驚きはしなかった。それでも見え透いたうそをついた。この女がどこまで知っているか確かめる必要がある。

「知らないはずない」玲美が小さく首を振る。

清春も口元を緩め首をすくめた。

「じゃ、少し説明させて。あなたが小学校に入学したとき、同じ集団登校班にいた五年生の女の子。同じスイミングクラブにも通っていた。五十メートル平泳ぎで、東京の小学女子二位の記録を持ってたんでしょ？」

清春は幼稚園のころ泳ぎが少しだけ得意だった。それを両親が勘違いして、小学生になると本格的なクラブに入会させられた。興味もなく嫌だったせいか、初回の練習に向かう送迎バスで、不安と緊張から車酔いして吐いてしまった。そのとき戻したものをかたづけ、介抱してくれたのが、バスのうしろに座っていた倉知さんだった。

それからはふたりでクラブに通うようになった。いや、毎回付き添ってもらっていた。二年になって小学校の同級生からいじめを受けるようになったとき、一番最初に気づき、助けてくれたのも倉知さんだ。

家族や友達に向ける「好き」とは違う種類の愛情を、はじめて抱いた相手だった。

「彼女、成績もよかったのね。名門の私立中学の推薦受験に合格して、卒業したら通うことも決まっていた。でも、中学生にはなれなかった」

玲美が褐色の瞳でこちらを見ている。

「続けてもいい？」

清春は答えない。

少しだけ待って玲美がまた話し出した。

「小学校卒業前の二月に殺されたの。木曜の放課後に行方不明になり、五日後に死体となって見つかった。北区西が丘の、立て替え工事前で閉鎖されていたビルの二階。六ヵ所の刺し傷と首に絞められた痕、性的暴行の痕跡もあった。手がかりは少なかったけれど、他の場所で殺されたあと運ばれたことがわかった。失踪当日の目撃者もひとりだけ見つかった」

玲美が傷の痛みに顔をしかめながら、ベッド脇のテーブルに手を伸ばす。黄色い革表紙の手帳を取り、ページを開いた。

声に出して読んでいく。

「『作業服の男と早足で歩いてゆく倉知さんを、北区西が丘二丁目十三番付近で見つけ、心配になって約二百メートル追いかけた。でも、北区上十条五丁目八番付近、環七通りを越える歩道橋で見失ってしまった』と調書に書かれている。証言したのは当時八歳の男の子、小学二年生の阿久津清春くん。二十年前のあなた」

覚えている。

狭い十字路を横切ってゆく倉知さんの怯えた顔。怒ったような、にやけているような作業服の男。男に腕を摑まれた倉知さんのうしろ姿――忘れるはずがない。

「あなたは警察署で参考人の写真からひとりを選んで、『一緒に歩いていたのはこの人に間違いないです』とも話した。同じ北区在住で実家の建設会社に勤めていた、名前は……」

玲美が手帳のページをめくる。

「大石嘉鳴人、当時二十五歳。でも、逮捕されなかった。倉知さんが行方不明となった時刻に一緒にいたと、軽度の知的障害のある大石の兄と、彼が通う福祉支援施設の職員ふたりが証言したから。倉知さんの死亡推定時刻にも、別のふたりの友達が大石と出かけていたと証言している。五人の言葉には大きな矛盾もなかった。それに八歳の少年の観察力も疑問視された。冬の夕方の暗い道で、本当に大石と倉知さんだと確認できたのか？　作業服姿の大石が女子児童を連れ、街中を二百メートル近く歩いて、その姿が記憶に残ったのは少年ひとりというのは少なすぎないか？　結局、検事も証拠として採用しなかった。任意捜査された大石の車からも何も出なかった」

「調べたの？」清春は訊いた。

玲美が頷く。

「警察調書の内容も？　簡単に開示されるものなの？」

「この場合はされたの。あなたの両親が大石から民事で訴えられたから。当時のあなたは知らなかったでしょうけど、民事裁判に誘拐事件の参考人調書が証拠として提出されている。結果、両親は和解金として大石に四十万円を払った。あなたは学校でうそつきといじめられ、三、四年を保健室登校で過ごした。事件の犯人は見つからず、今も未解決のままになっている」

「他には？」

「えっ？」

玲美が訊き返す。落ち着いた反応が意外だったようだ。なぜ過去を、倉知さんの事件を詳しく調べたのか、厳しく訊かれると思っていたのだろう。

清春は今ここで追及するつもりはない。もし画像や音声を記録されていたら、強要の証拠として使われる危険がある。責めたり脅したりするのは、安全を確信できる場所でやればいい。

だから同じ質問をくり返した。

「他に何を知ってるの？」

玲美が小さく息を吐き、そして言葉を続けた。

「あなたが殺人犯だと知っています」

彼女の右手は手帳から離れ、ナースコールを握っている。

「どういう意味？」今度は清春が訊き返した。

「言葉通りの意味。あなたは人殺し」

清春は笑うように目を細めた。わざとそんな表情を作った。

玲美が頰を紅潮させながら話を進める。

「倉知さんの事件から九年後、あなたが高校三年の夏。何があったか知ってるでしょう。

大石嘉鳴人が死んだ。北区内の都営アパートで屋上を修繕中に転落死したことになっている。でも、事故じゃない。あなたが殺した」

「君の推理？」

「違う。村尾邦宏さん。知ってる？」

元刑事で、在職中に起きた過去の未解決事件を追い続けていた男。その果てに——

「去年、誘拐監禁犯を殺した」

「そう」玲美は頷いた。

この女の言葉のどこまでが本当かわからなくなった。

「うそじゃないし、頭がおかしいわけでもないわ」見抜いたように彼女がいう。「村尾さんは殺した方法も詳しく解き明かしていた」

玲美がまた手帳を開き、こちらに突き出した。手書きの文字。村尾が調べた資料を、彼女が書き写したものらしい。

「声に出して読んで」

玲美が挑発する。清春は受け取ると、いわれた通り声に出した。

「パソコンにフリーの音響素材・波形編集ソフトをダウンロードし、二十三ＫＨｚの超音波データを作成。自動車用品量販店でカーオーディオ用の超指向性スピーカー（中古品）を購入する。パソコンにオーディオ・インターフェースを接続し、さらに超指向性スピーカーを接続。これで簡易版の長距離音響装置ＬＲＡＤ（Long Range Acoustic Device）となる。この音波を自分に出力した。十二秒後にまず軽い違和感。三十二秒後に軽い目眩い。五十秒後、平衡感覚に若干の異常。二分五秒後には平衡感覚にはっきりとした異常を感じた。さらに断続的照射をくり返す。各一分ずつ、間に二十秒の休憩を挟みながらの計十二回の照射で、重い頭痛を感じ、立っているのが困難となる。所感としては、アメリカの軍用・州警察用のものとは較べるべくもないが、機能は満たしている。熱中症に似た体調変化を得られた」

村尾という男は、自分の体で装置の効果実験をしたようだ。

「続けて」玲美がいった。

「当該者は大石嘉鳴人の作業シフトを調べた上、日中、ひとりで作業を行う時間帯を選んで、都営アパートから道を隔て二十メートル離れたマンションに非常階段から侵入。七階外階段踊り場に隠れ、音波を照射した」

言葉が速くなりすぎないよう、清春は自分を落ち着かせながら読み続ける。

「大石の体調に変化が出ると、針金（クリーニング店のハンガー等）を束ね、荷留め用の幅広ゴムを取り付けたスリングショットで、事前に都営アパート作業現場から集めたコンクリート片を数回撃った」

上目でちらりと見ると、玲美の褐色の頬と首筋に汗が浮かんでいた。

「だいじょうぶ？」

「気にしないで。続けて」玲美は辛そうに目を伏せながらいった。

「もういいよ」清春は手帳をテーブルに置き、憐れむように見た。

「私も村尾さんも狂っていない。他の人にはわからなくても、あなたならわかるでしょ？これ全部、あなたが十七歳の夏にしたことだから」

清春は首を振った。玲美が睨む。

「これだけじゃない。あなたは八年かけて、大石のアリバイを証言した五人を殺している。その内ふたりを殺したときは、奥さん、恋人も巻き添えにした。大石の事件を入れて全部で六件、死者は計八人。警察が事故扱いにしたのが四件。二件は殺人事件と断定されているのに犯人は逮捕されていない。あなたは重要参考人になっていいはずなのに、事情聴取も受けていない。警察は、当時まだ八歳の少年が、血のつながらない他人の死の恨みを何年も引きずっているはずがないと思い込んでいた。でも、大きな間違いをしている」

「その推論を聞かせたかったの？」

「違う。証拠も揃っているわ。少なくとも二件、あなたが殺したと証明できる物証を持っているの。集めたのは私じゃない。村尾さん」

「それを事実だと思っているのなら、証拠を持って警察へ行けばいい」

「今はまだ行かないわ。あなたを死刑にすることが目的じゃないから。場合によっては、持っている証拠全部、あなたに渡してもいいと思ってる」

清春はため息をつくと、笑みを浮かべ訊いた。

「じゃ、何を企んでるの？」

「企みなんてない」

玲美は真っすぐに見ていた視線を外していった。

「助けてほしいだけ」

ノックとともに病室の引き戸が動いた。

「お熱計らせてくださいね」中年の看護師が内側の白いカーテンを開く。

清春と玲美は近づいていた互いの体を離した。

看護師が玲美に体温計を渡し、血圧測定帯を巻く。指先にも血中酸素濃度計をつけた。

「あら」看護師がいった。三十八度四分、血圧も高い。

「傷の痛み、強くなってます？」

「いえ。だいじょうぶです」

「まあ、ふたりきりですものね。熱も上がるわね」看護師が作り笑いした。「もし痛みが強くなったら呼んでください。鎮痛剤と消炎剤を足しますから」

看護師が出てゆく。おかげで清春は少し冷静さを取り戻せた。知らないうちに自分も昂（たかぶ）っていたようだ。顔や首筋が熱く、胸の鼓動も速い。

清春は小型冷蔵庫からペットボトルの水を出し、キャップを開けて玲美に渡した。

「ありがとう」嫌がらず受け取り、一口飲んだ。

清春もカバンから出したお茶を飲み、上着を脱いだ。ネクタイも外す。

わずかばかりの幕間(インターミッション)。

そしてまた、不審と敵意しか抱いていないふたりは向き合った。

「私の姉を見つけてほしい」

玲美は強くはっきりとした声で語りはじめた。

清春が調べた限りでは、今の玲美の家族に姉妹兄弟はいない。血のつながりのある本当の家族のことをいっているのだろう。

「実の母が死んだ本当の理由も」

今一緒に暮らしているのは、やはり義理の母だった。

「十九年前の九月。私が七歳のときに実の母と姉が行方不明になった。母は五ヵ月後に死体になって見つかり、姉の行方は今もわからないまま。警察からは母が姉を殺して、どこかに遺棄し、それから首吊り自殺をしたんだろうっていわれた。でも、私は信じていない。絶対に無理心中なんかじゃないから」

「だったらまず、警察に再捜査を依頼したほうがいい」

「もちろんした。警察は一度だけ動いてくれたけど、結果は変わらなかった。興信所や探偵にも頼んだけど、何の役にも立たなかった。だからあなたにお願いしてるの」

「役には立てないよ。行方不明者の捜索なんてしたことがない」

「捜索はしたことなくても、未解決事件の犯人が何を考えているかなら、誰よりもわかるでしょう。あなた自身がそうなんだから。実の母を殺して姉を誘拐した犯人と同じように、警察に逮捕されず、証拠さえ見つけられていない」

彼女の口調がまた早く強くなってゆく。

「あなたなら警察が見つけられなかったもの、見落としているものを必ず見つけられる。どんな企みがあって犯人は母と姉を誘拐し、母を自殺に見せかけて殺したのか。姉は今、どこで暮らしているのか。あなたの人殺しとしての視点と思考を、この事件の犯人に重ね合わせて解き明かしてほしい。できるでしょ？」

「できるわけない。それに申し訳ないけど、お姉さんが今も――」

「生きてるの」玲美がいった。「間違いなく」

ノックが響き、清春のうしろでドアの開く音がした。

「開けるね」玲美の義理の母だった。

清春はすぐに振り向き頭を下げた。

「毎日ありがとうございます」義母も頭を下げる。顔を上げると「お部屋暑くない？」と玲美に訊いた。

「うん少し」玲美の目から厳しさが消え、娘の顔に戻っている。

義母が窓の換気口を開いた。

「また来るよ」清春は玲美の左手を握り、小さく笑った。玲美も笑い返す。

ここ数日続いていた関係に戻った。こんな白々しいやり取りが、儀式めいた日課になりつつある。

「私、すぐ洗濯に出ますから、よろしかったらまだ」義母がいった。

「いえ、もう出るところだったので」

「会社に戻るんだって」玲美の口からも簡単にうそが出る。

「お忙しいのに申し訳ありません」義母がもう一度深く頭を下げた。

清春も下げる。自分が母を亡くしたからという訳ではないけれど、娘を心から思っているこの小柄な中年女性の前でうそをつくときだけは、胸が苦しくなる。

「また明日」上着に腕を通す清春の背中に、玲美がいった。

曖昧(あいまい)に笑いながら横顔で頷き、病室を出た。

2

帰りは少しだけ遠回りして銀座に寄った。

ホテル内のレストランやルームサービスの味にはもう飽きていた。

夕方のデパート地下二階、混み合う買い物客の間を歩いていると、ここが日本からとても遠い場所のような錯覚に陥った。就職して六年、平日のこんな早い時間にデパートで買い物をしたことなんてなかった。

自分がどんなに忙しなく働き、しかもその繁忙さに無自覚だったかを考える。無数にある選択肢から、結局、弁松（べんまつ）総本店の折り詰め弁当を買った。自分がどれだけ保守的かを思い知らされる。まあ美味（うま）いし、好きなんだけれど。

十八年もののスコッチも買った。ボトルと弁当が入った紙袋を片手に、ガラスケースに並ぶ総菜を眺めている。

病室で柚木玲美からいわれた言葉は、胸の内側にべったりと貼りついている。一番大切な名前と、一番憎い名前を、不審しか抱いていない女の口から同時に聞かされた。その悲しさと苦しさの混じった気持ちは、剝（は）がしたくても剝がれない。

だからこそ、なるべく下らないことを考え、歩き慣れないデパートの食品街をぐるぐると歩いている。不器用というか、何とも間抜けだ。けれどこんなやり方ぐらいしか、この憂いが過ぎ去るまでの時間を過ごす方法を思いつけなかった。

帰り際、タクシーからホテルに電話を入れると、また記者らしい何人かが正面玄関やメインロビーをうろついているという。今度は「西側八番」という通用口を使うよう勧められた。都心の大きなホテルの利点は、出入り口が数多くあることだ。従業員専用だけで十二ある出入り口を使い分ければ、「まず見つけられないでしょう」と客室担当はいった。

通用口の重い鉄扉を押し開け、ホテルに入る。

ポーター係の案内でバックヤードを抜け、宿泊客用エレベーターに乗った。カードキーを差し込み、自分の部屋のある階で降りると、コンシェルジュから「お客様がお待ちですよ」といわれた。

廊下を進んだ先、部屋の前に女が立っている。

歳は三十代後半。肩までの黒髪。メイクは薄い。肩幅が広く、百七十八センチの清春が少し見下ろす程度の身長。濃紺のパンツスーツに、黒のローヒール。黒い肩掛けバッグ。こんなところにこんな服装で待っているのは、警察関係者しかいない。

「お疲れのところ申し訳ありません」女は笑顔で二つ折りの身分証を開いた。「少しお時間をいただけないでしょうか」

桜のエンブレムに顔写真。警部補、則本敦子。

この顔、見たことがある――

清春はドアを開け、部屋に招き入れると、窓際のソファーを勧めた。

女が名刺を出す。

〈組織犯罪対策第五課七係　主任〉と書かれていた。

小さな丸テーブルを挟んだソファーに清春も座る。正面から彼女の顔を見て、ようやく思い出した。

「以前、テレビで拝見したことがあります」清春はいった。

「変なかたちで有名になってしまって」則本が笑いながら慣れたように答える。

五年前、彼女は警視庁勤務の現職警察官でありながら、実の兄の自殺をきっかけに発覚した殺人・死体遺棄事件の犯人と疑われた。

新聞やテレビ、ネットニュースで連日報道され、先走ったテレビのワイドショーが修正のない彼女の映像を流したことが問題となり、番組打ち切りとなる騒ぎも起きている。だが、こうして今も勤務を続けているのだから、事件とは関わりがなかったということで決着したのだろう。

清春の携帯が鳴った。

「すみません」カバンに手を入れる。明和フードシステムズの戸叶(とかの)という女性の課長からの通話着信。今日の午後、出向を告げられた直後、挨拶の電話を入れた。戸叶は不在で伝言を残しておいたが、その返信らしい。

「どうぞお気になさらず」則本は窓の外の夜景に目を向けた。

電話に出る。

挨拶も早々に明日会社に来られないかと訊かれた。日葵明和の田乃上課長も了承しているという。関東地方の各エリアマネージャーが集合する、三ヵ月に一度の全体ミーティングがあり、そこで清春のことを着任前に紹介しておきたいらしい。

明日朝に伺うと告げ、電話を切った。

則本があらためて話しはじめる。

「柚木玲美さんとの関係について、私にもお話をお聞かせ願えないでしょうか」

「構いませんが、理由を教えてもらえますか」

玲美との交際に関して警察に話すのは四回目になる。

「藤沼晋呉の自宅を捜索した際、何点か不審なものが見つかったんです」

藤沼とは玲美を襲ったストーカーのことだ。則本が続ける。

「いずれも暴力団組織を通じなければ入手が難しいものでした。ご存じかもしれませんが、私の所属する組織犯罪対策第五課七係は、暴力団関係者が扱う違法品の流れを探り、取り締まるのが主な仕事です。藤沼がいつ、どんな方法で、違法品を手に入れたのか。あなたと柚木さんがおつきあいを深めていった過程と照らし合わせ、詳しく解き明かしたいんです」

則本がバッグから大きめのメモ帳を出し、顔の前で開いた。

「去年十二月の食事会で知り合い、その後、今年一月末から交際をはじめられた。この時系列に間違いはないですか」

「はい」

「ただ、会社のご同僚やご友人は、今回の事件まで交際を知らなかったようですが」

「単純に話す機会がなかったんです。訊かれてもいないのに、進んで報告するのも変ですし。それに、ストーカーの件があって柚木さんが人間関係には敏感になっていたので、藤沼の問題が完全にかたづいて、彼女が精神的に落ち着いてからでいいかなと」

「いずれは皆さんに話すつもりだったと」

「はい。結局流れてしまったんですが、来年一月にタイに赴任する予定で、柚木さんもついて来たいといってくれたんです。赴任に同伴させるなら会社への報告義務があり、もちろん柚木さんのご両親にも挨拶に行かなければならないので」

「藤沼がそのタイ行きを知っていた可能性はありますか」

「断言できませんが、可能性は低いと思います。赴任の件は会社でも秘密事項の部類で、限られた人間しか知りません。ですから、ここで出た職務に関する話も、どうか他には漏らさないでください」

「もちろんです」則本は頷いた。「それと、普段も柚木さんと呼んでいるんですか」

「いや、いつもは玲美か、玲ちゃんですね」

それからもしばらく平凡なカップルの日常を探る質問が続き、十五分ほど過ぎたところで、清春はあからさまに疑う表情をした。

それでも則本は涼しい顔で質問を続け、ときおり上目遣いでこちらを見ている。

清春は自分が観察され、同時に警戒されているのを感じた。だから逆に訊いた。

「本当の目的は何ですか」

則本が顔を上げる。

「だから、あなたと柚木さんとの関係――」

「うそはやめましょう」

「うそではないわ」

メモ帳を閉じ、バッグに戻した。

「あの事件の起きる二日前、先週水曜日。柚木さんから私に電話があったの。それ以前に話したことはなかったし、そもそも彼女のことは一切知らなかった」

則本は開き直ったように素に戻った。言葉遣いも顔つきも変わり、わずかに感じ取れていた女らしさも消えた。

「あの娘の自殺と処理された実の母の本当の死因、それに行方不明の姉を捜せといわれた。母親は殺されたんだって決めつけていた」

清春は信用しなかった。逆に、この女と玲美が結託している可能性を考える。

「あなたも同じことをいわれたでしょう?」

「いわれてませんよ」

「そう？　一緒に捜査しろって命令されたけど」

「ここに来た目的は、それを伝えるためですか」

「あなたがどんな人間で、どうするつもりなのかを確かめに来たの。自分の身の処し方の判断材料にしたくて。それに、できればあなたが脅されている理由も知りたい」

「何をいってるのかわからないんですが」

「あなたはうそに慣れた顔をしてる。慣れて人を見くびってるんじゃなく、ずっと緩やかな緊張の中でうそをつき続けてきた顔。そういう顔の人間が強く否定するときって、かえって怪しいのよ」

「捜査に関係ないのなら帰ってください」清春は立ち上がった。

「まったく関係ないわけではないわ。藤沼が母親と同居しているマンションから違法品が出たのは本当。９ミリのオートマチックと実弾二十発。殺傷能力のある本物の拳銃だった。手に入れるのに相当苦労する凶器を用意していたのに、犯行現場には持って行きさえせず、通販で買ったアウトドア用と釣り用のナイフで柚木玲美を斬りつけている。おかしいと思わない？」

　週刊誌や新聞がどうして自分を追い続けるのかわかった。情報を断片的に摑んでいるのだろう。日葵明和の法務部も知っているはずだ。会社に不利益をもたらしそうな情報は、警察ＯＢ経由で必ず伝えられる。こんな不安要素だらけの社員を自社に置いておくはずがない。関連会社に出向させられるわけだ。

「帰ってください。警察に通報します」清春はいった。

「何の容疑で？」

「それは聴いて判断してもらいます」内ポケットから小型レコーダーを出した。

「私も録ってる」則本もバッグから録音機能をオンにした携帯を出した。「あなたと同じように私も本気だって忘れないで。人生が懸かってるから」

清春は部屋に置かれた電話機に手を伸ばした。緊急ボタンを押せば、警察の前にまずホテルの警備員が来てくれる。

「また連絡する」則本は立ち上がった。

「いえ、もう会う気はありません」

「私だってできればもう会いたくないと思ってる」

「だったら、思いが実現するようお互いに努力しましょう。意識して距離を置き、避けていれば、二度と顔を見ずにすみますよ」

「だといいわね」

軽く頭を下げ、則本敦子は帰っていった。

しばらく閉じたドアを見つめ、戻ってこないのを確かめたあとチェーンを架けた。デパートで買ったスコッチのボトルをテーブルに置き、上着をベッドに投げてネクタイも外す。

面倒なことが続く。

少しの間忘れて飲みたいけれど、やらなければならないことができた。ノートパソコンを裏返し、ネジを取ってカバーを外す。パソコン内のダミーのSSDを、隠して持ち歩いているものと差し替え、それから電源を入れた。

買ってきた弁当を食べながら、ネットでまず海外の匿名プロキシサーバーを探す。十五分ほどして、ようやく適当なのをふたつ見つけた。そのふたつのサーバーを経由させ、もう一度検索サイトのトップページを開く。万全とはいえないが、何の対策もせず接続し続けるよりはこちらの身元を割り出しにくくなる。

はじめに非公認の警視庁勤務者名簿を載せているサイトを探した。

見つけたサイトには、今現在、事務職を含む警視庁に勤めている全員の名前と所属が載っている。「間違いが多い」というコメントもあるが、別に構わない。

則本敦子の名前は確かにあった。所属も組織犯罪対策第五課七係となっている。

彼女は今でも有名人だった。生い立ちも職歴もサイトや掲示板に詳しく書かれている。

出身は埼玉県与野（よの）市（現さいたま市）。家族は母親と四歳上の兄。実の父は彼女が生後八ヵ月のときに離婚した。母方の祖父が遺した一戸建てに住み、母の離婚結婚により二人、内縁関係の三人も加えれば計五人の血縁のない男性が、彼女が十六歳になるまでの間に入れ替わり同居している。

　高校一年の秋に自宅が差し押さえとなり、大宮市（現さいたま市）内にある長屋式の県営住宅に転居。高校二年になると母が失踪した。以後は、兄の収入と大叔母（祖父の妹）の援助で生活し、給付奨学金の資格を得て都内の有名私立大学に入学。射撃部に入部し、大学二年と三年のときにエアライフルで国体に出場している。

　卒業後は警視庁の警察官となり、江東区内深川（ふかがわ）署に配属。エアライフルのオリンピック強化選手に推挙されたこともあるが、辞退している。

　交番勤務を経て、巡査部長昇進後の二十五歳で刑事課に。二十六歳のときに大学時代の射撃部の先輩と結婚し、茂手木（もてぎ）敦子となる。二十七歳で妊娠、産休に入る。この時点までで、連続空き巣犯やひったくり犯などの逮捕により、計三回の署長賞を受けた。

　一方で、同僚からは当然のように妬（ねた）まれている。あだ名は「教頭」。規則にうるさく融通のきかない女と思われていたようだ。

　さっき会った則本敦子からは「教頭」の堅苦しさより、ルールを曲げてでも自分のやり方を通す強引さといやらしさを感じた。どこかで大きく変わったのか。それとも当時は本性を巧みに隠していたのか。

　長女を出産後、育休明けの二十九歳で警部補試験に合格し、三十歳で正式に警部補となった。警察の内情に疎（うと）い清春にも、早い昇進だとわかる。しかも三十一歳になる直前、小さな子供のいる既婚女性にもかかわらず、警視庁捜査一課性犯罪捜査二係に異動している。

　十代のころとは正反対の順調な人生。だが、それがまた逆転する。

　三十三歳のとき、彼女の兄が二通の手紙を遺し自殺した。一通は一年半前に入籍したばかりの妻宛。「結婚すればこんな自分にも安息が来ると思ったが、苦しみは消えなかった」という内容で、死へ逃げる道を選んだことを詫びていた。

　もう一通は警察に宛てたもので、「自分は妹と共謀し、母の内縁の夫たちを殺し、自宅の床下に埋めた」という犯罪の告白だった。

　実際に、長屋式住宅の床下から二体の白骨が見つかった。さらに遺書にあった場所から、凶器と思われる包丁や鈍器も出てきた。包丁からは被害者だけでなく、敦子のＤＮＡや指紋の断片も採取されている。

　茂手木敦子は重要参考人となった。

　ここまでのネット内の情報は、新聞・週刊誌を書き写したものがほとんどで、ある程度は信用できた。だが、この先は一気に信憑性の低いものが増えてゆく。事件に関する警察発表が激減したせいだろう。

　結果として敦子は逮捕されなかった。十七回という異常な数の任意による取り調べを受けたものの、事件には関与していないという結論になったようだ。

包丁のＤＮＡや指紋に対しては、「中学以降、当該者が家事全般を行っていたため、自宅キッチンから持ち出された可能性の高い包丁に痕跡が残っていても不自然ではない」という見解が捜査関係者から示された。

送検されていないので、検察審査会も動いていない。事件は被疑者死亡のまま送検され、そこで捜査は終了した。兄が手紙を残した理由に関しては、「精神医学上の問題」として警察は言及を避けている。

彼女はその後、「自主的な」八ヵ月の休職を経て、職場に復帰している。ただし、刑事部捜査一課から組織犯罪対策第五課七係へ、通常はありえない異動となり、私生活では離婚した。

則本の姓に戻り、ひとり娘は夫が引き取っている。もともと夫の母親が世話をしていたらしく、親権で揉めることもなかった。

警察官としては今も変わらず有能なようだ。

五課七係に移って以降も、マニアによるネットを通じたアメリカ製拳銃の密輸入、３Ｄプリンターで製作された殺傷能力のある銃の密売という、大きく報道されたふたつの事件の犯人を、ほぼひとりの捜査により逮捕・解決している。

清春は軽く背伸びをすると、ベッドに放り投げたままの上着をハンガーにかけた。落ち込みそうになる気分を、無理やり奮い立たせる。

柚木玲美、則本敦子。これまで何の接点もなかったふたりの女たちが、平穏な日常を妨げる存在であることに間違いはない。怒りや敵意を越えた殺意が、胸の底から這い上がってくる。

ふたりを消し去ってしまいたい。

でも今はこの高ぶりを鎮め、明日出向先に持ってゆく手みやげを買いに、ホテルのギフトショップにでも行こう。パソコンを裏返し、ＳＳＤをダミーのものと差し替えた。抜き取ったほうを財布に入れ、カードキーを持って部屋を出る。

「いってらっしゃいませ」

コンシェルジュの笑顔に見送られながら、エレベーターに乗り込んだ。

＊

則本敦子は閉館を知らせる音楽を聞いて銀座四丁目のデパートを出た。

午後七時五十五分。もうこんな時間か。まだ三ヵ所しか見ていないのに。二丁目のデパートは九時までだけど、子供服はあったかな。近くの路面店もクローズの準備をはじめている。

やっぱり阿久津清春に会うのは明日にすればよかった。しょうがない、家に帰ってからまたネットで探してみるか。

中央通りを歩き出す。地下鉄日本橋駅までの二駅分、ウォーキングしよう。できるときに少しずつ運動しておかないと、いざというとき体が動かない歳になってきた。近ごろは逮捕術や柔道の訓練がきつい。

娘の美月（みづき）にプレゼントする服と靴を探して、あちこちのショップを回っていた。

普段はこんなこと絶対にしない。

四年前に離婚して、いつもあの子のそばにいられなくなった。それを本当に申し訳ないと感じているけれど、だからといって、ねだられるがままお金や物を与えたことは一度もない。

でも、今回だけは特別。

二週間前、美月から電話で相談された。

『パパに食事に行こうっていわれたんだけど』

六月九日土曜。文京区本郷（ほんごう）にある日下亭（くさかてい）という一軒家のフレンチレストランに元夫が誘ったが、行くのは美月たちふたりだけじゃない。

『僕の友達も呼んでいいかなって訊かれた』

元夫の「一番仲のいい女友達」のことだった。

彼女にも離婚歴があり、小学校三年生の女の子がいるらしい。以前にも一度、外出先で偶然会い、元夫と美月、彼女と小三の娘の四人でお茶を飲んだことがあるそうだ。そんな白々しい偶然があるわけない。元夫が仕組んだ顔合わせのお茶会だ。段階を踏みたがるあの人らしい。そういうところが今でもイラっとする。

食事に行けばどんな話をされるのか美月も気づいていた。元夫は、ふたりに再婚の意思があることを伝えるつもりなのだろう。

あの人と恋人の仲なんてどうでもいいけれど、再婚となると話が違う。

美月に新しい母親と妹が同時にできることになる。元夫のことだから、お互いの子供を養子縁組して、四人で本当の家族になろうとするだろう。

食事をする日下亭も思い出の場所だった。

旗本屋敷を改装した大きな店で、庭に大きな楠（くすのき）がある。元夫と結婚前によく出かけた。美月の満一歳の誕生日を祝ったのもそこだった。

店の二階の一番奥。枝を広げた楠が窓から見える個室に、元夫の両親、まだ生きていた私の兄、私たち兄妹を唯一かわいがってくれた大叔母が集まり、うとうとと眠り続ける美月を眺めながら食事をした。母乳を飲ませているときも目を閉じたままだったのに、店が特別に用意してくれた豆乳を使った離乳食のビシソワーズを口に含んだときだけ、美月はぱっと大きく目を開き、これ以上ないくらいに愛らしく笑った。

そんな場所で、元夫は新しい家族の姿を上書きしようとしている。

『行こうかな。やめようかな』

迷う美月に、「好きなだけ考えて、好きなほうを選んで」と伝えた。どんな答えを出しても、誰も傷つかないし、これまでと何も変わらないから、だいじょうぶ――親に許された最大限のうそをついた。

そして一週間前、また電話があった。

『行くことにした』美月は明るくいったあと、『その日に着てく服と靴、ママが選んでプレゼントしてくれないかな』と訊いた。

いつもの生意気な口調とはまるで違う、小さく遠慮がちな声。胸が切なくなった。

元夫と恋人にどう答えるか、美月はもう決めていると思う。

ふたりの再婚を認め、新しい妹に笑顔で挨拶するのだろう。そんな日に着てゆく服と靴だから選ばせてくれた。私の娘として、その大事な場所に行くために。

あの子の選択は間違いじゃない。私の娘でいるよりきっと幸せになれる。心からそう思う。だから悲しい。美月が他の誰かの娘になって、あの子の母親でいられなくなったら

……私は何になるんだろう?

中央通りから地下鉄の駅へ降りようとしたところで、携帯が震えた。

仕事の連絡じゃない。ふたつ持っている私用のほう。

美月からのメッセージ。

『ありがと』

また届いた。

『カワイイ』

今度は天使のスタンプ。でも、すぐにそんなことはどうでもよくなった。

画像も四枚貼られている。

一枚目にはペールピンクのドレスワンピースを着た笑顔の美月が写っていた。コットン地に花のプリント。よく似合っている。背景はあの子の部屋で間違いない。

二枚目は黒の長袖ワンピースを着ていた。襟元や袖口に金色のパイピングがされていて、あの子はすました顔でポーズをとっている。

三枚目はふたつの服だけを並べたもの。四枚目はブランドタグのアップ。

どちらもフランスの高級子供服ブランドのもので、とてもかわいいけれど、とっても高い。

でも、買ったのは私じゃない。選択肢には入れていたが、値段のせいで躊躇していた。迷っている間に、他の誰かが勝手に美月に送ったらしい。元夫の仕業でもない。出しゃばってそんなことをすれば、私が怒るとわかっている。

美月に電話を入れた。いつもは十数回も呼び出し音が続くのに、すぐに出た。

『ね、どう?』訊く美月の声が浮かれている。

「かわいかったよ。すごく似合ってた」

『ありがと。パパもババも素敵だって。でね、柚木さんにも電話したよ』

「えっ?」

『どしたの?』

「ん、ちょっと車がうるさくて。もっと大きい声で」

『柚木さんに電話しといたよ。サイズとか心配だから、届いたら一度連絡くださいってメッセージカード入ってたから』

膝が震えた。針や毒物が服に仕込まれていないか、危険物は同梱されていないか——決して大げさじゃない。可能性は十分にある。

「今日宅配便で届いたのね。発送元はどこ? 服の他に何か入ってなかった?」

『日本橋のデパートから送られてきて。入ってたのは服とカードと、あとはラッピングのフィルムとリボンくらい』

今まさにそのデパートの前に立っている。偶然とはいえ、悪い冗談みたいだ。

柚木玲美は私に不安を抱かせないよう、わざとデパートから発送させたのだろう。無駄な心遣いに腹が立つ。

『どうして?』

「もし在庫がなかったら、メーカーからの直接発送になって、注文手続きに時間がかかるし、ラッピングも簡単なものになっちゃうっていわれたから。早く届いてよかったね」

咄嗟にうそをついた。

『柚木さんてデパートのバイヤーさん？』

「そうだよ」またうそをついた。

『同じ大学なんでしょ。でも、パパは知らない人だっていってた』

「ママが卒業したずっとあとに入ってきた射撃部の後輩だもの。パパとは学部も違うし」

『この服選んでくれたの柚木さんでしょ？』

「失礼だな。基本、ママが選んだんだよ。アドバイスはしてもらったけど」

『ごめん。いつもと違って、私がこういうのだったらいいなと思ってた通りのだったから』

そろそろ切らないと。うそを重ねすぎると辻褄を合わせるのが難しくて、会話が苦しくなる。

「ママが選ぶと外してばっかり？」

『うーん、わりと。怒った？』

「怒りたいけど、ほんとならしょうがないもの。これからもっと頑張るわ、センス磨いて。じゃあね」

『それだけ？』

「うん。まだ仕事中。似合っててよかったねって、いいたかっただけだから」

『ほんとありがと。ママ大好きだよ、おやすみ』

大好きって——三年ぶりにいわれた。

「ありがと。私も大好きよ。おやすみ」

電話を切った。急いで次にかける番号を探す。

呼び出し音が一回。

『もしもし』

柚木玲美はすぐに出た。

「待ってたの？」

『はい』

「服届いたって。すごく喜んでた」

『私も電話をいただきました。ＤＭ（ダイレクトメッセージ）で画像も送ってくれて、サイズぴったりだったようで、よかったです』

あの子、ＳＮＳのアカウントまで。

「ねえ、脅しのつもり？」

『違いますよ』

「脅してるんでしょう。娘の居場所はわかってるといいたいんでしょ。卑怯者」

声を荒らげてゆく。

『そんな気はありません。これからお世話になるんで、ご挨拶のつもりです。則本さんに送っても返されてしまうから、それで美月さんに』

見え透いた言い訳――挑発するつもりで送ったくせに。

だからこっちも挑発してやる。

「気安く娘の名前を呼ばないで。あの子を人質にしたつもりでしょ？　子供を恐喝の材料にするなんて、恥ずかしくないの」

感情的になったふりで怒鳴った。通りがかりの何人かが嫌な顔で見ている。

『やめてください。知ってますから。出方のわからない相手には、まず激しい感情の起伏を見せつけて反応を測るんですよね』

やり口を知られている。面倒だな。

『そのあと急に日常のトーンで話しかけると、相手の感情も同調して、つい素に戻って話してしまう。相手が心のガードを解いた一瞬の隙を突くんですよね』

覚悟を決めているだけに度胸はある。前科はないが、元刑事から警察と捜査に関する知識も教え込まれている。これまで相手にしたことのないタイプ。やりにくい。

「村尾邦宏に教わったの？」

『はい』

「隠さないのね」

『必要ないですから』

「入院中なのに、服はどうやって送ったの？」

『先週買いに行ったんですけど、サイズがなくて注文しておいたんです』

美月から服を買ってほしいと連絡が来たその日のうちに、この女にも知られていた。

『入荷したら取りに行って自分で発送するつもりだったのに、病院から出られなくなってしまったので、昨日電話して直接送ってもらいました』

「他に仲間がいるのかと思った」

『いませんよ』

「私と美月の会話の盗み聞きはこれからも続けるの？　どうやったの、盗聴？　私のアカウントかアドレスに無断転送のスパムを送った？」

『訊かれたことに何でも答えるとはいってないですよ』

「やり方は誰に教わったの？　藤沼晋呉？　それとも藤沼自身にやってもらった？」

――玲美を襲ったストーカーの名前。

『笑えない冗談ですね』

「冗談のつもりはないんだけど」

声が途切れる。玲美が黙った。

「ねえ、この通話録音してる？」

『はい。そちらもしていますよね？』

「してるけど。そうか、自分が一方的に不利になることはしゃべらないのね」

また玲美が黙る。

「もう切るわ。入院中なのにごめんなさい」

『最後にひとつだけ訊かせてください。お願いした捜査はいつからはじめるんですか』

「まだ考えてる」

『前にお話ししたように、あと三日以内に動き出さなければ、あなたの殺人の証拠を少しずつ公表していきます』

「少しずつっていうのは、優しさ？」

『皮肉はやめてください。警察官はつまらない冗談しかいえないって村尾さんが教えてくれたけど、本当にそうですね』

「そう？　どうしていえないの？」

『習性的に人の上位に立って威圧するのを好むような連中だから、人を心から楽しませる言葉を思いつけるはずがないって』

「威張るのが好きな、いけ好かない連中ってこと？」

『ええ』

「教えてくれてありがとう。覚えておく。じゃあまた。やるかやらないか、もう一度三日以内に連絡するから」

『やらなければ公表します。絶対に』

「お好きにどうぞ。公表するなら、あなたを殺して私も死ぬから」

通話終了。

体が火照る。ビルの間から温い風が吹きつけてきて、もっと熱くなった。

「どうしよう」

思わず独り言をいった。確かに迷っているし困惑もしている。けれど、脅され追い詰められているからじゃない。胸の内に湧き上がってきた感情に戸惑っている。

柚木玲美はきな臭い。今はまだ火の粉は見えなくても、いずれ大きく燃え出しそうな煙の匂いにまみれている。探れば絶対に何か出る。

そう感じさせることも、玲美と村尾邦宏の計画の一部なのだろう。則本敦子はこう挑発し、誘導すれば必ず自分から動き出すと。あいつらの思惑通りになるのは癪だけれど……。

心は玲美の実母と姉の事件を再捜査する方向へ傾いている。一番の理由は自分を守り、家族を守るため。それは変わらない。

——やっぱり守るために、もう一度無茶をしよう。

決して恰好つけているわけじゃない。無謀とわかっていても戦わなければ、私はもっとずっと前に、あの屑で糞な義父や母親の愛人たちに、犯され、殺されていた。怯えて膝を抱えているだけじゃなかったから、歯を折られ、髪を抜かれ、骨を折られても抵抗してきたから、今もどうにか生きている。

戦ってきたから生きているなんて……大げさな言い方だと笑いたいけれど、笑えない。どうせ笑えない人生なのだから、最後にもう一度無謀なことをして、最悪でも柚木玲美を道連れにしてやろう。

携帯をバッグに放り込むと、手を挙げタクシーを止めた。

電話が鳴っている。携帯……じゃない。部屋のだ。

清春はベッドの中から手を伸ばし、目を閉じたまま受話器を取った。

『お休みのところ大変申し訳ありません、阿久津様。フロントでございます。則本様がいらっしゃって、お荷物をお預かりしたのですが。これからお持ちしてもよろしいでしょうか』

「則本さんは？」

『お帰りになりました。部屋に届けてほしいとおっしゃって』

「そう……ですか」

そこで言葉が止まった。フロント係は急かさず無言で待っている。

「では、持って来ていただけますか」

ベッドを出てライトをつけ、ローブを探して袖を通した。

時計を見る。午前二時五十分。あくびを一回。二分も待たずにドアがノックされ、ロビー係が笑顔で厚い封筒を渡してくれた。

厳重に口を閉じていたテープを剥がし、中を見る。

ファイルが二冊。柚木玲美の実の母と姉の事件の資料だった。警視庁のデータベースから抽出されたもので、母の経歴をはじめ、捜査過程や鑑識の見解なども書かれている。

少し考え、また受話器を取ると、ルームサービスでコーヒーを注文した。

机のランプをつける。目をこすって頬を叩くと、書類を読みはじめた。

柚木玲美と姉の奈々美（ななみ）は父親が違う。

ふたりの母、旧姓松橋美里（まつはしみさと）は都内の大学を卒業後、同じ大学の先輩柚木尚人（なおと）と二十代で結婚。だが、長女奈々美の出産から一年後に離婚し、長女は美里が引き取った。

柚木尚人は離婚のわずか五ヵ月後、四歳上の女性と再婚している。しかし、再婚から二年半後に自動車事故で死亡した。

美里のほうも離婚後、スリランカ国籍を持つ中古車輸出業者と交際し、妊娠を機に再婚。ジャヤラット姓となり、玲美を出産した。しかし、玲美が一歳のとき、夫のナマル・ジャヤラットは突然家に戻らなくなり、逮捕状を持った警察がやってくる。自動車と工作機器の窃盗に関わっていたナマルは国外逃亡し、今も行方はわかっていない。一家は母子家庭となり、墨田区内の都営団地に引っ越し、美里が働きに出るようになった。母はふたりの娘を愛してはいたが、しつけには厳しかったようだ。

姉の奈々美は従順で勉強もできた。フラッシュ暗算の十歳以下の部門で東京代表となり、全国大会に出場したこともある。

チャイムが鳴った。

清春はドアを開けると、ポットの載ったワゴンを自分で部屋の奥まで運んだ。コーヒーをカップに注ぎ、資料に戻る。

玲美の母と姉の事件の概要は――

その朝、学校に馴染めず、いじめにも遭っていた一年生（七歳）の玲美は、いつも以上に学校に行きたくないと、ごね、暴れた。母が言い聞かせても泣き続けた。小学四年（九歳）の姉も、登校を遅らせてなだめるほどだった。

玲美が学校を休んでも面倒を見る人間はいない。結局、母と姉で両脇から抱え、無理やり引きずるように家を出た。

だが、校門の手前で、玲美は母と姉を振り切って逃げ出す。

以前にも何度か同じことがあり、母と姉は玲美を追いかける。このとき玲美が一瞬だけ振り返って見たふたりの姿が、生きた母と姉を見た最後になった。

玲美は近くのマンションのゴミ集積場に隠れ、それから都営団地の自分の家に戻る。鍵はメーターボックスの奥に隠してあったものを使った。姉の奈々美が鍵を失くしたときのために、予備のものを置いたと母が話していたのを盗み聞きして、覚えていた。

普段、玲美は放課後になると一年生から三年生を預かる区立児童館の学童保育クラブで過ごし、四年生の姉が授業を終え、迎えに来るのを待って一緒に帰宅していた。学童クラブでも上級生からいじめられ、姉妹なのに奈々美とはどうして肌や瞳の色が違うのかとからかわれるのを、何より嫌っていた。

その日、玲美はもう小学校にも学童クラブにも行かないと決心していた。卒業まで不登校で過ごす。無理に行かされるくらいなら死んでも構わないと思っていたし、その決心を母にも伝えるつもりだった。

しかし、少しすれば母が家に戻ってくると思っていたのに、戻らない。自分を捜すのを諦め、母は仕事に、姉は小学校に行ったのだと思った。なのに、夕方になっても、夜になっても帰ってこない。どうしていいかわからず震え続け、真夜中になってひとりの怖さに耐えられなくなって、外に出ようとしたとき、警察がやってきた。

母と姉の行方がわからないまま、玲美は数週間を児童福祉施設で過ごした。伯父（母の兄）夫婦は若年性認知症と診断された母（玲美たちの祖母）の世話のため余裕がないといって引き取りを拒否したが、母の前夫である柚木の弟夫妻が面倒を見ると申し出てくれた。

　行方不明から約五ヵ月後の二月五日、母・松橋美里は東京都下、あきる野市内の雑木林で死体となって見つかった。

——嫌な符合。

　二月五日。小学二年生の清春が、拉致されてゆく倉知真名美さんを見失ったのと同じ日だった。真名美と、玲美の姉・奈々美の名が似ているのも気に入らない。

　首を一度回して、また読み進める。

　松橋美里の死体はほぼ白骨化しており、着衣は劣化していたが失踪時と同じ。首にはショールの残骸が巻きつき、頸椎はじめ体の十数ヵ所に損傷があった。

　姉の奈々美は見つからなかったが、母の上着の内ポケットに「ななみもつれてゆきます」とボールペンで書かれた便箋が折りたたまれて入っていた。

　玲美は実子のいなかった柚木夫婦の養子となり、まったく血縁のない柚木姓を名乗ることになった。

　母の遺体発見から十八年——姉の奈々美が生きていれば二十八歳になる。

　清春は空になったカップの半分までコーヒーを入れ、そこにスコッチをたっぷり注ぐと、ブラウンシュガーを混ぜた。

二口、三口と飲み進めると、体がほんのりと暖かくなった。両腕の縫い痕が少しだけ疼く。顔が火照り、逆に頭は冴えてくる。

続いて玲美の母の検視報告を開き、読みはじめた。

3

十八年前――

その年最後の水曜、雪の降る夜。

都内足立区、千住大橋近く。

村尾邦宏は路肩に停めた車の運転席から、十メートルほど先の細い脇道と交わる四つ角を見つめていた。

空はもう暗い。並ぶ街灯の下を、学校帰りの中高生や仕事帰りのサラリーマンが通りすぎてゆく。薄く積もった雪が踏みつけられ、シャーベットのように溶けている。

目の前が曇ってきた。前だけじゃない、レンタカーの中には、タバコの白い煙が充満している。また吸いすぎた。窓を少し開ける。

はじめは署の覆面車を使うつもりだったが、却下された。副署長からも「これ以上首を突っ込んだら処分する」と訓告を受けた。しかし、無視することにした。

外気が流れ込み、車内の白さが薄まってゆく。エアコンは切ったままだが、寒さは感じない。冬の車中張り込みは、足先が軽く痺れるくらいの温度がいい。眠くならず緊張を保っていられる。

署の若い奴をひとりだけ引き連れ、勝手にこの張り込みをはじめて三日目。

——まだまだこれから。

三ヵ月前、荒川区内で二十二歳の未婚女性が行方不明となった。

二日後、警視庁捜査一課特殊犯捜査第一係と荒川署刑事課は、営利誘拐の可能性が高いという見解を示す。根拠は、行方不明から八時間後と十時間後、女性の携帯から自宅に二度の無言電話が入ったこと。さらに翌日、女性の母親の携帯に【3000万円用意して】というメッセージが届いたことの二点だった。

だが、大間違いだ。

電話とメールは単純な偽装工作で、この誘拐は容疑者の特殊な性的嗜好に起因している。しかも十年前から不連続に続いている誘拐事件の一部である可能性が極めて高い。

村尾はこの容疑者を数年前からDF16と独自に分類し、犯人像と行動を推定——これをプロファイリングと呼ぶのはふさわしくない。あれは覚えれば誰でもできる単純な分類だが、これは私にしかできない――してきた。

十年前、茨城県下館市で十二歳の小学生女子が誘拐された。その一年八ヵ月後、栃木県足利市で十四歳の中学生女子が、さらにその三年後に埼玉県東松山市で十七歳の女子高校生が誘拐されている。

村尾はこの三人の顔や体型が酷似していることに着目した。

独自に依頼した加齢による人相変化のモンタージュも、下館市の十二歳被害者の二年後の推定人相が足利市の十四歳被害者の、十四歳被害者の三年後の推定人相は東松山市の十七歳被害者の容姿に、それぞれ姉妹といってもおかしくないほど似ていた。また、各被害者の誘拐された状況にも、多くの類似点が見つかった。

被害者たちの姿は、ひとりの女性の成長過程として重なってゆく。

誘拐監禁していた十二歳の少女を、病気や過失などにより死亡させてしまい、その代替品として十四歳の少女を誘拐した。だが、その少女も何らかの理由で死亡させ、さらなる代替品として十七歳を誘拐した――村尾はこう推測した。

東松山の事件から五年経過し、現在行方不明となっている二十二歳女性の容姿も、これまでの三人と酷似している。犯人は四人の被害者を妄想でつなぎ合わせ、ひとりの女性と考えている可能性が高い。

村尾はこの解析を上申した。が、叱責された。

所轄署勤務のいち刑事が、管轄外の事件に関して警視庁捜査一課と所管警察署の見立てに口を出すとは前代未聞だと。さらに、解析には何の根拠もないと嘲笑された。

根拠も証拠もある。過去の誘拐現場には共通して近いサイズの男物靴底の痕跡があり、見慣れないワゴン車を男が運転していたという目撃情報も重複している。

しかも聞き込みの結果、今回の被害者が日常使っていた地下鉄千代田線町屋駅と、その前後の西日暮里駅、北千住駅周辺で、見知らぬワゴン車に尾行されたという複数の二十代前半の女性の証言も得られている。

下館市の事件ではJR水戸線の沿線で、足利市の事件ではJR両毛線の沿線で、東松山市の事件では東武東上線の沿線で、駅からの帰り道に見知らぬ男や自動車に尾行されたという複数の届け出があったのちに、実際の誘拐が発生した。

同じ沿線の中から徹底的に標的を吟味し、絞り込み、ようやく実行に移すのがこの犯人の特性だと村尾は確信している。

だが、解析は完全に無視され、誘拐捜査は大きな進展もないまま時間だけが過ぎた。

しかも、被害者女性の生存に不利な事実ばかりが明らかになっていった。マッチングアプリを通じて、事実上の売春を行っていた。さらに事務職として勤務していた予備校の経費を、同僚と共謀し横領していた疑いも浮上した。

これらの事実は犯人も知らなかっただろう。そして知れば、おそらく許さない。

犯人は自分に強い自信を持ち、そんな自分にふさわしい穢れのない女性の姿を追っている。期待を裏切れば、不貞不潔と決めつけ、自分を騙した罰を与えようとする。

危惧した通り、五週間後、被害者は死体となって茨城の山中で見つかった。

あろうことか特殊犯捜査第一係は、村尾による事件の自作自演を疑い、聴取した。が、すぐにアリバイが立証され嫌疑は晴れた。

しかし、まだ逮捕の機会は失われていない。捜査は完全に迷走していた。

犯人は必ず年内に新たな動きをする。村尾は確信していた。

もう一度、誘拐を企て、容姿の似た二十二歳の女性を拉致しようとする。自分の審美眼の低さから、「不良品」を連れ去ってしまった失態を打ち消すために。

死体となって見つかった二十二歳の女性は、地下鉄千代田線で通勤していた。犯人はこの路線の利用者から獲物を物色していたのだろう。そして、ひとりに絞る前に、第二、第三の候補も見つけていたはずだ。

犯人は町屋駅で乗降している女性にこだわる。

事件直後で警戒されていようと、必ず狙う。警察への挑戦などではなく、どうしてもやり直さずには、自分の間違いを完全に塗り潰し、正さずにはいられないからだ。

村尾は駅に通い詰め、新たに狙われる女性を独自に絞り込んでいた。

夜が深まり、みぞれ状の雪の上に、新たな雪が積もりはじめている。やはりスタッドレスのタイヤにすればよかったか。まあいい。走らなくなったら乗り捨てていくだけだ。

寒さで足先の痺れが強くなり、薄汚れた毛布をかけた。

辛くはない。むしろ楽しい。もうすぐ犯人を逮捕できるのだから。奴は必ずここを起点とした二百メートル四方にやってくる。俺にはわかる。

村尾は入署するずっと以前、山梨の高校生だったころから、国内のさまざまな未解決事件の情報を収集し、整理分類して系統立て、解析してきた。

目標だった警視庁の警察官となり、両国署に配属されて以降は、警視庁のデータベースを使うことで精度がさらに増した。四十五歳となった現在では、自分の解析に絶対の自信を持っている。思い込みではなく、過去十八ヵ月間だけでも、練馬区資産家父娘殺害事件、大田区強盗刺殺事件の二件の容疑者と行動を特定し、逮捕に大きく貢献している。

だが、警視庁捜査一課と該当所轄署の連中は、「すでに判明していたことばかり」とうそぶき、貢献の事実をなかったことにしようとした。

上司の中で唯一評価してくれる両国署の副署長にも、いつもこういわれる。

「おまえには被害者の痛みがわかっていない。遺族の苦しみを感じ取ろうともしない」

それのどこが悪いのか。事件を解決することこそ、被害者への最大の弔(とむら)いであり、遺族への慰(なぐさ)めではないのか。

ただ、村尾は腹を立てることをもうやめていた。今夜起こるような現行犯逮捕を積み重ねていけば、圧倒的な能力差を誰もが認めざるを得なくなる。

新たなタバコの箱の包装フィルムを剝がそうとしたところで、携帯が震えた。

張り込みを手伝わせている後輩からの着信。千住大橋の向こう側に待機させている。

『来ました。ほんとに来ました』声が興奮している。『路肩に停車したところです』

「距離は？」

『三十メートル先。教わった通りワゴン車、銀色。ナンバーは水戸３１３――』

報告を聞きながら村尾も興奮していた。それを必死で抑える。

『どうします？　行きますか？』

後輩は職務質問をかけようとしている。

「待て。そっちに行く」ライトをつけ、シフトレバーをドライブに入れた。

『え、でも、狙っています。運転席の人影が後部シートに移りました』

歩道を進んでくる標的の女性を、車内に引きずり込むつもりだ。行動が早い。明らかに手慣れている。

「顔見えるか」

『逆光でキャップ被ってて……ちくしょう見えません。でもあれ、すぐに動きますよ』

「向こうの真うしろに車をつけろ。すぐ行く」

アクセルを踏み、走り出す。

突然、脇道から何かが飛び出した――

急ブレーキを踏んだ。人だ。凍りかかった路面をタイヤが滑る。ハンドルを切ったが、間に合わない。一瞬目が合い、青ざめた顔をはっきりと見た。フロントに体がぶつかり、長い髪の人影が回転しながら倒れてゆく。

道路に仰向けになったのは女。が、ただの女じゃない。知っている。村尾は自分の目を、人生ではじめて本気で疑った。

すぐに車を降りて確かめた。間違いない。飽きるほど写真で見た顔。五年前、東松山で誘拐された女子高生が、成長した姿になってそこにいる。生きていたのか。

「助けて」彼女はいった。

驚きながらも村尾は右手を伸ばす。女も右手を伸ばす。その指先に触れた瞬間、女が左手を振り回した。村尾の顔の右側に衝撃が走り、首がねじ曲がる。

――しまった。

金槌(かなづち)で殴られた。手で避けようとしたが、それより早く、二発三発と頭を殴られた。罠(わな)だ。この女は囮(おとり)だ。時間をかけ、絶対服従するように教育されている。

だが、今さら気づいても、後悔しても、もう遅い。

視界が歪み、立っていられず倒れたが、道に積もった雪の冷たさも感じられない。

――待ち伏せていたつもりで、待ち伏せられた。

犯人は代替品を拉致しようとしたんじゃない。五年の飼育で自信をつけ、今監禁している被害者の、姉妹か友達となる女を手に入れようとしていた。

ワゴン車に張り付いているあいつはどうした……

遠くで多重衝突の音がした。クラクションも鳴っている。やはりだめか。逮捕に失敗したどころか、新たにひとり拉致されてしまった。

——俺は負けた。

＊

十八年後——現在。

眩しいほどの照明、きれいな壁と大きな窓。受付の女性の丁寧な対応。

則本敦子ははじめて来た矯正医療センターに戸惑っていた。以前の八王子医療刑務所とはまるで違う。あそこは古くて薄暗くて、五分もいるだけで自分も病気になったような気分になった。なのに、ここは待合室にアロマの香りまで流れている。

快適なはずなのに、そわそわする。やっぱり警察官に清潔で先端的な場所は似合わない。

五月十八日、金曜。

敦子は村尾邦宏に会うためにここに来た。

村尾受刑者は収監直後、膵臓ガンの悪化によりここに移送され、治療を受けながら服役を続けている。

担当医に問い合わせると、詳しい病状は親族でも弁護士でもない敦子には話せないといわれた。ただ、「急いだほうがいい」というアドバイスはしてくれた。

敦子の所属する組織犯罪対策第五課の課長から許可も得ている。直属の上司である五課七係の係長・檜山が説得してくれたおかげだ。

「面会理由はまだ明かせません」という身勝手な願いを、檜山は聞き入れてくれた。ただし、大きなネタを拾ったら、情報も手柄も必ず係で共有するよう念を押されている。

五年前、殺人事件の容疑者扱いした上、理不尽な異動を強いたうしろめたさから、警視庁全体が敦子に甘い。今も腫れ物扱いされている。通常ではありえない個人行動を続けていても、部長や管理官に呼び出されたことはない。

だが、そうした埋め合わせとは違った、純粋に刑事としての能力に対する期待を、あの係長はかけてくれている。

村尾が去年起こした誘拐殺人容疑者・伊佐山秀雄殺害と監禁被害女性奪還の顛末は、「警察が総力を挙げて解決できなかった誘拐事件を、たったひとりの元刑事が解決した」と喧伝され、世間に強く叩かれたことで、警視庁内ではタブー視されている。にもかかわらず、檜山はこの面会を許し、問題なく話が進むよう、こちらにいる自分の同期にも頼み込んでくれた。

朝の陽光が窓いっぱいに射し込み、目に滲みる。

気持ちを落ち着かせるため、バッグから村尾の書類を取り出し、ページをめくってゆく。

十八年前、村尾は誘拐犯を取り逃がした。

村尾とともに張り込みをしていた若い刑事は、被害者を拉致した車を追跡したものの、交差点で一般車両と衝突事故を起こした。右足に後遺症が残り、五ヵ月後に依願退職している。

村尾本人は何者かに殴打され、路上で気を失っていたところを発見された。

東松山で誘拐された被害者女性に襲われたと村尾は供述したが、他に目撃者はいなかった。

犯人からの強要・洗脳による被害者の同調と推測されたが、本当に被害者本人だったのか結論は出ていない。雪の上に飛び散り、女性の血と思われていたものも、のちの分析で血に似せた液体だとわかった。

最大の問題は、次の被害者を予見しておきながら、本人には一切告げず、囮のように使ったことだった。

村尾は辞職を余儀なくされた。妻とも離婚し、ひとり息子は妻に引き取られた。大手警備会社に再就職後も、村尾はあの誘拐事件を含むさまざまな事件の解析を独自に進めた。そして、その結果が、村尾自身による誘拐犯刺殺という事件になった。

——馬鹿な奴。

趣味と仕事の境界が引けず、いつしか犯罪捜査そのものが自分の人生であり、すべてだと思い込むようになったのだろう。しかも、捜査能力の高さが立証されるにつれ、自分を他より数段上の人間だと信じるようになっていった。

不遇をすべて周囲の責任にすり替え、交渉力の拙さとか、人づきあいの絶望的な下手さとか、自分の欠点は何ひとつ変える努力をしていない。

運良く警察官になれなければ、犯罪者になっていたのは間違いない。あ、結局は同じか、最後には殺人犯になったのだから。

村尾は自身の起こした家宅侵入及び殺人事件の公判で、捜査のために数々の違法行為を重ねていたことを素直に認めている。

警察の捜査資料をネット経由で盗んでいたことも発覚し、セキュリティ管理の甘さが大々的に報道され問題にもなった。デジタル化されたはずの警察無線も、いったんサーバーに蓄積し、時間をかけて複数のソフトで解析していけば、決して解読不能でないことが世間に広く知られてしまった。一方で、監禁被害者を救い出した村尾を英雄扱いする書き込みも、ネット内に根強く散見される。

敦子は公判記録の中の、村尾のこんな発言に注目している。

「あの一連の誘拐事件を調べることは、意地や執念を越え、私の生きる理由そのものになっていました。そして、長く追い続ける中で、誰の目にも触れずにいた他の未解決事件の痕跡も数多く発見したのです。確かな物証とともに犯人に辿り着いたものもある。しかし、人手もなく、生きる時間も長く残されていない私には、追っていた事件の解決に関係ないものは切り捨て、目をつぶってゆくしかありませんでした。しかし本当は、逮捕されず街中に紛れている犯罪者すべてに罰を与えたい。この世から消してやりたい。その思いは今も変わりません。自分にはもうその機会がないことが、悔しくてなりません」

のちに裁判員のひとりがこの発言に言及し、事実ならば警察に詳しく話し、委ねてはどうかと訊いている。

だが村尾は「ガンの鎮痛剤が効き過ぎて、口が必要以上に回ってしまったのでしょう。ただの妄言(もうげん)です」と撤回した。

村尾は懲役十七年の判決を受けた。控訴せず刑は確定している。

刑務官が近づいてきた。もう面会できるようだ。

エレベーターを降り、電子ロックの鉄扉と鍵束で開ける鉄格子を抜けると、ここはやはり刑務所なのだと思わされる。しかも、通常の病院で聞こえるような、看護師たちの明るい声が一切聞こえない。看護師と収監者との間で、必要以上の会話は禁じられている。

面会室ではなく個人居室（監房）に入った。

ベッドに病衣を着た村尾が横たわっている。鼻に酸素チューブ、首と腕の静脈に点滴チューブをつながれ、ゆっくりと視線をこちらに向けた。

「そのままで」敦子は無理に起き上がろうとする村尾を制した。

枕元に寄ってゆく。

本来なら近づきすぎだが、付き添いの男性看護師は扉の前に立ったまま、バイタル・モニターを見ている。担当刑務官も視線を落とし、廊下へ顔を向けた。

「ありがとうございます」

ふたりの気遣いに感謝し、村尾の耳元に唇を寄せた。

「柚木玲美に何を教えたの？」

前置きはなし。十五分の面会時間の中で、できる限り聞き出さないと。

「ふたりじゃない、三人ですよね」村尾は敦子の質問を無視していった。「あなたのお母さんは失踪したんじゃない」

天井に向けた村尾の目は澱（よど）み、閉じかかっている。なのに、滑舌（かつぜつ）ははっきりしていた。

「ふたりの男に関しては、他に自分を守る手段がなかったからでしょう。同情します。でも、最後の母親への仕打ちは、自分の惨めな十代への復讐のため。必要ないものです」

「そんな話を聞きに来たんじゃない」

「聞いてください。私の遺言です」

互いの耳だけを見ながら囁き合う。

「私はふさわしい人間を捜していて、あなたを見つけました。でも、あなたに命令し、仕事をさせるだけの時間は残っていなかった。なので、ささやかな遺産として柚木玲美さんに送ったんです。勝手をいって申し訳ないが、阿久津くんと協力して、どうか彼女の長年の憂いを取り払ってあげてください」

「断ったら？」

「確かに断ることもできます。でも、彼女のために働いたほうが利するものも大きいと、もう自分でも気づいていますよね。まずは玲美さんの母、松橋美里さんの案件を阿久津くんに再検証させてください。彼なら必ず何か見つけ出します」

「彼は警察より優秀だといいたいの？」

「そうです」

「だったら、私抜きで彼ひとりに調べさせればいい。それよりあの娘に――」

「終わりにしましょう」と看護師が明るい声でいった。

話に集中していて気づかなかったが、村尾の脈拍と血中酸素濃度が大きく下がっている。

まだ五分も話していない。だが、村尾は終了を告げるように満足げに口元を緩め、ゆっくりと目を閉じた。衰弱していた体と顔が、さらに小さく縮み、土色に枯れ、まるで即身仏のようだ。話さないのではなく、もう話せないのだと嫌でもわかる。

確かに遺言だと思った。

必ず会いにくるとわかっていて、村尾はこの短い会話のために残り少ない体力を蓄え、そして一気に吐き出したのだ。

村尾の口に酸素マスクがつけられる。

敦子は帰るしかなかった。


五月十八日、午前八時半。

明和フードシステムズに出社した清春は、昨日電話をしてきた戸叶妙子(たえこ)に迎えられた。細身で背が低く、神経質そうな四十がらみの女。愛想笑いなどまるでしないのに、不思議と話し辛さは感じない。

そこではじめて戸叶課長も日葵明和からの出向組だと聞かされた。ただし、本社の課長職以上に就くための通過儀礼的なもので、清春のようなマイナスの理由ではない。清春が移ってきたということは、逆に戸叶は、通例に従い半年以内に本社に戻ることになる。

同僚社員を順次紹介され、午前九時になると、関東地方のエリアマネージャーが集合する全体ミーティングに参加した。

冒頭に挨拶したあと、ブロックごとに成果報告をしている各テーブルを回った。参加者すべてに日葵明和本社の名刺を渡し、頭を下げてゆく。

清春は日本からの撤退を決めた、『Lyman's（ライマンズ）』というアメリカのシーフード・レストランチェーンの業務終了作業を担当することになった。

正式な着任は一ヵ月後。ずいぶん先になる。

突然の出向のため、フードシステムズ側にも正式な業務割当ができていなかった。

まあそれは表向きの理由で、マスコミ対策として、しばらく出社を控えさせ、取材関係者の出方を見ろと本社から通達されているのだろう。

そうでなくても、本社出向組は与えられた仕事だけを着実にこなし、可能な限りおとなしくしていることを期待されている。もちろんその通りにする。出しゃばる気はない。

挨拶を終えてオフィスに戻ると、中年の女性社員から出向に伴う提出書類を渡された。経費を口座振り込みにするため、銀行届出印を捺して書留で送らなければならない。

届出印か。本社のデスクにもホテルにも……置いてないな。

赤羽の自宅に戻るのか。まあ、しょうがない。

出向を言い渡されたときより、こんな説明を聞いているときのほうが、自分は本社を離れるのだと実感した。やばいな。ちょっと切なくなってきた。

午前十一時過ぎ、戸叶課長が全体ミーティングを抜け出し戻ってきた。

「外出するから一緒に来て」

そば屋で昼食を取り、電車の中で説明を聞く。

二ヵ月前に閉店した『ライマンズ』堀切店の退去に関して、テナントの貸し主とトラブルが起きている。それを丸く収めてくれといわれた。

――やっぱり試験だ。

戸叶が日葵明和本社の人間だと聞いたときから、心構えはできていた。ミーティングで紹介するというのは口実で、どれだけ使えるか試すために呼んだのだろう。

いやらしいやり方だけれど、しょうがない。こういう厳しさには慣れている。トラブル解決は、出向先での本社社員の数少ない、そして最も重要な職務でもある。

それでも今回の案件はかなり面倒臭い。

オーナーの辻井エステートという不動産会社から、明和フードシステムズは三千五百万円の違約金支払いを求められていた。

当初の予定の半分以下の期間で出ていってしまうのだから、差額と迷惑料を払えという。もちろん契約書にはそんなことは書かれていない。

ただ、契約の際、当時の明和側担当者が、「最低五年は借り続けます」と笑顔で明言しているのが辻井エステートにより録画され、清春も戸叶から映像を見せられた。録画までしているのも準備がよすぎる。

あちらの担当者は、不動産業者には不似合いなほど会話の誘導が上手い。録画までしているのも準備がよすぎる。おかしいと思ったらヤクザだった。

辻井エステートはいわゆる暴力団のフロント企業で、登記上は一般人の経営する会社となっている。だが、利益のほとんどは実質的な親会社である首藤組傘下仁和会に流れていた。

「話し合いの場所は?」吊り革を摑みながら清春は訊いた。

「辻井エステートのオフィス」戸叶がいった。

あまりいいロケーションとはいえない。

「組事務所よりはましだと思って」戸叶が目をそらす。

当たり前だが辻井エステートの外観は、ごく普通の不動産屋だった。

女性社員が「お待ちしていました」と声をかけてきて、すぐに社長室へ通された。

誰もいない。立ったまま五分ほど待ったあと、いきなりドアが開いた。

三人の男が入ってくる。先頭に長身のスーツ、うしろにVネックセーターにレザーパンツの中年と、パーカーにスエットの若い奴が続く。

スーツ姿が辻井エステート専務の斉田毅彦。四十五歳くらいだろうか。本業は仁和会の若頭だという。斉田自身も一真会という構成員十四人の組を持っている。あとに続いたふたりはよくわからないが、斉田の配下でヤクザなのは間違いない。

戸叶がまず清春を紹介する。

「まだ新しい名刺もできてねえのに、もう現場に引っぱり出されてんの。商社も大変だね」

斉田は口調も態度もヤクザであることを隠していない。不動産会社の専務ではなく、本来の自分の立場でここに来ているという示威行為だろう。

「まあ座んなよ」斉田がソファーに腰を下ろす。

ローテーブルを挟んで清春と戸叶も座った。Vネックとパーカーは隅から事務椅子を引っぱってきて、清春の真横に座った。ちらりと見ると、パーカーが腕組みしながら表情のない顔で見返してきた。

「最初の担当だったニイちゃんは左遷されたのかい」

「関連会社に移りました」戸叶が答える。

「クビにもならず、他所に逃げて知らん顔か。コネ入社の不肖の孫は楽だねえ」

一部上場メーカー会長の孫で、就職先で困っていると泣きつかれた日葵明和本社が、明和フードシステムズに押し込んだ。人柄は悪くなかったが、仕事はまるでできなかったそうだ。

「こないだまで来てた、二番目の担当の小太りは？　四ヵ月前にはじめての子供が生まれたばっかなんだろ。まだいんの？」

「はい。担当を交代しただけで、まだ社に」

斉田は社員の履歴を調べていた。だから戸叶課長は、まだ何の弱みも知られていない正式異動前の清春を連れてきたのだろう。

清春の横で大股を開いて座っているパーカーの若い奴が軽く足を動かした。ローテーブルの下、清春の右の革靴にパーカーのスニーカーが当たる。

清春は表情を変えず、右足も引かず、話す斉田の顔を見ている。

辻井エステートの女性社員がコーヒーを運んできた。カップが皆の前に並べられてゆく。

斉田が右手を軽く上げ、指を二本突き出した。

パーカーがすぐにポケットからタバコのボックスを取り出し、一本抜いて、体を伸ばす。清春はかすかに右足を動かした。パーカーのスニーカーがまた革靴に当たる。

パーカーは表情を変えず斉田の指にタバコを挟むと、ライターで火をつけた。

「でさ、どうすんだよ」斉田が戸叶を見た。

「本日は私ではなく阿久津から説明させていただきます」

「課長がいんのに？　いざとなったら部下におっ被せて逃げんなよ」

「もちろんです」

「約束だぜ」斉田がこちらを見て顎を振る。「はじめな」

清春は一瞬横を見て、パーカーとの距離が変わらず近いことに迷惑そうな表情を浮かべたあと、足元のカバンから資料を出した。

テーブルの下で、またも清春の靴とパーカーのスニーカーが擦れる。パーカーが眉をかすかに動かし、横目で清春を見た。

清春はまず双方のこれまでの言い分と、食い違っている部分について、なるべく手短に話した。斉田も分かり切ったことだと急かしたりせず、いちおうは聞いている。

「今申し上げた事柄に関して、事実誤認や間違いなどございませんでしたか」

「俺に訊いてんの？　じゃ、いってやるけどさ、肝心なとこが伝わってねえんだよ。前任の小太りは何やってたんだ、引き継げてねえじゃねえか。契約書の記載とか、常識とか、あんたら山の手の連中のやり方なんざ、知ったこっちゃねえ。荒川渡ったこっち側じゃ、相手の目を見て約束したことが一番なんだよ。互いの信義ってやつ。それが俺らの誠意条項だ。このあたりの人間はずっと昔からそれで通してる。このやり方に文句つけるってこたあ、こっちで商売やってる連中全部の顔に泥塗るってことだ」

清春は顔に煙を吹きつけられた。

「隅田川渡って、荒川渡って。川二本越えりゃ、商売のしきたりだってまるっきり変わる。あれだ、ほら。ユダヤの宝石商と同じだよ。互いの目を見て握手したら、それで契約成立。紙切れや規約なんかより、その握手が契約の証拠になんだろ？」

「わかりました」清春はいった。

「口でいうだけじゃなく、態度と金で示せや」

「御社のお考えがよくわかったという意味です」

「あん？」斉田が黙って聞いている戸叶を睨む。

戸叶は恐縮したまま、小さく頭を下げた。

清春は言葉を続ける。

「今度は弊社の考えをお伝えします。今いわれた『このあたりのやり方』というものを、弊社なりに理解しようと努力しています。歩み寄ろうともしています。翻って、御社はいかがですか。我々明和フードシステムズのやり方は、今仰ったように、しょせん山の手のやり方かもしれません。でもそれは弊社を含む山の手の連中が長い時間をかけ、磨き上げ、作り上げてきたものです。たかが紙切れ一枚でしかない契約書を信じ、命もかけてきました。それが我々の誠意条項です。御社は、我々の、山の手のやり方を少しでも理解しようとしてくださいましたか。歩み寄るお気持ちを、少しでもお持ちでしたか」

空気がひりついてゆく。話す清春の上半身が前に傾いてゆく。

「俺らにも努力しろってか」

「恐れながら、そういうことです。互いの言葉に耳を傾け、よい結論を導きだそうと努力する気持ちを持たねば、収まるものも収まりません。歩み寄ろうとしてくださるのか、してくださらないのか、どうかお聞かせください」

「きれいごとぬかしてんじゃねえぞ。小学校の授業じゃねえんだ」

「答えを聞かずに引き下がることはできません。訊いたことが気に入らないのなら、許せないというのなら、どうか好きにしてください」

清春は身を乗り出し、首を差し出すように深く頭を下げた。その足が、今度はパーカーの履くスニーカーを踏みつけた。

瞬間、パーカーが清春の髪を掴み、強引に引き倒した。

膝と頭が床に叩きつけられる。「いいかげんにしろ、てめえ」パーカーが声を絞り出しながら、清春の膝を踏みつけた。

Vネックの中年と戸叶が飛びかかって引き剝がす。戸叶も蹴られた。ローテーブルの上をカップが滑り、コーヒーが床にこぼれてゆく。

「どうなってんだ、こら」斉田がVネックに怒鳴った。

「すいません」Vネックが悲鳴のような声で謝り、パーカーの顔を平手で張り飛ばした。

「すいません」パーカーも興奮しながら頭を下げたが、目は清春を睨み続けている。

「この野郎が因縁（いんねん）――」

パーカーの弁明の途中で斉田が奴の顔を蹴った。尻をついて清春のすぐ横に倒れてゆく。

「出てけ」斉田がまた怒鳴る。

Vネックとパーカーはすぐにドアの外へ消えた。

「小細工しやがったな、こら」威嚇(いかく)ではない本気の目で斉田から睨まれた。「うちの若いもんに空気入れる(煽(あお)って利用する)たあ、いい度胸じゃねえか」

「度胸なんてありません。馬鹿なだけです」

痛かった。けれど、これで少しだけ有利になった。手を出させるつもりでパーカーを挑発し、とりあえずは思惑通り床に叩きつけられた。

言葉と態度で一般人を恫喝し、恐怖を植えつけ、コントロールしようとするのがヤクザのやり方だ。それでも埒(らち)が明かないときの最終手段として暴力が使われる。

その奥の手を、こんなに早く、しかも、大して重要でもない場面で使わせた。単なる打撲とはいえ、一般人への傷害行為であることに変わりはない。

暴力団による傷害、しかも不動産契約のもつれから発生したとなれば、検察は裁判に持っていきたがる。公判では、配下(子分か舎弟かはわからない)のパーカーが、斉田の意に反して勝手に行動したことが立証されてゆく。立証されなければ斉田の指示ということで、暴行の共犯扱いされる可能性が出てくる。立証されても、下の者の勝手を許したことで斉田の面子(メンツ)は潰れる。どれを取っても、向こうに得なことはない。

「座れよ、おら」斉田がいった。

商社マンとはこういう人間だ。実質はヤクザと変わらない。自分たちの信義を貫くために、ときには命をかける。卑怯なことも平気でやるし、蔑まれることも厭わない。ビジネスは実弾を伴わない殲滅戦というのは比喩じゃない。南米や中東でなくても、こんな日本の下町でも危険に直面する機会はいくらでもある。潰れた町工場の元社長から、株で破産した元トレーダーから、大型ショッピングセンターの進出で寂れた商店街の店主から、「おまえのせいだ」と首を絞められ、刺され、殺されかけた先輩が数多くいる。ただそんなトラブルさえも商売のために利用され、事実が表に出ずにいるだけだ。

「こんだけ恥かかせたんだ、こっちにも花持たさねえと、ただじゃすまさねえからな。どう落とし前つけんだよ」

「いくつか案がございます。ひとつ目は、今回の退去のお詫びとして、私どもが九百万円を一括でお支払いする」

「九百万の根拠は？」

「親会社の決裁を仰がず、明和フードシステムズが独自にお支払いできる最高限度額です」

「ふたつ目は？」

「御社を日葵明和グループの取引禁止リストに載せません。このリストの内容は弊社グループだけでなく、上場商社各社や大手飲食フランチャイズとも共有されます」

「載ったら最後、有名所はうちのテナントにつかなくなるっていいてえのか」

「はい」

「コンビニもか」

「大手コンビニチェーンはすべて商社傘下ですから。しかし、このトラブル自体がなかったことになれば、もちろんリストに載せる理由もなくなります。さらに、弊社が保証する優良テナントを、最優先でご紹介させていただきます」

「どっちも嫌なら裁判か？」

「いえ、民事でも刑事でも争う気は毛頭ございません」

斉田が足を大きく上げて組み直した。

「だったら、ふたつ目選ぶに決まってんじゃねえか」

部屋の外に向け新しいコーヒーと雑巾（ぞうきん）を持ってくるよう大声でいった。漂っていた敵意とかすかな殺気が消えてゆく。

「この野郎、マジでいいシノギ回せよ。最後だぜ、もうこんなふざけたまねは許さねえ」

斉田は目を見ていった。

「承知しております。斉田様のご都合を教えていただければ、すぐに担当者を伺わせます」

清春も目を見ていった。正義も道徳もないが、とにかく合意することはできた。

「はじめっからそう話してりゃ、痛い思いせずに終わったのによ」

清春と戸叶は揃って深く頭を下げた。

「商社マンってのはまったく」斉田が蔑んだ目で見た。「どうしょうもねえ下衆だな」

辻井エステートを出ると、Vネックとパーカーが待っていた。ふたり揃って無言で頭を下げる。戸叶と清春も「申し訳ありませんでした」と詫びながら頭を下げた。

が、腰を曲げた清春の肩をパーカーが摑む下から腹に一発膝蹴りを入れられた。

清春の口から「ぐっ」と声が漏れる。パーカーはすぐに離れるともう一度頭を下げ、Vネックと一緒に店内へ戻っていった。

「だいじょうぶ？」戸叶が訊いた。

「吐きそうです」清春はいった。

この程度で済んだのだから、よかったと思うしかない。でも、やっぱり無傷では終われなかった。

堀切菖蒲園駅の改札を入る。

ホームに上がったところで、商用と私用ふたつの携帯の電源を入れた。

柚木玲美からメールが届いている。

『きょうもきてくれますか?』

清春はすぐに返信した。

『いけそうにない　ごめん』

秘匿性と安全性を少しでも高めるため、SNSのDM等は使わないと玲美と取り決めている。

「少しだけ飲んでいこうか」戸叶がいった。まだ胃が痛むが「はい」と返事をした。戸叶も蹴られた腿をスカートの上から擦っている。

午後二時半。上野の雑居ビルの地下にあるバーはもう開店していた。

カウンターに座り、店の名物というウイスキーサワーを頼む。内装は古く、照明は薄暗く、音楽は流れていない。

携帯が震え、また玲美からメールが届いた。

『あいたいです　おそくてもまっています』

返事を打つ。

『ごめん　いけない　赤羽に戻らないと』

「彼女?」戸叶が訊いた。

「はい」

目の前に赤いマラスキーノチェリーが沈んだグラスがふたつ並んだ。飲むたびに黄色いカクテルの中で揺れるチェリーが、澱んだ夜空に浮かぶ月のように見える。

「何があったかは法務部から聞いてる。でも、フードシステムズの社内には知らせていないから。もし訊かれても、無理に事情を説明する必要はないからね。当面は何いわれても黙ってなさい。コソコソするのも変だけど、面倒の種は極力伏せておくのが利口だから」

「ありがとうございます」

「あまり肩肘張らず、気楽にね」戸叶がグラスを差し出す。「とりあえず今日の試験、合格おめでとう」

清春も苦笑いしながらグラスを差し出し、小さく鳴らすと赤いチェリーを呑み込んだ。

4

桜田門の警視庁本部庁舎に戻った則本敦子は、匂いの違いを感じていた。

この建物が使われるようになって四十年近くになる。さっきまでいた医療刑務所とは、設備の新しさも見た目の美しさも較べ物にならない。単に古臭いというだけでなく、男たちの汗、漂う整髪料の香り、長年の間に積み重なった恩讐までもが、そこかしこに染みつき、臭いを放っている。

本庁刑事部に異動して七年。いつの間にかここの匂いが自分の体にも染み込み、一番慣れ親しんだ場所になっていた。

廊下の先、組織犯罪対策第五課七係へのドアは、いつものように開けっ放しになっている。

入る直前、うしろから男の声がした。

「おい」声だけでなく手も伸びてきた。「則本待て」

肩に触れられる寸前で払いのける。

「何だその態度は」

下品な声と顔。百八十を越える高い身長から見下ろしている。刑事部捜査一課八係所属の井ノ原(いのはら)。敦子より先輩だけれど一ミリも尊敬していない。

生理的に嫌っているだけでなく、正当な理由もある。

こいつは一課の権威と殺人の社会的重大性を盾に、他人の事件に横から割り込み、荒らした挙げ句、捜査を台無しにする。敦子も以前、強引に捜査協力を迫られ、逮捕寸前だった容疑者を取り逃がしていた。

「御用でしょうか」視線を合わせず訊いた。

「村尾邦宏に会ったな」

答えずに井ノ原の胸元あたりをぼんやりと見た。下品な黄土色のネクタイ。私はこいつのことが本当に嫌いなんだなとあらためて思った。

「何のために行った？　何を聞いた？」廊下に声が響く。井ノ原の口から飛んでくるつばが嫌で、敦子は黙ったまま一歩下がった。

「ああ待って。私の指示だよ」

　室内から七係係長の檜山がいった。ぱたぱたとサンダルの音を鳴らし近づいてくる。

「確認したい件があって確かめてきてもらったんだ。向こうの状態があんなだから、急がないとあれだろ」ふたりの間にすっと入った。

「何企んでるんですか」井ノ原が訊く。「抜け駆けする気でもなけりゃ、五課が村尾に接触する理由なんてありますか」

「一課が外に出していない村尾の身辺情報を見せるなら、こっちもネタ明かしするけど」

「卑怯ですね。他所のヤマにいきなり手突っ込んできて、取引しろはないでしょ」

「そっちのヤマでもないくせに」敦子は独り言のようにいった。

「あん」井ノ原が睨む。

「もう一課さんの手を離れた件ですし、私たちが何をしようと自由かと」

「離れたかどうかは、おまえたちが決めることじゃない」

「うちもまだ手は出しちゃいないさ」檜山がいった。「様子見の段階だよ。行けるとわかれば、ちゃんと情報は共有するから。うちだけいい目見ようなんて気はさらさらないよ」

　井ノ原がまた横目で敦子を睨んだ。

「特別扱いされてるからって、いい気になんなよ」

「負け惜しみなんて女々しい」

「おい」井ノ原が怒鳴り、廊下に響いた。

「元気がいいなあ」通りがかった事務職のベテランたちが冷やかす。

「すいませんね」檜山は笑顔でいうと、井ノ原の肩を抱いて廊下の先に送り出した。

肩越しに睨む井ノ原の視線を無視して、敦子は自分のデスクに座った。

サンダルを鳴らし戻ってきた檜山に頭を下げる。檜山のほうも、何でもないというように左手を軽く横に振った。

豊田という若い後輩も笑顔でコーヒーを置いてくれた。

こんなふうに外とぶつかることが多いにもかかわらず、同僚たちは概ね好意的に見てくれている。まあ、自分でそう思い込んでいるだけかもしれないけれど。

上層部や捜査一課の古参たちの思惑で、危うく罪人になりかけたという波乱の過去は、少なくとも後輩たちとつき合う上では有利に機能している。

同じ七係の人間から行動に文句をつけられたことはない。どんなやり方をしようと、犯人逮捕という成果を上げれば一定の評価をしてくれる。全員が年齢に関係なく、本音を良識で包んで会話することもできる。暴力団の相手をするうち、自分たちまですっかり筋者の風体になってしまった連中だらけの捜査五課の中で、七係は逆に特異だった。口調も見た目も普通の人間が集まっている。デスク周りで怒号や叱責を聞くこともない。

今の警視庁には七係にいるような種類の人間が増えてきた。あの井ノ原のような威圧的で上下関係を絶対視する連中は、淘汰(とうた)されつつある。

だが、やりやすい環境にいるはずなのに、敦子は心からは馴染めずにいる。

――このデスクの周りには、あの医療刑務所のロビーと同じ香りが漂っている。

理由はわかっている。敦子自身が勘や経験、自分のやり方にこだわり続ける古臭い人間だからだ。

午後五時を回り、七係から少しずつ人が減っていった。ボードに外出先と不帰・直帰の文字が書き込まれてゆく。

大きな事件もない週末なのだから、これで当然。文句はない。

五時半を過ぎたころには、檜山も当直担当者もどこかに消え、敦子ひとりになっていた。

息を吐き、ぬるくなったコーヒーを飲む。

ようやく少し落ち着いた気分になった。

清春は赤羽駅西口を出ると、いつもの帰宅ルートを進んだ。

団地を横切り、細い路地を歩いてゆく。強めのウイスキーサワーを五杯も空けたせいで体が熱く、両腕の縫い傷がむず痒い。

酔っていた。

だが、夕暮れに染まる住宅街を眺めていると、心地よい酩酊は溶けて流れるように消えていった。吐き気のような鈍い痛みだけが胸に残る。

――やっぱりだめか。

戸叶課長と飲んだのは、上司に誘われたからという理由だけじゃない。アルコールの力を借りれば少しは恐れることなく、街を歩けるような気がしたからだ。

仕事の忙しさにかこつけ、ここに住んでいながら、長い間、真夜中や早朝の風景しか見ないようにしてきた。今なら少しは強くなった自分を感じられるかもしれないと思ったけれど、残念ながら何も変わっていなかった。

午後五時三十七分。

二十年前のあの日、連れ去られてゆく倉知真名美さんを見た時間。

薄暗がりに並ぶ家々の前を歩いていると、行き交う自動車や自転車の音を聞いていると、今でも悲しさを通り越し、自分が許せなくなる。

あのときの自分が、もっと足が速かったら、もっと大きな声で叫んでいたら、もっと勇気があったら、もっと強かったら、もっと人を疑うことを覚えていたら……何ひとつ持ち合わせていなかった無能さを、今も責めている。

倉知さんを殺した大石嘉鳴人は死んでしまった。大石の罪を隠すのに手を貸した五人も全員死んでいる。彼女を殺された恨みを、救えなかった怒りと憤りを、ぶつける相手はもう残っていない。

それでもまだ誰かを罰したいのなら……連れ去られてゆく彼女を見ながら何もできなかった、この自分自身を罰するしかない。

ただ、どう罰すればいいのか、わからない。

だめだ。またおかしなことを考えている。夕暮れどきは怖い、感情を抑えられなくなる。

自宅マンションの周囲に記者の姿はなかった。

念のため裏口のオートロックを入ったあと、一度地下駐車場に下りてから十一階までエレベーターで上がった。誰にも会わない。用心深くしすぎた自分に少し恥ずかしくなる。

自宅のドアを開けた。

まず玄関とリビングに仕掛けてあるカメラとセンサーを確認する。不在だった一週間に入ったのは妹の結真だけ。他に侵入者はいなかった。

引き出しを開け、銀行届出印を探していると携帯が震えた。

妹からのメッセージ。

『ニュース見た？　玲美さんだいじょうぶ？』

メッセージ画面に貼られているＵＲＬに飛ぶ。玲美をストーキングしていた藤沼晋呉の死亡記事だった。あの事件の夜から意識は一度も戻らなかったらしい。

――彼女からしつこくメールが送られてきたのはこのせいか。

インターホンが鳴った。一階エントランスのオートロックからだ。

モニターを見ると知らない男が立っている。一見して記者だとわかった。

入るときには誰もいなかったのに。同じマンションの住人に、１１０５号室に誰か帰ってきたら連絡をくれと金を渡してあったのだろう。

応答しなかったが、またすぐ鳴らされたので呼び出しを消音にした。

目的の印鑑を見つけると、バスタブに湯をためた。

座り慣れたソファーに体を沈める。一週間ぶりの自宅。少し気持ちが落ち着いてきたところで、また携帯が震えた。

妹じゃない。玲美からのメール。

『下にいます　入れて』

すぐにモニターを見た。玄関ホールに立つ玲美が映っている。

嫌だが開けるしかない。

「十一階」通話ボタンを押していった。

『わかってる』

玄関を半開きにして待っていると、すぐに玲美が現れた。

「だいじょうぶ？」清春は訊いた。

「振り切ってきた」玲美が答える。

取材記者のことをいっている。息が荒い。

「中に入ってもいい？　立ってるのがきつい」

しょうがない。清春は露骨に嫌な顔をしながら招き入れた。

玲美はリビングへ進み、「座らせてもらうね」とソファーに腰を下ろした。大きく息をつき、顔色も悪い。

「何か飲む？」

「できれば温かいのを」

戸棚からレモンの蜂蜜漬けを出し、ケトルで湯を沸かす。

「病院には？」キッチンに立ったまま訊いた。

「メモは残してきた」

「誰にもいわず出てきたの？」

玲美が頷く。「まだ外出許可は出ていないから」

「連絡しないと」

「だいじょうぶ、あとで私が謝る」

「だめだよ」

病院のナースセンターに電話を入れると、案の定騒ぎになっていた。「警察に通報するところでした」と主任看護師に厳しくいわれ、清春の声だけでは信用せず、玲美に電話を代わらせた。ＶＩＰフロアーに入院しているため、深夜の面会や家族の泊まり込みなど、たいていのことは許されるが、逆にセキュリティに関して厳格だった。

温かいレモネードの入ったカップを彼女の前に置く。

「ありがとう」玲美が小さく頭を下げた。

「ニュースのこと？」清春は訊いた。

「あんなのどうでもいい」バッグから水色の封筒を出した。「まずこれを見て。十二年前に届いたもの」

封筒には玲美の名前と彼女の自宅住所、そして差出人の女の名が印字されている。

「私の姉は生きてるっていったけど、これがその証拠」

中には写真が一枚入っていた。

テーブルの上を撮ったものらしい。毛糸やビーズ、小さなボタン、フェルトで作られた人形がふたつ置かれている。

「十九年前。姉が行方不明になる前、私とふたりで作った双子の人形のレプリカ。名前はキノポとクノポで、キノポは姉が持っていた。クノポは今でも私が持っている。行方不明になった翌年から、こんなふうに私と姉と母の三人しか知らない記憶を思わせぶりに写真にしたものが、毎年届くようになったの。十二月一日、姉の誕生日に」

「でも――」

「まだ途中。これも見て」

もうひとつ、薄紫の封筒を出した。

「今朝、家に届いたの。他の手紙と一緒に義母が病室に持ってきてくれた」

宛名や宛先は水色の封筒と同じで印字されている。差出人は別の女の名前になっていた。

「ずっと姉の誕生日に届くだけだったのに。こんなことはじめて」

中にはまたも写真が一枚入っていた。

地面に棒か何かで書いた文字が写っている。

にじを　うかべた　みずたま――と読めた。

「小さいころ、実の母が私と姉のために作ってくれた歌」玲美はいった。

　虹を浮かべた水玉に　お祈りひとつ捧げましょ　明日は笑顔で会えるよに

「いじめられたり嫌なことがあって、私や姉が泣くと、母が一緒に歌って慰めてくれた。知ってるのは三人だけ。誰にも聞かせたことない」

清春は写真を薄紫の封筒に戻した。

「私が襲われたのを知って送ってきたの。それしか考えられない」

「御見舞いのつもりかもしれない」清春はいった。

「違う」玲美が大きく首を横に振る。「歌の続きがあるの」

　きょう出会ったかなしみは　もうこれっきり　虹と一緒に流しましょ
　もう会わないね　おわりだよ　手を振りバイバイ　笑顔でバイバイ　さようなら

玲美は小さな声で呪文のように歌った。

「別れの挨拶」清春は濁さず、はっきりと言葉にした。こんな場面での遠回しな気遣いは、かえって相手の感情を逆撫(さかな)でする。

「だから急いでるの。時間がないの」

「警察に連絡したほうがいい」

「取り合ってくれない」

「話してみなけりゃわからないよ」

「知ってるくせに。調書を取って、データベースに打ち込んだら終わりだって。前に何度も相談したけど、結局何もしてくれなかった。だからあなたにお願いしているの。ねえ、なんでこのタイミングで送ってきたと思う？　今になってもう終わりにするのはなぜ？　私が調べているのが知られたから？　だったら、なぜ姉が生きてることを、今まで思わせぶりに知らせてきたの？　あなたの考えを教えて。カメラもレコーダーも隠してない。だから一緒に考えて」

「ただの素人に——」

「素人なんかじゃない。何人も殺したのに捕まってないんだもの。警察官は専門家じゃない。大学の研究者もそう。何人も会って話してわかったの。あの人たちは犯罪捜査や分析には詳しいかもしれない。でも、犯罪そのものの専門家じゃない。犯人の行動を細かく調べ、後付けしているだけの傍観者。でも、あなたは違う」

清春は以前病室で見せたのと同じように、黙ったまま首を小さく横に振った。

カップのレモネードから甘い湯気が立ち昇ってゆく。

「信用できない？」

玲美は立ち上がると、着ていたカーディガンを脱いだ。ワンピースとストッキング、キャミソール、下着も取ると、その脱いだ全部を持ってきたバッグに詰め、窓を開けてベランダに投げた。

窓を閉め、両腕で抱きしめるように体を隠し、清春の前に立った。

胸、脇腹、太腿……抜糸されていない縫い痕と痣が、褐色の体に無数に残っている。腕には留置針を勝手に引き抜いた小さな血の跡もある。

「まだ心配なら、好きなだけ調べて」玲美はいった。「何も隠してないわ。盗聴も盗撮もしてない。わかったでしょう？　だから本心で話して」

清春は顔を逸らした。

「あなたは最低の人殺し。だけど、ここで私を襲うような人間じゃない。私を殺して興奮する変態でもない。わかってる、詳しく調べたから」

清春は視線を外したまま黙っている。

「私の望みは姉に会うこと、母が殺された理由を知ること。あなたの罪を暴くことなんてどうでもいい。でも、協力してくれないなら、持っている証拠を警察に渡して、すべて話します。あなたは間違いなく逮捕されるし、妹さんはとても悲しむことになる」

最大の弱みが何か、この女はしっかりとわかっている。

「僕よりずっと適役がいるじゃないか」

「則本敦子さん？　彼女はあくまで補佐役。村尾さんも、捜査を進められるのはあなたしかいないって」

「騙されてるんだよ」

「違う。何もできないふりして騙そうとしてるのはあなたのほう。ねえお願い。ずっと頭の中に刺さってるの。あの日、私がいつも通り小学校に行っていれば……無視されたりノートをゴミ箱に入れられたりすることを、いつもみたいにがまんしていたら……きっと母は死なず、姉も行方不明にならなかった。その後悔がずっと消えない。倉知真名美さんを殺されたあなたには、この気持ちわかるでしょう？」

玲美は〔にじを　うかべた　みずたま〕の文字が書かれた写真を突き出した。

「毎年送られてくる写真のせいで、嫌でも思い出す。お姉ちゃんは生きてるんだって期待させられる。なのに今日突然、絶縁状みたいな一枚が届いた。こんなふうに揺さぶられるのは、頭の中を引っ掻き回されるのは、もう嫌なの」

玲美が立ったまま褐色の瞳を潤（うる）ませ睨んでいる。

「行かないと」清春は立ち上がった。「また病院で怒られる」

「いたいなら、ここにいてもいい。鍵を置いていくから。先に出るよ」

清春はベランダから玲美のバッグを拾い、彼女の横に置くと、リビングを離れた。

自分の部屋のクローゼットから着替えを出し、バッグに詰め、ホテルへ戻る支度を進める。バスタブの栓も抜いた。せっかく湯をためたのに入れなかった。

立ったままだった玲美がソファーに座り、膝を抱えながらレモネードを一口飲んだ。怒りなのか失望からの悲しみなのか、褐色の肌がほのかに赤く染まり、肩が小刻みに震えている。

清春は携帯でタクシーを呼んだ。

ストッキング、ブラウスと玲美が服を着てゆく。

十分後、何も話さないまま、ふたり揃って玄関を出た。

マンションのエントランスには雑誌記者とカメラマンが待ち構えていた。

「柚木さん。柚木さん」

藤沼の死について、挑発するような質問をぶつけてくる。カメラのフラッシュも光り続ける。それでも単なる一般人の清春たちの前を、無理に遮ることまではしない。

待っていたタクシーに乗り込んだ。扉が閉まり走り出しても、しばらくカメラは追いかけてきた。

玲美は無言だった。ラジオからはニュースがかすかに流れている。

白山(はくさん)通りを進み、JR巣鴨(すがも)駅前を過ぎたところで玲美が体を寄せてきた。

「ごめん。ちょっと痛くて」清春の腕を摑み、肩に頭を乗せる。

「脇腹の傷?」

「うん」

赤信号で止まった。玲美の髪が清春の頰に触れる。傷の治り切らない体で動き回ったせいか、彼女の体は冷たかった。

「もし、大石嘉鳴人に仲間がいたら」ふいに玲美が小さくいった。

耳の奥を針で突かれたようだった。本当に痛みが走った。

「なんていったの？」

聞こえていたのにもう一度訊いた。

「倉知さんにあんなことをした人間が、ひとりじゃなかったら——」

窓の外に目を向けた。泳いでいる視線に気づかれないよう、青に変わった信号をじっと見つめる。

「もうひとりいたら、どうする？」彼女がまた囁く。

少し考えたあと、「どうもしないよ」と口元を緩めていった。

清春は考える。大石の単独の犯行かどうか、当然自分なりに徹底的に調べた。が、他人が関与している証拠は何も出なかった。警察も何も摑んでいないはずだ。

なのに——

この女はこんなところで切り札を出してきた。

仮にいるとしたら、見つけたのは村尾邦宏だろうか。でも、どうやって？　犯罪を先導するような知り合いが大石にいたのか？　しかも、自分の存在を一切感じさせない緻密な計画を立てられる奴が。いや、あいつの周りには馬鹿な遊び友達しかいなかったはずだ。

強い殺意が湧き上がる。今この場で、この女が知っていることをすべて話すまで刺してやれたら……玲美と会うといつもそうだ。忘れていた衝動を、閉じ込めていた感情を、無理やり引き出されてしまう。

同時に妙な気力が湧き上がるのも感じた。この女の咄嗟のうそかもしれないのに、幼稚な興奮で胸が高鳴っている。

悟られないよう必死で自分を落ち着かせた。妹の結婚式まで二ヵ月。だらだらと、ぼんやりと続いていくだけに思えた毎日が、急に別のものに感じられた。

「お願いを聞いてくれたら、もうひとりの名前も教えます。これが本当に最後、明日の朝までに決めてください」

玲美はまた黙った。

清春は前を見ている。

いいなりになることへの怒りも抵抗も一瞬で消し飛んだ。頭の中が熱い。玲美の冷えた体の感触が心地よかった。頭の奥まで伝わり、熱を鎮めてゆく。

答えはもう決まった。

決まってしまった――

＊

「高所恐怖症？」

運転席の則本敦子が訊いた。

「違います」

助手席の清春は答えた。

「じゃ、バンジージャンプ飛んだことある？」

「いえ」

「スカイダイビングは？」

「ないです」

「どうして？」

「自分が点検管理してない器具をつけて、命懸けのことなんてできませんよ」

「人間不信」敦子が鼻で笑った。

よく知らない他人の運転に緊張しているのを見抜かれた。同類のくせにといい返したかったけれど、面倒臭くなりそうなのでがまんした。

それでも車内の居心地は思ったほど悪くない。敦子は現役警察官らしい杓子定規（しゃくしじょうぎ）な安全運転に努めているし、無駄な音楽も流れていない。たまに中身のない軽口を交わすだけで、沈黙を埋めるために無意味な会話を強いられることもなかった。

五月二十日、日曜。

敦子が運転してきたレンタカーに乗り込み、東京都下あきる野市へと向かっている。清春は自分の車を出すつもりだったが、敦子に公務なのでだめだといわれた。どんな規則があるのか知らないが、拒否する理由もなかった。

ふたりで行動するのは、これがはじめて。顔を合わせるのも、敦子がホテルに聴取に来て以来二度目。

緊張感はあるが対立はない。

互いに秘密を持っているのも、それを探られたくないのもわかっている。しかも、ふたりは友人でも同僚でも、仕事で競い合う関係でもない。玲美の実の母の死の真相と姉の行方を探すという目的が一致しているだけで、衝突する要素は一切なかった。

留置所の調和――そんな言葉だったと思う。

刑が確定した刑務所内の囚人たちは、上下関係の明確な人間関係を作ろうとするが、それ以前の段階の、逮捕され、警察署の居室(雑居房)に勾留されている容疑者たちは、なるべく無難に楽しく過ごそうと気を遣い合う。長くても数週間だけのつきあいで、またすぐ他人になる。小さなことで揉めて殴り合っても、罪状が増えるだけでマイナスしかないとわかっているからこそ、小悪人も重罪人も一般人も暴力団員も、年齢状況に関係なく、皆が笑顔で話し、自然と衝突回避するような人間関係を作る。

そんな利害だけで組み上がったバランスが、今この車内でも作られつつある。

高速を降り、あきる野市内を十分ほど走ったあと、コインパーキングに車を入れた。空は今にも降り出しそうに曇っている。

人のいない市道を少し歩くと、大型マンションに囲まれた小さな雑木林が見えてきた。

十八年前、あの場所で柚木玲美の実の母・松橋美里の死体が見つかった。

当時は広い森だったそうだが、時とともに切り売りされ、今では発見現場の一角だけが負のモニュメントのように残されている。

金網が張られた内側の真んなかに、大きな姥目樫(うばめがし)が立っていた。

この木の低い横枝に自分のショールを結び、松橋美里は首を吊ったというのが警察の見解だった。自殺ということだ。

発見時は地面に倒れた状態だったが、当時冬の二月にもかかわらず腐敗が進み、骨も露出していた。状況から死後五ヵ月、前年九月の失踪直後に自殺し、その後、重みで細い横枝が折れ、落下したと推測された。

上着の内ポケットからは、「ななみもつれてゆきます」という走り書きも見つかっている。玲美の三歳上の姉、奈々美のことだ。

清春は事件当時の検視報告にも目を通していた。

敦子が警視庁のデータベースから抽出してきたもので、それによるとカラスに突かれた痕や動物の歯形は残っていたが、人為的な外傷は認められず、性的暴行の痕跡も見つかっていない。

他殺の線が薄かったところに、「ななみもつれてゆきます」の筆跡が生前の松橋美里の文字と一致し、自殺の線は揺るぎないものとなった。結果、司法解剖は行われず、鑑識と臨床医による外的判断で、死因が確定している。

村尾邦宏はこの結論を疑えといっている。


阿久津くんに再検証させてください。彼なら必ず何か見つけ出します。


あの服役囚はそう話していたと敦子から聞いた。もったいぶった言い回しで、こちらに考えることを強要している。

飛んできた羽虫を手で払う。枝で風が遮られ、蒸し暑い。上着を脱いで、シャツの袖もめくった。両腕にまだ傷は残っているが、抜糸も終わり、包帯も外れている。

警察は当然、松橋美里の死亡直前までの心理状況も調べている。

美里の初婚の夫・柚木尚人との離婚は、夫の側が一方的に望んだもので、理由は彼が一番結婚したかった女性と暮らすためだった。

柚木には中学時代から憧れていたRさんという四歳上の女性がいた。しかし、彼女には婚約者がおり、柚木が大学三年のときに結婚。彼女を諦めた柚木は、以前から自分に思いを寄せていた大学の後輩・美里との交際をはじめ、ふたりも美里の卒業から二年後に結婚。長女の奈々美も生まれた。

しかし、奈々美が一歳となるころ、Rさんが離婚。以前からその後の生活の相談などを受けていた柚木は、彼女との生活を決意する。弁護士を入れて話し合い、完全に夫側有責で美里たちの離婚も成立した。

拒否もできたのに美里はしていない。自分との結婚を経たのちでも、夫が一番心を寄せているのはRさんだと知っていたようだ。

柚木尚人は離婚から五ヵ月後にRさんと再婚。美里も一年八ヵ月後、スリランカ国籍のナマル・ジャヤラットと再婚。だが、元夫の柚木は自動車事故を起こし、死亡した。

事故は月一回の奈々美との面会日に起き、最後に会った相手が母親の美里だったため、短い聴取も受けている。当時まだ八ヵ月の乳児だった玲美を抱きながら、美里は捜査官の質問に答えた。

再婚後も支払われていた奈々美の養育費が、この柚木の死で途絶える。それから四ヵ月後、犯罪に関わっていた夫のナマルが国外に逃亡。美里は以降の約六年間、ひとりで娘ふたりを育てていた。

こうした状況の中にいた彼女が、将来を悲観し、自殺を考えたとしても不自然ではない。

敦子は当時の警察の判定を妥当と言い切った。清春も基本的な考えは変わらない。だから、この場所に来た。

清春たちに求められているのは警察捜査の検証ではない。的確や適切からはみ出した部分を、非合理的な考えでもう一度眺め、探らなければならない。ありふれた感想だが、死体があった場所に立ち、周囲を見回すだけで多くのことが浮かんでくる。

仮に自殺だとして、自分が松橋美里だったら？　こんな場所で死にたいか。「つれてゆきます」と書き置きまで残しておいて、娘の死体だけを離れた場所に遺棄するか。

仮に他殺だとして、自分が犯人だったら？　この場所に置いた理由は？　首吊り自殺を偽装するメリットはあるのか。埋めたほうがずっと見つかるリスクは低くなるはずだ。逆に見つけられることを期待していたかもしれない。ならばその理由は？　通り魔的な殺人で、そもそも何の理由もなかった可能性だってある。

いくつもの考えがぶつかり合い、結びつき、また分離してゆく。

「何してるの」離れたところで声がした。

枝の向こうにジャージ姿の中年男が見える。近所の住人だった。

「勝手に入ってすみません」清春は笑顔で頭を下げた。敦子が警察の身分証を見せながら男に近づいてゆく。

「ひったくりの捜査をしておりまして」

奪われたバッグなどの証拠品が遺棄されていないか、確認していたのだと説明すると、嫌な顔をしていた男の表情が和らいだ。実際に近隣で事件が起きていて、敦子ははじめからこの言い訳を用意していたのだろう。

今もここは個人の所有地で、古くからの住人にとって禁忌の場所になっているそうだ。気を許した中年男に敦子がさらに訊くと、したり顔で話した。

「娘さんが毎年来るんだよね」

死体が発見された二月五日に、玲美は花を持ってここを訪れていた。

「『今年も失礼します』って手みやげ持って挨拶に来てくれるんだけど。本当はちょっとね。忘れたいのに嫌でも思い出しちゃうからさ」

コインパーキングに戻り、車を出すと、来る途中に見つけた近くのファミレスに入った。

日曜の昼時らしく家族連れで混んでいる。

メニューを眺め、注文した。ふたりのはじめての捜査会議がはじまる。

「まずはあなたの所見を聞かせて」敦子がいった。

「基本的には、送ってもらった検視報告と捜査資料を見たときと変わらないです」

「殺された可能性があるってこと？」

「少なくとも自殺が他殺の可能性を上回っているとは思いません。失踪当時の十九年前、松橋美里は墨田区に住んでいた。あきる野市までは直線距離で四十五キロメートル。電車でも移動に一時間半はかかりますよね。彼女は何であそこを最期の場所に選んだんですか？」

「はっきりいえば理由はわかってない。友達も住んでいなかったし、土地勘もなかったことは捜査で立証されているけど」

「死ぬその日まで、あの雑木林には一度も行ったことがなかったわけですよね」

「そういう例がないわけじゃない。思い詰めた末に、いつも使わない路線に乗って、一度も降りたことのない駅の改札を出て自殺する人間もいるし」

敦子が自説に固執しているのでないのは清春にもわかる。さまざまな角度から批判することで、こちらの意見の精度や信頼度を測ろうとしているのだろう。

「もうひとつ。松橋美里と娘の奈々美の失踪当日、墨田区の自宅周辺や最寄り駅付近を、ふたりで歩いている姿を目撃した人間は見つかっていませんよね」

「三人でいる姿なら目撃者がいる。小学校に行くのを嫌がる玲美を、美里と奈々美が登校させようと引っ張って歩いているところは、かなりの人数に見られているけど」

「でも、玲美がふたりを振り切って逃げて、美里と奈々美だけになったあとは、とたんに目撃者がいなくなる。小さい子がひとりで走り出したんだから、普通、慌てて追いかけたり、大声で捜したりして、印象に残りますよね。登校の時間帯で、通学路には玲美や奈々美と同じ小学校の生徒たちも歩いていたのに、ふたりの声を聞いた子供もいない」

「まあ、疑えば疑えることばかりだものね。『ななみもつれてゆきます』と書き残しておいて、実際のその娘の死体は出てないわけだし」

「それでも警察は他殺とは見ないですか」非難ではなく純粋な疑問として訊いた。

「見ないというより、扱えない。どれも状況証拠だもの」

しかも具体的な犯人像を指し示す証拠ではなく、疑わしいと漠然と感じさせる程度のものだ。

「でも、その扱えない範囲にまで手を伸ばすのが——」

清春は自分にも半分言い聞かせるつもりで口にした。その言葉を敦子がつなぐ。

「今の私たちの仕事か」

セットのサラダが運ばれてきた。

「で、どこを突破口にするの？　やっぱり死因？」

皿のレタスをフォークで刺しながら敦子が訊く。

清春は頷いた。「はい。頚椎です」

当時の松橋美里の検視報告にも、頸椎に通常の首吊り自殺を越えるほどの損傷が残っていたことが記載されている。

だが、骨の強度の個人差により稀に大きなダメージが出る場合があり、荒れた地面に遺体が落ちたときの損傷とも考えられたため、捜査担当者の間では当初から問題にされなかった。鑑識の持つ類似ケースのデータと照らし合わせても、死亡後、腐敗が進んだ状態で死体がずり落ち、地表の突起物に打ちつけられた可能性が高いと判定されている。

「でも、仰向けに倒れたりしますか？　こうやって……」

清春は周囲を気にしながら両手で輪を作り、首吊りのポーズをした。

「前屈みになっている体勢から、吊っている紐が切れたり、枝が折れたりしたら、うつ伏せか、膝から地面に崩れ落ちる格好になるんじゃないですか」

「ぶら下がっている死体の重心なんて、吊り紐をかけた場所の形状や、着ていたもので左右されるから。厚手のコートが雨を吸えば、体がのけ反ることもあるし」

「ただ、首吊りってことは、逆に首回りは紐なり布なりの吊ったもので保護されているわけですよね。その状態で落ちて、皮膚の下の頸椎まで達する傷が残るものですか」

「まあね。だけど、骨に傷が残っていたのは頸椎だけじゃない。膝下にも四ヵ所。あとは、カラスについばまれ、ネズミにかじられた痕が十数ヵ所」

「逆にそれだけ傷痕がある中で、一番大きな損傷が頸椎に残っていたことが僕には不思議なんです」

「念のため聞くけど、そのこだわりは勘や閃き？」

「違います。自分の頭の中ではもっと論理的に組み上がっているんですけど、口では上手く説明できなくて」

「的確に解説するには、まだ語彙も経験値も足らないってこと？」

「だと思います。もう少し時間を下さい」

「わかった。ただし、長く待つつもりはないから」

「でも、いいんですか」清春は気になって訊いた。

「何が？」

「俺主導で調べを進めることです」

「村尾と柚木が望んだことで、私に決定権はないもの。それに、どうやら少しは脈がありそうだし」そういいながらバッグに手を入れた。

「見つかったんですか」

　敦子が頷く。

　清春は松橋美里の頸椎にあった損傷と似た形状のものが、他の事件でも発見されていないか、警察庁の管理する全国規模の犯罪データの中から検索させていた。

　ふたりが頼んだパスタがテーブルに運ばれてくる。ウエイトレスが離れていくのを確かめてから、敦子は資料を出した。

今から五年前、当時二十七歳で練馬区在住の堤博明という男性の失踪事件だった。

敦子が食べながら説明する。

「池袋に勤める薬剤師で、終業後に行方不明になった。行方不明者届を出した家族は、失踪理由が見当たらない上に、女関係のトラブルも多かったことから、事件の可能性を強く訴えていた」

「警察の対応は？」

「いつも通り。堤に関するデータを入力して、行方不明者の情報を全国の警察で共有する。それだけで具体的な捜査はしてない」

年間八万人を超える届け出がある膨大な数の行方不明者・失踪者のひとりとして、警察の定める手順で処理されていた。

「でも、失踪から二年後の今から三年前。群馬県みなかみ町の山中で、白骨化した状態で見つかった。歯型とＤＮＡ鑑定で身元は判明したけど、首に劣化したナイロンロープが巻きついていて、検視で首吊り自殺ではほとんど見られない頸椎の損傷も確認されている」

捜査は自殺他殺の両面から進められたが、手がかりに乏しく、すぐに行き詰まり、今も死因が定まらない状態で止まっていた。

「もうひとつ。これも五年前。飲食店勤務の松浦雅哉、当時二十三歳。休みの日に出かけたきり行方不明になった。堤と同じで女性関係が派手だったらしい」

「こっちも発見時は首吊り状態ですか」

「そう。失踪から八ヵ月後、埼玉県入間(いるま)市内の空き家で見つかり、検視で大きな損傷が頸椎にあるのがわかった。ただし、他に手がかりもなく、自殺、他殺が判然としないまま捜査が止まってる」

警察は松橋美里の事件を含むこれら三件に、関連性を認めてはいない。

「詳しく調べてみる価値は？」清春は訊いた。

敦子が頷く。「玲美の母親の事件が十九年前。あとのふたつが五年前。同じ犯人とは限らないけど、同じ手口である可能性はある」

「別の人間が殺したのか？　同じ人間が別件で服役し、出所後に犯罪を再開したのかもしれないですね。それとも別の誰かに殺し方を教えたのか？」

「教えたのなら、ふたりもしくは二組には、どういうつながりがあるのか？　親から子へと手口が受け継がれた可能性もゼロじゃない」

自分たちの思い込みに縛られてしまわないよう、この段階では細部まで絞り込まず意見を出し合ってゆく。

ふたりとも捜査手法には一切こだわっていなかった。

これは警察の捜査じゃない。前例や習慣に沿う必要はなかった。清春はプロではないし、敦子もここではプロという立場から離れられる。ふたりの話し合いの中では、上司からのプレッシャーや叱責も、同僚との間の競争も嫉みも、世間の非難も気にしなくていい。

同時に警察の捜査能力も決して見下してはいなかった。

強盗殺人を含む金が理由の事件、痴情のもつれを含む怨恨が原因の事件では、その経験の豊富さから高い捜査力を発揮する。人海戦術を使った聞き込みの能力も高い。まず、警察の捜査を土台にしながら、その問題点や、別視点を探し、検証する。行き詰まったら、警察とはまったく違った角度から事件を見てみる。

警察捜査では影響や注目度が高い大事件ほど、捜査は大規模になり、捜査トップに立つ人間の能力や示す方針によって、実働の内容が大きく左右される。

そこからこぼれ落ちた砂粒のような可能性を、拾い集め、もう一度丹念に眺めたり、並べ替えたりするのが、今の清春と敦子に求められている作業だった。

きっと村尾は何か摑んでいたはずだ。清春と敦子がまだ気づいていないものを。

しかし、それを自分で検証するほどの体力はあの男には残っていなかった。だから、一番殺したかった相手・連続誘拐監禁犯の伊佐山秀雄を殺すと、残りの作業を清春と敦子に丸投げし、自分は誰も手を出すことのできない鉄格子の向こうへと身を隠してしまった。

一時間ほど話し、店を出ると、小雨が降り出していた。

ふたりでまたレンタカーに乗り込む。今日の作業はまだ終わっていない。新しいボスへの報告という大きな仕事が残っていた。

5

清春と敦子は病院のVIP用フロアーでエレベーターを降りた。

警備員が常駐しているゲートでは、何度も来ている清春も、今回は入念なボディーチェックを受けた。敦子も警察官の身分証を見せたにもかかわらず、同じように精査された。

訪問先が柚木玲美の病室ということで、病院側も慎重になっている。

ストーカー・藤沼晋呉の母親は、息子の死後、玲美を過剰防衛で刑事・民事の両面で訴えようと動き出していた。

「一部上場企業に勤め、賞をもらうようなソフトを開発している優秀なSEチームのリーダーが、あんな女のために人生を棒に振るはずがない。息子は騙されたんです」

そんな発言が週刊誌に掲載されただけでなく、SNSで「彼女には必ず報いを受けてもらいます」と発信したことが物議を呼び、ネットで毒親と叩かれていた。

午後六時半。

玲美はベッドを出て、ソファーに座り待っていた。

夕食は終わったようだ。左腕に留置針は入っているものの、点滴バッグにつながれるのは日中だけになった。傷の抜糸も済み、入浴も普通にできる。

清春は傘を部屋の隅に立てかけ、上着をハンガーに架けた。

「降ってるの？」玲美に訊かれ、頷いた。

窓のカーテンは閉まっている。朝からずっとあのままだったようだ。

敦子は録画・録音機器がないか部屋中を入念に調べたあと、ソファーに座った。

三人がはじめて顔を揃えた。

居心地が悪い。でもこの前、ヤクザと向き合って座ったときよりはましか。

「まず、君のお母さんのご遺体の頸椎に残っていた損傷に注目して、他の類似ケースを探すことにした」清春は切り出した。

「どういう意味での類似？」玲美が訊く。

「同じような死に方をした連中ってこと」敦子がいった。

「そういう率直な言い方のほうがありがたい」玲美が清春を見る。「気を遣わないで」

清春は頷き、話を続ける。候補として五年前に起きた死因未確定の男性死亡事件を二件見つけたことを伝えると、玲美の表情が少しだけ和らいだ。

「仮に手口が同じだったとして、同一犯か、別人か。あなたの印象を教えて」

「今の時点で話しても、推論以前のただの憶測になってしまうけど」

「それで構わないから。お願い」

「別人だと思う。十九年前と五年前では標的——被害者の人物像って意味だけど——が違いすぎる。目的も別で、殺し方のテクニックだけが伝搬されたのかもしれない」

「別人だとしたら、どういう関係？」

「憶測に憶測を重ねるのはよくないよ」

「いいから話して」

「それは命令？」

玲美が頷く。

「刑務所で同房、親子、学校や会社の仲間とか。どういうかたちであれ、一定の信頼関係が築けるだけの時間を近い距離で過ごした関係だと思うけれど」

「選択肢はそれだけ？」

「いや、他にも考えているよ。うん……いくつかある」

もったいぶった言い方になったけれど、意図があるわけじゃない。単純に迷っていた。

「あなたの要望について、もう一度詳しく説明してほしいの」横から敦子がいった。清春以上に彼女のほうが困惑が大きいのだろう。

この捜査をはじめる直前、玲美はメールでひとつの注文を伝えてきた。

「納得できませんか」玲美が訊く。

「納得以前に、私の頭じゃ理解するのが難しい」敦子がいった。

「でも、アメリカでもロシアでも現実に起きていることです」

「それは阿久津くんからも聞いたわ。自分でも調べたしね。でも、本件とどう結びつくかが、あのメールの文面だけじゃわからなかったし、あなたの意図もわからない」

「犯罪のアイデアや技術が、今はもう不特定多数に向けた商品になってるんです」

玲美が説明する——

二〇〇〇年代はじめのアメリカでは、インターネットを通じ、個人どうしで音楽や画像、動画のデータを無料交換するファイル共有ソフトと、そのサービスが爆発的に普及した。だが、著作権を無視した違法交換が大多数だったため、次々と裁判に敗訴し、ほとんどのサービスが停止された。

しかし、二〇一〇年代に入り、一部の休眠・放置されていたファイル共有システムとサーバーが、犯罪取引の場に流用されていることが次々と明らかになった。人身売買や殺害・死体処理依頼などの重大事案にも使われ大問題となる。大規模な捜査と摘発により鎮静化したが、それら犯罪行為のほとんどが、Tor（トーア）（The Onion Router）などの匿名化ツールを使うことで誰でもアクセスできる、『ダークウェブ』と呼ばれるネット上の領域に引き継がれた。

そして今現在、ダークウェブに蓄積されていた違法な知識や取引は、登録にメールアドレスや電話番号等の個人情報を一切必要としない匿名性の高いＳＮＳにより、さらに拡散している。

「十九年前に母を殺した犯人と、五年前にその男性たちを殺した犯人との間に、日常的な接点はなかったかもしれない。証拠を残さず人を殺したいと望んでいた誰かに、過去の経験者が方法を伝授した——そういう選択肢も頭に入れておいてほしいんです」

「だったらインターネットや情報解析の専門家に頼んだほうがいい」敦子がいった。

聞いていた清春の頭に、専門家の該当者として死亡した藤沼晋呉が浮かんだが、もちろん黙っていた。

玲美が首を横に振り、話を続ける。

「ネットはひとつの例。職場や学校のような限られた場所じゃなく、出会うために不特定多数を結びつける何かのツールや仲介者を使ったかもしれないってことです。それに、ネットやＳＮＳが普及したからって、実際の殺人者と、これから殺人を望む予備軍が簡単につながり合えるとは、私も村尾さんも考えてはいません」

「だから難しいのよね。元々、ネットやＳＮＳの情報解析には不慣れな上、そこまで話が広がると空想的過ぎて、どう考えていいのかわからなくなる」

「でも、空想的だからこそ、あなたと阿久津くんに無理にお願いしたんです」

清春も意図は理解している。いわゆる捜査のプロならば、可能性が低いと判断して、切り捨てるか、少なくとも後回しにするだろう。だが、清春たちは可能性や確率の高さだけにこだわる必要はない。

玲美が携帯を取り出し、法務省のホームページを開いた。

「則本さんには、あらためて見せるまでもないものですけど」

犯罪白書の〔認知件数と発生率〕項目の図表資料を画面に出し、こちらに向けた。

「この十年間で日本全体での殺人認知件数は九千四百三十八、検挙率の平均は九十八パーセント。単純計算で百八十八人の殺人犯が捕まっていません。連続殺人や犯人が複数の場合もあるから実数は多少上下しますけど、二十年前、三十年前と遡（さかのぼ）っていけば、国内で殺人を犯しながら逮捕されずにいる人間の数は五百人を超えてしまう。しかも、基本的にこれは警察が認知した殺人の数しか考えていませんよね」

「まあね」敦子がいった。

「今の日本では、年間死亡者の約十四パーセント、十七万人が死因不明の異状死として警察に届けられている。でも、その中から事件性の有無を判定する司法解剖に回されるのは、五パーセント前後の約八千人。事件性がないと判断された、死因判定のための行政解剖を含めても全体の十二パーセント。九割近くの異状死体が、体内まで詳しく調べられず、臨床医が皮膚の外側から観察しただけで死因を特定されている。私の母の死体が見つかった十八年前じゃない、今の話です。イギリスの解剖率が四十パーセント、オーストラリアが五十五、州によってばらつきが大きいアメリカでも平均で六十、北欧では九十を超えているところもある。他の先進国に較べて日本は低過ぎますよね」

抗議の意味はないと清春にもわかる。それでも敦子の表情が曇ってゆく。

「殺人認定から外れ、病死や事故死扱いにされたもの。犯人は逮捕されたものの、偽装が暴かれず過失扱いになったもの。失踪・行方不明として放置されているもの。その全部を合わせたら、被害者も加害者も実数はきっと何倍にもなる」

確かに多くの殺人が見逃され、殺人者たちは逮捕されないまま町に潜んでいる。

「こう考えてほしいんです——殺人を犯しながら、誰にも知られず、日常生活を続ける『技能』を、伝授したい人間がいる。その『技能』を身につけたいと願っている人間もいる。そんな人間たちの接点を調べ、見つけ出す」

警察のしない推測、警察では考えられない捜査を求められている。同時に、まともな注文じゃないとも思った。玲美の言葉への疑問や矛盾を挙げればいくらでも出てくる。

その不審を敦子は露骨に表情に出した。

「気に入りませんか」玲美が訊いた。

「それでもやらなきゃいけないんでしょ」

「はい。疑う前に動いて、探してください」

「それも命令？」敦子は訊いた。

玲美が頷く。

「もうひとつ聞かせて。どうして私と彼だったの？　他にも候補はいただろうに。選んだのは村尾で、あなたは何も知らない？」

「いずれ教えます」

「本当に？」

「ええ」

「約束だよ」敦子が立ち上がり、部屋を出てゆく。

清春も追おうとしたが、「君はまだ」と敦子にいわれた。

「カップルなんでしょ？　ソファーに戻って。じゃまな警察関係者が出ていったのに、ふたりきりの時間をすごそうとしないなんて、それこそ変じゃない」

ドアが閉まり、取り残された。

「いずれって、いつ？」清春は訊いた。「どうして今教えられないの？」

玲美は黙ったまま首を横に振った。

何もいう気はないらしい。ならば、こちらからももう話すことはない。だから黙ったまま時間が過ぎるのを待った。

玲美は座ったまま閉じたカーテンを見ている。

清春は立ち上がった。

「それじゃ」一言いうと、玲美が小さく頷いた。

病室を出た。が、しばらく廊下を進んだあと気づいたようなふりで戻り、もう一度ドアを開いた。

「忘れた」と声をかけ、目隠し用の白いカーテンも勢いよく開ける。

ソファーに座っていた玲美が慌てて顔を上げ、目が合った。涙を流している。すぐに彼女のほうから目を逸らしたが、膝は小刻みに震えている。

「あの傘」清春はいった。

隅に藍色の傘が立てかけてある。咄嗟の反応を見るため、わざと置いたまま一度病室を出た。

「嫌がらせ？」玲美がいった。「私が教えなかったから？」

「違う」

違わない。小さな報復の意味もあったし、脅しや威圧を連想させる行動をしたら、彼女はどう出るのかも確かめたかった。

「怖いの？」清春は訊いた。

玲美が下を向いたまま頷いた。膝はまだ震えている。

「どうして？」

「だってあなたたちの正体を知ってるから。特にあなたが怖い。間違いなく異常者だから」

「あなたのしたことは復讐なんて呼べない。大石嘉鳴人だけじゃなく、大石のアリバイを証言した五人まで殺したのに、少しもやり過ぎだと思ってないんだもの。たまたま一緒にいただけの奥さんと恋人も巻き添えにしておいて。こんなの復讐を言い訳にした連続殺人じゃない」

反論する気はない。だから傘を手にして背中を向けた。

「こうして今話しているのだって、本当はすごく怖い」

「じゃあ、次からはなるべく怖がらせないようにする」

玲美は顔を上げ、睨んだ。「そんなこと頼んでない」

清春は病室を出た。

「俺も君が怖いよ」

ドアが閉まり切る前にいった。

清春がシャワーから出ると部屋の電話が鳴った。

「則本様からお荷物が届いております」ホテル一階のコンシェルジュからだった。

運んでくださいと頼み、すぐに着替える。昼に打ち合わせた通りだが、敦子本人が部屋まで持ってこなくてよかった。今日はもう会いたくない。

彼女と一緒にいた半日の間、監督役に採点されている気分だった。仕事で会う顧客や取引先のような、利害の絡んだ相手から受けるプレッシャーとはまったく違う。無意識のうちに威圧する警官特有の視線や物言いにも疲れた。

昔の彼女のあだ名「教頭」の意味がわかった気がする。そうした生来の気質も含めて、村尾と玲美は彼女をもうひとりの捜査役に選んだのだろう。

封筒には数十枚の資料と外付けのＳＳＤが入っていた。

資料のほうは村尾と玲美の出会いに関する調査報告、それに村尾の伊佐山秀雄殺害の公判記録だ。清春も敦子も、ただ命令されるままに動く使用人に徹するつもりはない。逆に玲美をコントロールできる弱点を早急に探し出すことで合意している。

玲美と村尾がはじめて会ったのは二年半前。

村尾が勤めていた総合警備会社が後援するＮＰＯ法人の活動に、玲美が参加したことがきっかけだった。

法人の名は「犯罪被害者とその家族を支えるネットワーク」、通称ペリカンネット。そこに後援会社からのボランティアとして村尾が派遣された。

玲美は他の団体の集まりにも参加していたが、被害者や遺族の心のケアが中心の運営方法に反発し、何度かトラブルを起こしていた。彼女だけ求めるものが違っていたのだろう。ペリカンネットでも玲美は、未解決事件捜査に注力させるよう会を通じて警察に働きかけようとしてボランティアスタッフと衝突している。

資料の情報はそこまでだが、この先は容易に想像がつく。

孤立する玲美に、村尾は親身に接したのだろう。元警察官という立場から、具体的なアドバイスもしたに違いない。この出会い自体も、本当に偶然なのか疑わしく感じた。

報告と公判記録を読み終わるとすぐに細かく破り、灰皿で燃やし灰をトイレに流した。

次に同梱されていた外付けのSSDを手に取った。

いつも通りパソコンの内蔵SSDを交換してから接続する。パソコンはインターネット接続のアカウントからデータをすべて消去して、完全なオフライン仕様にしてある。

敦子と決めておいたパスワードを入れる。外付けSSDには警察庁のデータバンクから抽出した、膨大な量の犯罪記録・捜査記録が収められている。

昨日買ったスコッチをグラスに注いだけれど、もうボトルの半分以上飲んでしまった。たぶん途中で空になって、もっとほしくなる。

モニターを眺め、記録を確認する。こうしてデータの中から新たなヒントを見つけ出してゆくのが、とりあえずの清春の役割だった。敦子は明日から聞き込みをはじめる。

「頸椎」「損傷」というふたつの言葉を検索し、該当したものを細かく調べてゆく。

スコッチのボトルが空になりかけたころ、夢を見た。

正確には幻聴なのだろう。

声がする。モニターから視線を上げると、いつも通りの部屋が見えるだけで誰もいない。

「私のため？」

でも聞こえる。訊いている。女の声が――

「私のためにしたの？」

窓を叩く雨音をすり抜け、聞こえてくる。

音楽ファイルを開き、曲を探した。

チャイコフスキー『ヴァイオリン協奏曲　ニ長調』

クラシック愛好家でも何でもない。ファイルの中ではじめに目に入った曲というだけだ。プレーヤーが立ち上がり、パソコンのちゃちなスピーカーからオーケストラが流れ出す。

「それとも自分のため？」

演奏の音の中でも声は消えない。

耳を塞いでみた。それでも目の前で囁いているように倉知さんは訊いてくる。はじめてだった。こんなふうに彼女の声を聞いたことは一度もない。

「私のためだったの？　あなたがやりたかっただけなの？」

彼女の声が掠れてゆく。バイオリン・ソロが響く。

「声を聞かせて。答えて阿久津くん」

声を出さずに立ち上がって顔を叩いた。叩く音が部屋に響き、頭の中に響き、声を消してゆく。叩き続けた。手のひらが痺れ、頬も痺れる。それでも叩いた。

倉知真名美さんはもう死んでいる。こんな幻聴に答えても何の意味もない。

――目を覚ませ。

唇と手に湿った感触がする。

気づくと鼻血が出ていた。カーテンの隙間、雨の打ちつける暗い窓に自分の顔が映る。両方の鼻の穴から流れた血は、頬を赤く染めていた。

その間抜けさに、思わず笑った。

6

五月二十一日、月曜。

JR吉祥寺駅から十五分の住宅街。古い一戸建ての玄関を開け、則本敦子は外に出た。両手には大きな紙袋。

「絶対に連絡くださいね」見送る白髪頭の女性がいった。

五年前に行方不明となり、八ヵ月後、埼玉県入間市の空き家で首吊り状態の腐乱死体となって見つかった松浦雅哉の自宅だった。母親は、息子は殺されたと信じている。

両手の紙袋には松浦が生前使っていたパソコンや携帯電話、手帳、卒業アルバムの名簿欄のコピーなどが詰まっている。一度警察に提出されたものばかりだが、もう一度調べてみる。松浦の部屋にも通され、「必要なものは何でも貸すから」といってくれた。

少し歩いて、コインパーキングに停めた車に紙袋を積み込む。

後部座席にも同じような紙袋が、あと三つ。

同じく五年前に行方不明となり、三年前、群馬県みなかみ町の山中で白骨状態で見つかった堤博明の生前使用していた電子機器などが入っている。

午前中には埼玉県川口市にある堤の実家を訪ねてきた。

鉄工所を営む両親は、堤が住んでいたアパートにあったものをすべて保存していた。

「あのバカ息子に自殺する度胸なんて絶対ない」とくり返し、他殺と信じている。

車を出そうとしたとき、私用の携帯が鳴った。娘の美月からのメッセージ。

『どお？』

ショッピングサイトから取ってきたバッグの画像が貼ってある。

父親の恋人と会食に行くのに服と靴だけでなくバッグも買えといい出した。ダメといっているのに諦めない。

しかも、今はまだ学校なのに。美月の通う小学校は携帯の使用禁止、登下校時のみ電源を入れることが許されている。

次に学校からメッセージを送ってきたら、約束していた靴も買わないし、ワンピースも取り上げるっていってやろう。

敦子は一度警視庁へ戻った。

警視庁内五課七係のデスクで待機している後輩の豊田に、松浦と堤の遺族から預かった電子機器を渡す。

村尾邦宏に尋問した件と合わせて、捜査一課八係の井ノ原だけでなく、同じ五課の他の係の連中も何を追っているのか探りを入れてきた。けれど、檜山がはぐらかしてくれた。正式な証拠品なら、何か出てきた場合、ある程度本庁内で情報共有しなければならない。だが、これはあくまで敦子が私的に借りてきたものだ。

はじめに松浦と堤の携帯、パソコン、手帳などに記載されていたすべての電話番号・メールアドレス（生前の被害者が所持、記録していたものだけでなく、電話会社の通信記録に残っていたものも含む）、DMをやり取りした形跡のあるSNSアカウントをリスト化した。

次に、そのリストを各通信会社に送り、すべての番号・アドレスの契約者本人の名前・住所、加えてSNSアカウント登録者の個人情報を調べさせ、一覧化して返送するよう要請した。

　数が多いため中一日の時間はかかるものの、作業自体は難しくない。通信会社も警視庁経由で依頼すれば、簡単にデータを渡してくれる。捜査関係事項照会書の提出を求められることはないし、口裏も合わせてくれる。

　法律にも倫理にも反した捜査だが、敦子は気にしていない。

　まず調べてみて、もし逮捕や送検に不可欠な重要証拠が見つかったら、改めて令状を申請する。より良い結果を得ることが最優先で、細かな手続きはあとから踏めばいい。

　こうして見つかった物的証拠は、それ自体の真偽は誰もが厳密に調べるが、捏造ではないと一度証明されれば、見つけた際の手順まで気にする者はほとんどいない。

　敦子にとって捜査とはそういうものだった。警察とはそういう意識の上に成り立っている組織だ。被疑者、弁護士、マスコミに知られない確信があり、内部で処理できるなら、多少の違法行為や不道徳は許される——

　敦子が警察官になったばかりのころ、勤務交番に、覚せい剤常習者の男が混乱した状態で自首してきたことがあった。上司だった五十代の巡査部長は、自分が不審者を職務質問したところ、覚せい剤使用を認めたと虚偽の報告をした。男の精神状態が不安定だったせいで、所轄警察署と地検での取り調べでも不正はばれず、裁判も終了し、結果、巡査部長は小さな手柄を手に入れた。

巡査部長が卑怯な奴だったら、まだ納得できたかもしれない。だが、部下に優しく、長年の交番勤務を経た人には珍しく温和な世話好きだった。

敦子は衝撃を受けたが、今はそれを当たり前だと思っている。しかも、そんな狷いやり方が、警視庁内でも一、二を争うほど得意になってしまった。

夜になって警視庁を出たところで携帯が鳴った。

元夫からのメッセージ。

美月が学校で携帯を没収されたそうだ。夕方に説教のメッセージを送ったのに、言い訳の返信が来ないから気にはなっていた。

元夫が担任教師にどんな注意を受けたのかメッセージにグチグチと書いてある。「僕が話したことで穏便に処理できた」とか、恩着せがましく付け加えるのも忘れていない。

ほんと腹立つ。軽く何か食べていこうかと思ったけれど、そんな気も失せた。

コンビニで買った栄養ゼリーを吸いながら、阿久津清春の泊まっている永田町のホテルまで歩いてゆく。

途中、国会前の交差点で立ち止まり、嫌味混じりの元夫への返信を打った。

──何やってるんだろ？

ふと思った。

あの人と美月と三人で楽しく暮らせていたかもしれないのに、いつから狂ってしまったのだろう？　大きくずれはじめたのは……高校一年の三月、終業式の前日、兄とふたりで、ナイフと包丁を握り締めたときから？

違う。あんな家に、あんな母親の娘に生まれたときからだ。

この運命は変えられない。この体に流れている血も換えられない。どんな道を通っても、きっと私はこうして、こんな気持ちでここに立っていた……。


ホテルに入りエレベーターホールへと向かう。

敦子は昨日の清春の言葉を思い出していた。

「空き巣の侵入方法には、犯人によって特徴が出るんですよね？　ガラスを焼き切るとか、カッターで切り抜くとかだけでなく、窓のどの部分を破るかにも、個々の流儀の違いが出る。それと同じだと思います」

あの男は殺し方にも個性が出るといった。

「同じ殺し方をしたのでなければ、頸椎の同じ部分に損傷が残るとは考えにくい。ましてや今回の一連の事件は、自殺と判定されたり、捜査が途中で止まっていたりして、裁判まで発展しなかったものばかりです。公判で犯行の内容を聞いた第三者が模倣したのでもない。殺し方や犯行までの手順が、人知れずつぶさに伝授された可能性はあると思います」

警察官はまずこんな考え方をしない。

短期間に起きた連続通り魔や連続幼女誘拐殺人などでは、当然被害者に残った傷の形状を考慮する。だが、今回のケースは、遺体の性別も年齢も違い、発見場所も離れている、何より発生日時に十数年もの隔たりがある。こんなにばらばらなものを損傷の位置が同じという一点で結びつけようとはしない。しかもそれは生々しい刺痕ではなく、偶然ついた可能性さえある骨の痕跡——

身内をかばうわけではないけれど、警察は官職であり、常に効率を求められる。何か行動するには、前例、可能性といった「言い訳」が必要になる。

もし、過去三十年の間に、こうした模倣事件の類似例が、三件、いや二件でも起きていたら、捜査担当者たちも関連性を調べようとしただろう。

警察官は可能性のないことに考えを巡らさないよう教育されている。空想は妄想を呼び、事実を歪ませる。根拠のない考えは、真実への道筋を妨げ、遠ざけるものでしかないと敦子も叩き込まれてきた。

だから逆に、阿久津清春に興味を感じていた。あの男が何を考え、何をするのか、もう少し見てみたい。

チャイムを押すと、清春はすぐにドアを開けた。

「何か飲みます?」Tシャツにジーンズの彼が訊いてくる。

敦子は首を横に振ると、自分のバッグから缶ビールを出した。

「いい？」訊くと、清春も頷きながら部屋の冷蔵庫からビールを出した。

「見つかった？」敦子は飲みながら訊いた。

「ええ、ふたつ」

清春はホテルで事件データの選別作業を続け、頸椎の損傷に関連して、玲美の母親の一件、松浦雅哉と堤博明の二件――これら三件に続く、類似ケースともいうべき新たな二件を選び出していた。

「どちらも四年前。自殺の可能性のない、明らかな殺人ですけど」

モニターに出し、指さした。

「知ってます？」

敦子は頷いた。

四年前、東京都葛飾区内。荒川の河川敷に埋められた腐乱死体が見つかり、検視によって、その三週間前に行方不明者届が出されていた大学生・鮎沢哲志（当時二十二歳）と判明した。一帯を捜索すると、二百メートルほど遡った同じ河川敷で、梱包され埋められた新たな半白骨化死体が見つかり、歯科治療履歴から飲食店勤務の赤岩拓（当時二十八歳）と判明する。

理系有名私大生の鮎沢。錦糸町を中心に風俗スカウトをしていた赤岩。犯行時期に一年近くのズレがあり、はじめは別件だと思われたが、ふたりの頸椎及び各部に打撲による骨折痕が認められた。さらに二人が池袋の同じバーの常連だったことで、同一犯の可能性が出てきた。

だが、捜査は難航した。捜査対象者があまりに多く浮かび上がったせいだった。

鮎沢はいわゆる女たらしで、詐欺まがいの手口で性的関係を持つと、次々と相手を乗り換え、数多くの女性から怨まれていた。一方の赤岩も、風俗店やアダルト映像会社に売り込んだ女性たちを不当契約で縛り、搾取していた。加えて私生活ではゲイで、複数の同性の恋人とのトラブルを抱えていたことが途中で判明し、それが捜査をさらに複雑にさせた。

聴取対象者は日ごと増え、焦点も絞り込みづらくなり、同一犯であるかどうかも不確定なまま、捜査は迷走した。

事件は今も解決していない。

「調べる価値はありそうですか」

「十分ある。君はどう思う？」

「同じです」

これまでふたりが捜査対象とした五件を清春がモニターに出し、並べてゆく。
・十八年前、警察に首吊り自殺と判定された玲美の母、松橋美里。
・五年前に行方不明となり、その二年後に山中で白骨体で発見された堤博明。

自殺、他殺は未判定のまま。
・五年前に行方不明となり、八ヵ月後に空き家で首吊り状態で発見された松浦雅哉。
自殺、他殺は未判定のまま。
・四年前に行方不明者届が出され、その三週間後に河川敷に埋められた腐乱死体となって発見された鮎沢哲志。
他殺と推定されている。
・四年前に河川敷に梱包して埋められた半白骨化死体となって発見された赤岩拓。
他殺と推定されている。


次に清春は各死体の頸椎の写真もモニターに出し、並べた。

「素人目にも損傷度合いが似ているように感じられるんですけど」清春がいった。

「似ているけど、私も断言はできないな。明日一番で科捜研の専門家に訊いてみる」

「このまま捜査を進めてだいじょうぶですよね」清春が訊く。

「どうして？」

「まったく経験のない作業をしているので確認したかったんです」

「いいんじゃない。でも、不安だからって毎回私に確認を取るのはやめて。経験者として捜査の常識や手法について訊かれたら話すけど、それ以外は全部五分五分。君は部下じゃない」

敦子は感じたことを正直にいった。でも、こんな強い言い方をする必要はないのに、とすぐに思った。過剰反応？　この男と距離が近くなるのが嫌？

「すみませんでした。頼らないようにします」

「文句がありそうな顔をしているけど。反論があるなら次に引きずらず、今のうちにいってくれないかな」

また棘のある言い方をしている。どうして？

「単純に気になったんです。部屋に入ってきたときは疲れた顔だったのに、捜査の話をしているときは楽しげだった」

「私が？」

「ええ。そのあと、また不機嫌な顔に戻りましたけど。事件を解いてゆくことに娯楽の要素を感じているような気がしたんです。それが正直嫌でした」

図星だった。けれど、うそをついた。

「自分じゃそんな意識ないけど。単に疲れていたところにビールが飲めたから嬉しかったんじゃない？　でも、仮に楽しんでいたとして何か問題ある？」

「仕事を好きな人間はいいけれど、仕事を楽しむ人間は思わぬところで必ず大きな失敗をする。俺が会社勤めをする中で学んだ教訓です。それが浮かんだものですから」

「異業種からの忠告だと思って聞いとくわ」

――こいつのことが怖い。

正直そう思った。でも、興味も抱いている。本当にこの感覚は何だろう？

敦子は空にしたビールの缶を自分のバッグに戻した。少しでも不利になりそうなものは、この部屋に残していきたくない。ホテルの監視カメラの映像や、会話音声ならいくらでも言い訳できる。だが、残していった指紋で犯罪証拠を偽造されたら、一気に形勢は不利になる。玲美だけでなく清春の命令にも従わなければならなくなるかもしれない。

部屋に来たとき同様、体で隠しドアノブをハンカチで包んで開けた。

廊下を歩きながら清春について考える。

あいつはどんな弱みを握られ、この捜査に引きずり込まれたのだろう？

気になる。美月と自分の未来を第一に考え、捜査に直接関係のない他人の事情には一切立ち入らないと決めていたのに。

自分の中に湧いた感情を持て余しながら、敦子はエレベーターに乗った。

＊

タクシーは左折し、大泉（おおいずみ）通りに入った。

清春の横には玲美が座っている。ストーカー藤沼晋呉による刺傷事件から十一日が経過した五月二十二日、火曜。玲美のはじめての一時帰宅の付き添いだった。

帰宅が決まったとき、玲美から「一緒に来て」といわれた。

そう、この女を守らなければならない。

玲美が死んだら、村尾邦宏から託された資料一式はどうなるのか。清春は知らない。死亡直後に不特定多数に公開される——インターネット上に情報がばら撒かれるような——可能性もある。よほどの馬鹿でない限り、そういう仕掛けを作り、自分の身を守ろうとするだろう。

それに今死なれたら、倉知真名美さんを殺したもうひとりを知る機会を、永遠に失うことになるかもしれない。

タクシーには義母も同乗するはずだったのに、変な気を遣われ、ふたりだけで送り出されてしまった。

渋滞の大泉通りをノロノロ進む。

御成門から練馬区大泉までの長い距離の間、ふたりはほとんど話していない。はじめは話しかけてきた運転手も黙り込んでしまった。ラジオも流れていない。

アカシアの茂る庭の前でタクシーは停まった。着替えの詰まったバッグをトランクから下ろし、家に入ると、すぐに二階の玲美の部屋に通された。

義父も仕事を休んだらしいが不在だった。義母もまだ戻っていない。

「お茶持ってくるね」

一言残して、ドアを開けたまま玲美が下りてゆく。

携帯が震えた。今夜会いたいという則本敦子からのメール。彼女との間でもSNSは使わないと取り決めている。捜査に進展があったようだ。返信し、午後八時に合流することにした。

玲美がトレイにティーポットとカップを載せ、戻ってきた。

「どうぞ」紅茶を勧められたが、清春は手を伸ばさなかった。

彼女は気にすることなくクローゼットからジュエリーボックスを出した。底蓋を外し、隠していた写真と封筒をベッドの上に並べてゆく。

これまで玲美に届いた送り主不明の写真と、それが収められていた封筒だった。

姉の奈々美が行方不明になり、母・美里が遺体で見つかって以降、その姉の誕生日ごとに送られてきた十八枚。先日の玲美の入院後、突然届いたものも加えると全部で十九枚になる。

封筒には関東各地の郵便局の消印が捺され、すべて色、かたちが違う。

それぞれに違う差出人の名がプリンターで印字されているが、どれも偽名で心当たりはないという。カットサロンや洋服店からのバースデーメールを装ったものも混じっている。義父母に気づかれず、確実に玲美自身に開封させるための工夫だろう。

写真のほうはポラロイドと、プリンターで出力されたものと、二種あった。

「はじめは警察も証拠として扱ってくれて、指紋の検出もしてくれた。でも、何も出ないまま三年四年と続くうち、『悪質ないたずらでしょう』といわれるようになった」

写っているのが何を題材にしたものか、清春は一枚ずつ訊いてゆく。

十八年前、はじめに届いた一葉には、手折(たお)られた向日葵(ひまわり)の花が二輪並べられていた。

「行方不明になる二ヵ月前に群馬に行ったとき、向日葵畑を見たの。すごくきれいで興奮していたら、花農家の人が『歩いていいよ』って、畑の中を案内してくれた。最後には向日葵を一輪ずつくれて、帰り道は、母の運転するレンタカーの中にずっと匂いがしていた」

他にもマーマレードとクリームが塗られたパンケーキ。河原に積まれた石。水族館らしい大きな水槽と魚に、大輪の花が添えられたもの——

すべてがそんなふうで、姉と一緒に経験した玲美には強烈に残っているが、それ以外の人間には漠然としたものばかりだった。

確かに証拠というには不十分だろう。だが、逆にいえば、他の誰にも気づかれることのない玲美だけに向けたメッセージとして、これほど適したものはない。

義父母には黙っているようにと玲美から念を押された。

二十歳を超えてからは届かなくなったと、彼女はうそをついている。心配させないためか、捜索に干渉されたくないからなのかはわからないが、もちろんあえていう気などない。

「優しさより敵意を感じる」清春は並んだ写真を見ながらいった。「素人がごめん」

「ううん。私も同じように感じるから」

はじめて意見が合った。

「他には何を感じた？　話して」玲美が促す。

「激しい暴力というより、鋭く刺すような感情。女性的というか」

「私も女が撮ったと思う。だから姉が生きている可能性を捨て切れないんだ。姉はもうずっと前に死んでいて、聞き出した記憶を元に犯人が送り続けているって説明も、私は信じない」

清春は頷いた。彼女の感情に引きずられたわけじゃない。十九枚の写真を一度に見て、姉が生きているという可能性を自分もかすかに感じはじめていた。

勘とか直感とかいう類いのものとは明らかに違う。けれど言葉では説明できないし、客観的な証明も難しい。この十九枚の写真自体が確たる証拠であり、実際に見た者にしかわからない感覚なのだろう。

感覚なんて——そんな曖昧な言葉を使うのは嫌いだったのに。玲美が一時帰宅に自分を無理やりつき合わせた理由がわかった。

許可をもらい、十九枚を携帯で撮影しながら清春は訊いた。

「お姉さんとの仲は？」

「私は大好きだったし、仲もよかった」

ドレッサーの鏡をぼんやり見つめながら、玲美が続ける。

「いつも私に優しかった。読めない漢字はすぐ教えてくれたし、テレビも私の見たいものを見せてくれた。お菓子もひとりより、ふたりで分けて食べたほうが、ずっとおいしく感じた。姉はいつも習い事や勉強をしていて、それから窓の外を見ていた。外には、狭い道を隔てて建っている大きなマンションの非常階段と壁しか見えなかったのに。昼でも夜でもカーテンの隙間から、いつでも見ていた。まるでそこから遠くに飛び立っていけるみたいな目をして」

階下で声がした。どこかで合流したのだろう、両親が揃って帰ってきた。玲美がベッドの上の写真と封筒をすぐにジュエリーボックスに入れ、クローゼットに戻した。

「待ってて」

ドアを開けたまま下りていき、すぐに三人で戻ってきた。

「本当にありがとうございました」義父が頭を下げた。会うのはストーカー事件の夜以来になる。うそを詫びる気持ちを込め、清春も深く頭を下げる。

義母が袖を引いて義父を部屋から出し、笑顔でドアを閉めた。

ドアの向こうからふたりの気配が完全に消えたのを確かめてから、清春は捜査の進捗状況と、昨日敦子と話し合った内容を報告した。

「ありがとう」

聞き終えると、玲美はそういった。

「ここまでの作業への評価だと受け取っていいかな」

玲美は頷いた。「それから、ごめんなさい」

病室で「怖い」と責めたことを謝っている。

「気が変わったの？」

「違う。反省したの。感情に振り回されて、あまりに失礼なことをいったから。申し訳ないけれど、怖いのは本当。でも、あなたの前であえて言葉にする必要なんてなかった。それに、こうして結果を出してくれてるのに感謝も伝えていなかったし」

「上辺だけでも敬意を払ってくれるのは嬉しいよ」

「本心でいっているんだけど。やっぱり不愉快だよね。私、思いを伝えるのが下手で、意図とずれたことを相手に感じさせてしまうことが多いから」

「不愉快というより、君のダブルスタンダードが理解できなかった。仮に俺が殺人犯だとして、非難するのなら、同じ人殺しの村尾邦宏は、どうして許されるのかわからない」

玲美は反発しなかった。清春は若干の挑発を込めて言葉を続けた。

「俺が復讐のために、何の罪もない人たちを巻き添えにしたっていうけれど、警察をとっくにやめている村尾にとって、殺された伊佐山秀雄も赤の他人のはずだろ。伊佐山が連続殺人犯であっても、それを裁くのは法律で、村尾という何の権限もない個人じゃない。刑事時代にかかされた恥を拭うために殺したのなら、私恨どころか完全な自己満足じゃないのかい？」

「そうかもしれない」と玲美はいった。

気遣いがいわせた言葉だとしても、意外な反応だった。

「でも、私は村尾さんを信じている」

彼女は視線を外し、病院に戻る支度をはじめた。バッグに着替えを詰めてゆく。

それきり、ふたりの会話はなくなった。

病院には午後六時までに戻ることになっている。タクシーを呼ぶ直前になって、玲美と義父母の間で、ちょっとした口論になった。

道が混んでいるから電車がいいという玲美と、危険だからだめだという義父母。ストーカー・藤沼晋呉が死んだことも、その藤沼の母親が妙な発言をくり返していることも、当然両親は知っている。結局、義父の運転する車で戻ることになってしまった。

玲美と並んで後部座席に座った。

運転席の義父と助手席の義母に玲美の子供のころの話を聞かされ、自分も子供のころの話をする。夕方の渋滞のせいで車はなかなか進まない。

嬉しそうに昔話をする義母を、きまり悪そうな顔でたしなめる玲美。

ありふれた光景。けれど、清春はいびつなものに感じていた。

玲美が裏切ったり、関係が硬直して何の情報も引き出せなくなったら、親を殺すと脅し、取引材料にしようと考えていた。でも、無理なようだ。

追い込まれたらこの女は両親も犠牲にする。

ふたりが注いでくれる深い愛情に目をつむり、見殺しにするほうを選ぶだろう。自分の命と同じように、父と母の命も含めたすべてを捨てる覚悟をしている。

少し生意気な娘を演じる顔と、過去の事件を執拗に追い続ける顔。ふたつを瞬時に切り替えてゆく姿を見て、それがよくわかった。

――俺も君が怖いよ。

この前、病室を出るときにいったのは嫌がらせじゃない。

隣で渋滞に退屈しているこの女の執念が、本当に怖かった。

7

敦子は朝の地下鉄板橋本町駅で待っている。

――上品過ぎる。

通勤客を縫って改札を出てきた清春を見て、思った。

髪型が整い過ぎているし、スーツも高そうだ。あれほど安いのにしてといったのに。過剰な清潔感は、捜査対象に敵意と警戒心を抱かせる。警察官の外見は、相手に軽く見下されるくらいのほうがいい。

「これでせいいっぱいです」表情に気づいた清春が先にいった。

「ネクタイ外して。そのままじゃ、いけ好かないエリート臭がぷんぷんしてる」

「自宅に戻れないんで、選択肢が狭いんです」清春が反論する。「だから来たくないっていったのに」

口から出そうな小言を押し戻し、敦子は歩き出した。

昨夜、居酒屋で捜査会議を開いたとき、敦子は会社からホテル待機を命じられている清春を、この聞き込みに無理やり誘った。

ふたりは独自の重要参考人をすでに絞り込んでいる。

五年前に行方不明となり、三年前に山中で白骨体で発見された堤博明。同じく五年前に行方不明となり、四年半前に空き家で首吊り状態で発見された松浦雅哉。

ふたりの生前の持ち物のデータ内に残る、すべての電話番号やメールアドレス、SNSアカウントの契約者情報を再調査した結果、重複する名前をひとつだけ見つけ出した。

諸江美奈子（もろえみなこ）。二十九歳、独身。

堤、松浦の携帯から拾い出した別々のSNSアカウントから登録時のメールアドレスを辿った先に見つけた名前だった。そのアドレス自体はすでに解約されているものの、契約時の本人確認用の免許証のコピーから、偽名ではなく実在の名前だと確認が取れた。

この諸江の名は、別件の調書にも残っている。

四年前に行方不明となり、三週間後、河川敷に埋められた腐乱死体となって発見された鮎沢哲志。同じく四年前に同じ河川敷で半白骨化死体が見つかった赤岩拓。

鮎沢と赤岩が常連だった池袋のバーに、諸江も当時通っていた。

しかも、鮎沢とは顔見知りで、行方不明となる前日、バーでふたりが話しているところを目撃されている。警察の事情聴取の際には、鮎沢の死を知り、彼が家族と暮らしていた都内の自宅に線香を上げにいったこともわかった。

しかし、彼女に関してそれ以上の捜査は行われていない。単なる友人で男女の関係もなく、動機が見当たらなかったこと。加えて、もっと疑わしい人間が他に複数いたからだった。

だが今あらためて、諸江美奈子という存在を通し、四人の被害者をつなぐ線がぼんやりと見えはじめている——

これから彼女の自宅マンションに向かう。

敦子は歩きながら説明した。

「一人暮らし。四年前に鮎沢の件で聴取を受けたときとは、携帯の電話番号も住所も変わっていた。勤務先も当時の渋谷から、池袋にある同じファッションブランドの系列店に変わっている。店の場所も勤務シフトのスケジュールも、もう調べてあるから」

「間違いなく今家にいるんですね」清春が訊いた。諸江が朝のこの時間に在宅しているのを、どうやって確認したのか知りたいのだろう。

「本店のほうで発信状況と居場所を調べてある」

本店とは警視庁内五課七係のデスクのことで、向こうで待機している人間に携帯のデータ発信状況とGPSの位置情報を逐一モニターさせている。

「諸江の携帯のGPS機能がオンになっていればそのまま。オフの場合は、リモートで機能をオンにして、二秒くらいの間に情報を取得し、またオフにする」

これなら持ち主に気づかれることはほぼない。ただし、違法捜査だ。

「本店から私たちが行くことを知らせる電話を入れて、直後に訪問する。私が話すから、君は笑顔で見ていればいい」

諸江の住むマンションの出入り口と周囲を確認し、敦子はメールで警視庁本部に現地到着を知らせた。

八分後に返信が入った。

諸江への電話が終わったという連絡。留守電にならず、四年前に死亡した鮎沢哲志の件で捜査担当者が向かうと本人に直接伝えられたそうだ。

マンション一階のカメラつきインターホンから呼ぶと、諸江はすぐに出た。

敦子はエレベーターに乗り、清春には階段で五階へ向かうよう指示した。

部屋の前に立つと、ベルを押す前にドアが開いた。覗き穴から見ていたのだろう。

「ここでお話を聞かせていただけますか。もしお出かけでしたら、駅までの道を歩きながらでも結構ですが」

柔らかい声で、しかし、断らせる余裕を与えずに訊いた。

「十分ほどで済みます?」諸江が訊き返す。

「はい」敦子は笑顔でいった。教えた通り、清春も笑顔でうしろに立っている。

「だったらここで」

彼女はメイクの途中だった。服も部屋着で、出勤準備をはじめたばかりのようだ。驚いてはいるが、緊張はしていない。

「あなたが池袋の『SELAN（セラン）』というバーで最後に鮎沢さんに会われたあと、計二回、携帯電話で通話していたという記録が、最近になって見つかりまして」

最近という点はうそだが、記録自体は三年半前に実際に見つかっている。

「前に警察に話したとき、私、その電話のこと何もいっていませんでした？」

「バーで会ったことは話してくださいましたが、電話については記録に残っていません」

「そうか。忘れてたのかな？　ごめんなさい」

「通話の事実を把握していなかったこちらが悪いんです。どんなお話をされたんですか」

「あの夜は鮎沢くんが先に帰ったんですけど、私の分も払っていったって店の人にいわれたんです。彼学生だし、年下に奢られるのは好きじゃないから、すぐに電話したんだけど、『電車の中だから』っていわれて。いったん切って、私も店を出たあと、彼が電車を降りるころを見計らってもう一回電話したんです。私の分は自分で払って、君に返す分は店に預けてあると伝えて、すぐ切ったと思います」

「ええ。一回目の通話時間が二十秒、二回目は一分十七秒で切れています」

「通話時間はわかるのに内容はわからないんですか」

「わからないんです、残念ながら」

メールやSNSの文字データ、画像などは一定期間、確実に保存されているが、日本の通信会社が一般の音声通話の内容を録音保存していることは、ほぼない。

「鮎沢さんのSNSアカウントもご存じなのに、このときはなぜ電話だったんですか」

「酔ってたからかな？　私、男の人に奢られるのがほんとに苦手で。すぐに『返します』って気持ちを伝えたかったんだと思います。SNSのメッセージだと、いつ読まれるかわからないから」

「その気持ち、ちょっとわかります」敦子は口元を緩めた。

諸江も合わせるように表情を少し緩め、頷いた。

「じゃ、そのとき鮎沢さんは何で奢ろうとしたんでしょうね？」

「あの少し前、頼まれて、うちの系列店で扱っているイタリアンブランドのヒールを、社員価格で買ってあげたんです。お店の人からも『そのお礼だそうです』といわれましたけど」

「鮎沢さんから女性へのプレゼント？　つきあっていた彼女にですか？」

「わかりません。詳しく聞かなかったから」

諸江が部屋の奥に視線を向けた。時計を見ているのだろう。もうすぐ約束の十分になる。

「赤岩拓さんのことは、ご存じでしたか？」

「知りませんでした。もうひとりの被害者の方ですよね」

「ええ。同じ店の常連だったようです」

「聴取のときに聞きました。会ったことはあるのかもしれないけど、覚えていなくて」

「わかりました。ありがとうございます」

敦子は頭を下げ、清春も合わせて下げた。

「後日また連絡させていただくかもしれません」名刺を出した。「思い出されたことがありましたら、どんなことでもいいのでご連絡ください」

ふたりでドアの前を離れる。

「終わりですか？」マンションを出ると清春が訊いた。

「今日はね」歩きながら答え、携帯を出して本庁に聴取終了のメールを送る。

「お願いがあるんですけど」清春がいった。「諸江の昔の写真を手に入れてもらえますか」

「整形のこと？」敦子は訊いた。

「はい」

諸江の両目には切開の痕跡があった。上手な手術でほとんど目立たなかったが、仕事柄、何千人もの顔を観察してきた敦子ももちろん気づいていた。

「手間をかけさせてすいません」

「謝らなくていいわ。ボスは君だもの」

理由は訊かなかった。昔の写真は決して無駄にはならないだろう——この男の能力を信頼する気持ちが芽生えはじめている。

「これからの予定は？」敦子は訊いた。

「会社に出ます。異動前のデスク整理に。七時過ぎにはホテルに戻ると思います」

「じゃ、部屋で待機してて。写真が手に入った時点で一度電話する。そのあと会って打ち合わせしたいから」

清春が頷き、そこで別れた。早足で革靴の踵を響かせながら背中が遠ざかってゆく。

——連れてきてよかった。

そう思った。拭い切れないエリートっぽさと生意気なところを除けば、捜査員としては十分に及第点だ。ときに鋭くなりすぎる敦子の言葉や視線を、ビジネスマンらしい穏やかな笑顔が和らげてくれた。彼もやはりプロなのだろう。

これまで何人もの男と捜査上でペアを組んできたが、じゃまだという感覚がいつもつきまとった。特に若い女性に聞き込みをするとき、本庁の捜査官も所轄の連中も、やたら卑屈な笑顔を作るか、変によそよそしくなる。がさつな犯罪者ばかり相手にしている弊害で、女性に対する距離の取り方がことごとく下手だった。

だが、清春にはそれがない。この前、あきる野市の事件現場で中年男に声をかけられたときも感じたが、相手が誰であろうと態度を変えず、柔らかな言葉遣いを忘れない。それにふたりで行動していて軽口はいい合うものの、捜査内容で対立することもない。

——しっくりくる。

その感覚に戸惑っていた。あの男は警察官でないどころか、重大な犯罪を隠しながら生きているに違いないのだから。

ただ、それでも——と一方では思ってしまう。すでに十数時間を一緒に過ごしているのに、罪を犯した人間が放つ匂いが、彼からは一切漂ってこない。

犯罪者が「臭う」のは、決してうそじゃない。

優秀な捜査官なら誰もが知っている。相手の言葉、しぐさ、動きから感じ取ることの比喩的表現には違いないが、どんなに善良を装っていても、真犯人と接していると、本当に鼻腔(びこう)の奥に何ともいえない不快な臭いが広がってゆく。

それを感じないのはどうして？

また清春について考えそうになるのを、頭を振ってリセットし、次の仕事に向かう。

被害者たちの生前の勤め先で聞き込みを続けていると、午後になって本庁の豊田から連絡が入った。

諸江が早くも動いた——

敦子が清春の泊まるホテルに着いたのは、午後十時を過ぎたころだった。

コーヒーの紙コップを片手に部屋に入ると、床に開いたスーツケースが置かれ、ベッドにはプレスされたワイシャツや部屋着が並んでいた。荷物を整理していたようだ。

「自宅に戻れることになったんです」清春がいった。「適当に座ってください」

「諸江が二ヵ所に連絡を入れた」

敦子は立ったまま伝えた。

「出勤後の昼休憩。午後二時二十分と三十二分。自分の携帯じゃなく、バックヤードの固定電話から。どっちも、少なくともこの四ヵ月は一度もかけていなかった番号」

「相手は？」

「詳細がわかるまでちょっと時間がかかる。諸江の勤務先のアパレルが法人契約している回線からの通話だから」

「有名企業が相手だと、通信会社も気を遣うってことですか」

「まあそういうこと。でも明日中にはわかると思う。かけた先は法人じゃなく、個人契約の番号みたいだから」

「動くのが早いですね」

「うん。早すぎる。裏を感じる？」

「いえ、策略とか口裏合わせ以前に、決断の早さが気になるんです。朝、聞き込みに行ったとき、諸江は落ち着いていましたよね」

――やっぱりいい読みをする。

そう感じながら敦子は頷いた。

「演技しているというより、覚悟のようなものを感じたんです」

「真相が知られたときのための心構えができていたってこと?」

「はい」

敦子はソファーに座り、カップに口をつけた。清春も冷蔵庫からミネラルウォーターを出し、一口飲んで言葉を続けた。

「諸江は慌てて電話したんじゃなく、事態がこうなったときのために考えていた通りに行動している……いや、推理にもなってないな。あやふやなことをいってすいません」

「勘で語るのは嫌い?」

「嫌いです。語るのも聞かされるのも。根拠も裏付けもないことは、いいたくないんですけど……だめだな、考えが固まる前に口走っちゃって」

「だいじょうぶ。当てずっぽうじゃない。まだ焦点がぼんやりしてるけど、この前のファミレスのときよりはいい。洞察力が語らせている根拠のある言葉だってわかるから」

清春が一瞬黙り、敦子は訊いた。

「気持ち悪い?」

「ですね。褒められると変な気分です」

「でも、本当よ。お世辞をいう義理はないし。昔の写真の件も当たりだった」

敦子はバッグから二枚の顔写真を出し、ローテーブルに並べた。

「どっちも諸江の昔の顔。実家の住所を調べて、そこの免許センターに送らせたの」

昼に見た顔とは違う。美容整形していることがはっきりとわかる。

「これが十八歳。地元の富山で自動車運転免許を取ったときの写真。こっちが上京して、はじめて免許更新した二十一歳の写真」

その間で見た目が大きく変わっている。

「まだある」バッグから新しい二枚を出した。「さらにその二年後、二十三歳で取ったパスポートの写真。それに二十四歳のときの二度目の免許更新」

またも段階的に顔が大きく変わっているが、二十四歳の時点で理想のかたちになったのだろう。今日の朝に見た顔と大差がなくなっている。

ただ、十八歳当時の諸江も決して醜くはない。純朴でかわいらしい。その後の整形でも、彼女の顔はきれいになっているというより、変化しているという印象が強い。

「この四枚を画像検索にかけてみた。ヒットしたのがこれ」

また新しい一枚を出した。

十八歳のときの顔の諸江美奈子が裸でベッドに横たわっている。

「いくつかのポルノ投稿サイトの動画と一致した。元の動画も持ってきたけど見る？」

敦子は携帯を取り出した。

場所はラブホテル。相手の男の顔、それに肩と腰に修正が入っている。個人を特定できるタトゥーや傷があるのだろう。諸江のほうは性器も含め全身が映し出されていた。

敦子は続ける。

「十一年前、富山市内の警察署に、今でいうリベンジポルノ被害に遭ったとして被害届を出している。諸江はこの男は別れた彼氏に間違いないと証言していた。いちおう捜査もされたけど、映像がアップロードされたのは富山じゃなく名古屋のインターネットカフェで、その時刻、この元カレ——高山って奴だけど——こいつにはアリバイがあった」

「何もできなかったんですね」清春が訊く。

敦子は頷いた。

動画の中では十八歳の諸江がためらいがちな喘ぎ声を漏らしている。

「弁護士を通じてサイトに削除要請をしたことが、当時の捜査報告書に記載されていた。でも、映像は一度消去されては、また別の誰かにアップされるをくり返しながら、今もネットの中に残り続けている」

「元カレの高山は今どうしています？」

「消息不明。七年前、連絡がつかなくなり、両親から行方不明者届が出されてる」

敦子は動画を止めた。

「君の推論を聞かせて」

「映像のせいで地元にいられなくなった諸江は、上京し、顔を変えることで新たな人生をはじめた。その後も整形を重ね、以前の顔を消すことで、過去の辛い思い出も消していった。でも、そこに元カレが現れる。『あの映像は昔のおまえだ、今の顔は整形だ』と、暴露すると脅された。もしくは、心から反省するからもう一度チャンスをくれと懇願したのかもしれない」

「悪くない。それで？」

「どちらにしろ、諸江には迷惑で許せないものだった。彼女は誰かに相談した。ところがその相談相手は、悪人か異常者だった。手助けしたその誰かは、男だったらひとり。女だったら複数人。一般的な女性では最低でも三人以上で襲わなければ、自分たちが無傷のまま成人男性を殺すのは難しい」

「諸江の元カレが最初の被害者でしょうね。共犯者がいるっていうのも同意見」

　敦子はカップに口をつけながら清春を見た。

「でも、その共犯者とどういう関係なのか、現段階ではまったくわからない。だから私は少し諸江に張りついてみる。GPSを使った行動追尾も続けさせるけど、そっちも一日や二日で結果が出るものじゃないし」

「どうやって追うんですか」

「十五分間隔で諸江の携帯から位置情報を調べ、その間の通話やメール、SNSの通信記録と照合して行動を分析する」

「それも違法ですよね」

「まあね。こっちが調べている間、君にも働いてもらうから」

厚いファイルから一枚の書類を引き抜いて、清春の前に置いた。

科学捜査研究所からの報告だった。玲美の実の母の死体、四人の男性の死体に共通する頸椎損傷についての見解が書かれている。
①五例には類似性が認められる。
②この衝撃の度合いによると、即死せず、意識があるまま頸下が麻痺するか、意識を失っても、目覚めたとき頸下を自身の意思では動かせなくなっている。
「知識のある人間が見れば、すぐにわかるほど似てたって。ただ、別の疑問も出てきた」
③同種の損傷のある事例が、他一件あり。
科学捜査研究所のデータには痕跡の類似する殺人事件がもうひとつ記録されていた。被害者は中年女性だった。

「その被害者のことを調べてきて」

敦子はコーヒーを静かに飲み干した。

＊

「おはようございます、阿久津様」

予約した通り、朝八時半に客室係がスーツケースを引き取りにきた。宅配便で自宅に届くよう手配してある。

外は晴れている。この開かない窓の向こうに広がる景色を、もう見ないですむと思うと、やはり嬉しかった。スーツを着てネクタイを締め、部屋を出てゆく。

チェックアウト時、レセプションマネージャーが「お客様が当ホテルをしばらくご利用になる必要がないことを、心からお祈りしております」といって裏口から送り出してくれた。

五月二十四日、木曜。

今日からしばらく、これまでの取引先に異動出向の報告をして回る。

午前中は下請け関係を訪ね、菓子を渡し、急な異動で迷惑をかけることを詫びた。

「残念だなあ」電装品メーカーの主任はいった。「阿久津さん、いい意味で商社マンぽくなかったから。仕事しやすかったのに」

不安を口にしながらも、次の担当者とのつきあい方を思案している。

わかってはいたが、自分が簡単に代替のきく人間だと思い知らされるのは、やはりいい気分じゃない。

二社目に向かう途中、明和フードシステムズの戸叶課長からメールが入った。

パーソナル・ワークシートを提出するよう書かれていた。

今後一年内の個人の業務目標を、金額も含め具体的に書き、管理上長に提出するもので、内容は所属する部内で共有される。各個の着眼点やマネージメント力をアピールできる重要な機会であり、日葵明和グループの社員誰もが力を入れて作成する。

有能なところを適度に示せということだ。出向先で目立つ成果を上げすぎるのも嫌われるが、まるで能力を出さずにいても、見下され、相手にされなくなる。

──そう。俺の本業は商社の社員なんだよ。

ぼんやり考えている自分に空しさを感じた。

午後三時に訪問の予定を終えるとJR総武線に乗った。

科学捜査研究所のデータに記録されていた、第六の事件現場へと向かう。

九年前、江戸川区北小岩の一戸建てで住人の母親が絞殺され、娘は行方不明となった。

滝本祐子、当時四十二歳。滝本麻耶、十四歳。ふたり暮らしだった。

まず小岩警察署に、祐子の勤務先から社員と連絡がつかないと相談があり、麻耶の通う中学校からも、生徒が無断欠席し、保護者に連絡がつかないと報告があった。警官が滝本宅に向かうと、玄関は開錠されたままで、室内で祐子が死亡していた。

現場となった家はもう残っていない。

四年前に大規模再開発が行われ、一帯すべてがテナントとマンションの複合施設となっている。平日の午後、人通りはかなりある。二十近くある他のテナントスペースはすべて埋まっていたが、事件の起きた家のあった一画だけはシャッターが下りたままになっていた。

絞殺された滝本祐子はガス会社の営業所に勤務し、職場では物静かな人だった。

しかし、生活のため複数の男性と愛人契約を結び、毎月定額を手にしていたことがわかっている。それが理由で、行方不明となった娘・滝本麻耶と何度も衝突していた。

マスコミ発表はされていないが、滝本祐子の首には電源コードが巻きついていた。首吊り自殺に見せかけようとしたものの、体を宙に引き上げられず途中で放棄し、両足で立ったまま死亡しているという奇妙な状態で発見されている。

事件にはふたりの重要参考人がいる。

清春は次の目的地へ歩きながら、この男たちについて考えた。

ひとりは田所瑛太（たどころえいた）。当時三十歳の既婚者で、普段から祐子と連絡を取り、事件当日も会う予定だった。しかし、勤務先の工場を出たあと行方不明となっている。

事件とは直接関係ないが、この男には大学時代、教員になる未来を断たれた過去がある。

小学校での教育実習期間中に、五年生の女子生徒が家庭内暴力に遭っていることに気づく。その仁木(にき)いち花(か)という生徒の家族は両親、弟妹(ていまい)の五人。弟妹はどちらも重い遺伝子障害を抱え、二十四時間の介護を必要としていた。

両親はいち花にも過剰なほどの介護を強要し、嫌がる素振りを見せると体罰を加えていた。彼女の胸や下腹部には無数の打撲痕が見つかり、児童養護施設に保護され、両親は警察からの聴取を受けている。

しかし両親は逆に、田所が娘に性的いたずらをしたから傷を見つけたのだと訴えた。被害の証拠は一切出なかったものの、田所も聴取を受け、不安だという保護者からのクレームで実習は中断。再開はされず、教員免許取得は事実上不可能となった。

両親は在宅起訴され、執行猶予の判決を受けた。いち花も半年の養護施設での生活ののち、自宅に戻された。以降、妹、弟は病状の悪化により相次いで亡くなっている。

その後、両親もいち花も転居した。だが、敦子が役所の転出入記録を調べたものの、届けは出されておらず、仁木家三人の行方はわかっていない。

清春は今も使われている古い児童館の前に立っていた。

もうひとりの重要参考人、富樫佳己はここに勤務していた。

事件当時二十六歳、独身。

行方不明となった滝本麻耶も、小学校時代、放課後は誰もいない家に帰らず、平日はほぼ毎日この児童館で過ごしていた。

富樫と麻耶は仲が良く、SNSアカウントの交換もしている。それを知った捜査員が事情聴取を求めると、彼は素直に応じた。

だが、聴取当日、両親と同居する千葉県市川市内のマンションを出てから行方不明となった。この失踪の九ヵ月前、富樫は大腸ガンの手術を受けている。経過は良好だったが、保険適用外の先進医療による多額の治療費で本人も両親も貯蓄が底を突き、金に困っていた。富樫の部屋からは、麻耶の指紋のついたマンガや汗がついたハンカチも見つかっている。

清春は不審者と疑われないよう、歩きながら横目で児童館を観察した。

学年問わず何人もの小学生が出入りしている。窓の奥には、子供たちと遊ぶジャージ姿の職員も見える。

——もし自分が犯人だったら。

金や情愛のもつれで母祐子を突発的に殺し、犯行を娘麻耶に目撃されたとしたら？　その場で娘も殺すだろう。騒がれる危険を冒してまで、家の外に連れ出す理由がない。

逆に、麻耶を拉致しようとしているところに、母祐子が帰ってきたら？　母を殺せたとしても、それを自殺に偽装する余裕などないはずだ。その間に麻耶に騒がれるか、逃げられる。そもそも現場には争った痕跡は一切なかった。

金に困っていたとしても、一般的な母子家庭の娘を営利誘拐の標的にはしない。差別的といわれようと、それが現実だ。

母の殺害と、娘の誘拐というふたつの事件が、それぞれ個別の犯人により、まったくの偶然で同じ日に決行されたとも到底考えられない。ただし、これまでの警察捜査では、田所と富樫の間に、日常的な接点は見つかっていない。

その後、テレビなどで麻耶の写真や服装が公開されたにもかかわらず、行方はわからないまま。彼女の父親は十年以上前に再婚し、新しい家族を持っていたため、事件に極力関わろうとしなかった。

誰が誰のために殺し、なぜ三人は姿を消したのか。何度もくり返し考える。

ひとつの極端な――人にいえば鼻で笑われるどころか、見下されそうな筋書きが、清春の中でゆっくりと像を結びはじめていた。

陽が暮れかかっている。そろそろ行かないと。

午後七時には敦子が赤羽の自宅に来る。あまり嬉しくはないが、ホテルを出た今、周囲を警戒せず会える場所が他になかった。

清春は来た道を戻った。またあの複合施設を通り抜けてゆく。ファストフード店とドラッグストアの前を過ぎ、シャッターの下りた事件現場跡にさしかかったとき、頭の上にいくつかの茶色いものが見えた。夕陽を浴びて光りながら、降ってくる。鳥の群れじゃない、ビール瓶。

すぐに数歩退いた。

近くに次々と落ち、乾いた音を立てながら割れてゆく。路面で撥ねる夕立の雨粒のように、細かなガラス片がズボンに飛んでくる。隣にいた子供連れの母親が悲鳴を上げた。マンションの階上から落とされたのは間違いない。ベランダや外階段を見回したが、それらしい姿はない。また乾いた音が響いた。さっきより近くで瓶が砕け散り、清春はすぐ横のアーケードの下に飛び込んだ。

ビール瓶は降り続き、通行人が怯えながら屋根の下や店の中から空を見上げ、110番に通報している。

嫌がらせ？　警告？　いや、そんな生易しいものじゃない。直撃すれば命の危険もある。

清春は振り返らず駅へと急いだ。

電車内では周囲を警戒した。

誰かに見られ、狙われている――その証拠を、はじめて突きつけられた。

微熱のように続く苛立ちが消えないまま、赤羽駅西口を出る。

午後七時。仕事や学校を終えた人の列が、改札を抜け、それぞれの帰るべき場所へと戻ってゆく。

二十年前、倉知さんを最後に見たときと同じような宵の闇と光に街は包まれている。惨めな敗北感と身勝手な後悔が、またも胸の内側を這い上がってきた。それを無理やり押し戻し、自宅マンションへと急ぐ。

足が次第に速くなる。スピードを上げれば、まるで憂いを引き剝がし、その場に置き去りにでもしていけるかのように。だが、過去の重荷はついてくる。自分の中にある罪の意識は、決して消えることはない。

自宅マンションの道路を挟んだ向かい側、電柱の陰にワゴン車が止まっている。

エントランスに入ろうとすると、ビデオカメラを手にした男が降りてきた。

男は週刊誌記者を名乗ったが、清春は視線も向けずにオートロックのドアを入った。宅配ボックスに届いているスーツケースを取り出し、エレベーターホールへ向かう。

ホールの隅に見知らぬ人影があるのに気づき、足が止まった。

「こんばんは」初老の女が近づいてくる。

「どちら様……」言葉の途中で気づいた。藤沼紀子、玲美を襲って死んだストーカー・藤沼晋具の母親。他の住人に合わせて入り、隠れていた？　清春はすぐに背を向けた。

「どうしてもお伝えしたいことがあるんです。息子はあの女に利用されたの」

「すみませんが、お話なら弁護士を通して」

「通したら聞いてくれる？　くれないでしょ？　だから来たんです。迷惑なのはわかっているわ。でも、命にかかわることなの。次はあなたが危ない」

エントランスの外、閉じたままのオートロックのドアの向こうが光った。

記者がライトで照らし撮影している。

清春はエレベーターのボタンを押した。その腕を藤沼紀子が摑む。初老とは思えない力。無理やり振りほどきたいが、撮影されている。乱暴にはできない。

「柚木玲美が息子を犯人に仕立て上げたの」藤沼の息づかいが荒くなってゆく。「あなたも騙されてる。今のうちに気づいて。そして、あの女に罪を償わせるの」

誰かがオートロックのドアを外側から叩いた。

敦子だった。

清春は腕を摑まれたまま、藤沼を引きずるようにドアに近づき、開けた。敦子は中に入ると警察の身分証を出し、続けて入ろうとする記者たちを制した。

「不法侵入になりますよ」

強い声でいうと、すぐに顔を藤沼に向けた。

「その人から離れなさい。暴行の現行犯になります」

「話をしたいだけ」

「離れなさい。傷が残れば傷害罪です」

「そんなつもりじゃないの」大声でいう藤沼紀子を清春は振りほどき、エレベーターに乗った。藤沼の体を押し返しながら、敦子も乗り込む。

「ありがとうございます」清春はいった。

「気にしないで」敦子がいった。「それよりどうだった?」

北小岩のことを訊いている。ビール瓶が降ってきた話をしながらエレベーターを降りた。

「私もミニバンにつけられた」

クリーム色のアルファードに尾行され、ナンバーを調べたが、偽造ナンバープレートだったという。

——ふたりが捜査していることを、誰かがひどく嫌がっている。

清春は玄関ドアについている二ヵ所の鍵を開けた。

「少し待ってもらえますか」ひとりだけ中へ入り、異状はないか確かめる。

戻るのは、玲美が突然訪ねて来たあの日以来。リビングのローテーブルには、彼女が飲み干したレモネードのカップがそのまま置かれていた。

玄関ポーチや廊下に問題はない。だが、ベッドルームに隠してあったビデオカメラの電源が止められ、録画データも抜かれていた。

盗まれたものはそのデータだけ。荒らされた様子はなく、窓も割られていない。ピッキングか合鍵で入ったか？　しかし、プロの手口とも思えない。

まあいい。確かめればすぐにわかる。

他にも隠してあった二台のカメラと、無線でミラーリングしていたレコーダーのデータは無事だった。

玄関ドアを少し開け、内側から首を横に振ると、敦子はそれだけで状況を理解した。廊下に出て携帯でタクシーを呼ぶ。

「入った奴に心当たりは？」敦子が囁く。

「今はまだ何とも」

スーツケースを転がし、またエレベーターに乗る。今度は地下一階で降り、駐車場を抜けて裏口に回った。

タクシーに乗り込む寸前で、また藤沼紀子や記者に気づかれたが、運転手は非情なくらいあっさりとドアを閉めた。

「あの女に何をいわれたか教えて。悪事を暴きたいの」藤沼の声を残し、走り出す。記者の携帯がその様子をすべて撮影している。藤沼の姿が小さくなってゆく。

赤羽自然観察公園の横を通り過ぎた。ため息が漏れると同時に腹が鳴った。朝から何も食べていない。

タクシーが交差点をゆっくりと右に曲がってゆく。瞬間――激しい衝撃が体を貫いた。事故。後部座席の左、敦子の横のドアがへこみ、ガラスが割れ、車体が横滑りする。反対車線で信号待ちをしていたトラックの荷台に激突し、清春の頭はガラスに打ちつけられた。

「ひでえな、もう」タクシーの運転手がエアバッグに顔を埋めながらいった。

ミニバンの信号無視、減速せず突っ込んできた。運転していた人影が飛び降り、逃げ去ってゆくのが見える。

「救急車呼んで」敦子も歪んだドアを蹴り開け、あとを追ってゆく。

ミニバンの車種はアルファード、色はクリーム――敦子を尾行していた車。

清春はすぐに周囲を見回し、警戒しながら119番に連絡した。

「だいじょうぶですか」運転手に訊く。

「お客様こそだいじょうぶですか」と辛そうな声で訊き返した。

車から降り、もう一度周りを警戒した。ガラスに打ちつけた頭が痛い。正面が潰れたアルファードのヘッドライトが、こちらを強く照らしている。

救急車よりもパトカーよりも早く、記者たちの乗ったワゴン車が追いつき、清春はまたも記者の手にした携帯で撮影された。

清春がホテルに戻ると午前一時を過ぎていた。

朝チェックアウトしたばかりなのに、また同じスーツケースを持ってチェックインする。他に安全に泊まれる場所を思いつけなかった。

「おかえりなさいませ」ホテルスタッフが笑顔で迎えてくれる。その気遣いが、逆に惨めな気持ちにさせる。

事故後、警察から聴取を受け、断ったものの運転手とタクシー会社から懇願され、病院でレントゲン撮影をした。

敦子からは「居場所を連絡して。あとで会いにいく」という内容のメールが届いた。捜査について話し合うはずだったのに騒ぎが重なり、まだ一言も話せていない。

新しい部屋に入ると自宅から持ってきた監視カメラのデータを確認した。

侵入者はすぐにわかった。

銀縁眼鏡で小太り、四十前後の男が映っている。画像検索にかけると、四年前の逮捕時の画像や、判決を受けたときのニュース映像が数多く出てきた。

男の名は宮島司（みやじまつかさ）。元整形外科医で、拳銃と銃弾の不法所持により逮捕され、懲役三年六カ月の実刑判決を受けている。

妹の結真には、事故後すぐに連絡し、無事を確認してある。藤沼紀子が待ち伏せているかもしれないので、赤羽の自宅にはしばらく近づかないよういった。

タクシーのドアガラスで打った頭が痛い。首と肩も痛む。空腹のままだが、もう食べる気も失せていた。

チャイムが鳴った。敦子だ。

「宮島は？」清春はドアを開けるとすぐに訊いた。

「見失った」敦子は宮島の名をいわれても驚きもせず答えた。額にガーゼ、腕には包帯が巻かれていた。衝突されたときガラスで切ったのだろう。

「四年前の宮島の事件、担当したんですね」

「私が逮捕した」敦子が頷く。「君の家に入ったのも、あいつなのね」

清春はパソコンの画像を見せた——宮島が盗聴器を仕掛けようと、家の中を歩き回っている。が、監視カメラのレンズを見つけ、慌てながら電源を消し、データカードを抜き取ったところで画面は暗転した。

「まるっきり素人だわ」敦子がいった。

今夜の衝突は警告だろう。本気で殺すなら、タクシーに乗っているところを狙ったりはしない。夜道で待ち伏せ、刺しているはずだ。

ただ、この先はどうなるかわからない。はじめに警告し、相手の恐怖を駆り立てたあと、殺害した例も少なくない。宮島が訓練されていない素人だとしても、雑踏の中、背後から近づき、刃物を構えて捨て身で体当たりされたら避けようがない。

もうひとつ。宮島の存在と同じくらい大きな問題がある。

「交差点を曲がってきた直後のタクシーに、速度を落とさず突っ込むなんて、誰かが合図を送らなければ無理でしょう。ウチにも玄関の鍵を壊さず入っています。ふたつあるシリンダーを開ける合鍵を、簡単に用意できるとも思えません」

敦子が頷く。

共犯者がいるが、それが誰なのかわからない。

「恨まれる理由は？」清春は訊いた。

「わからない。別件で逮捕した銃器マニアのパソコンにあった暗号化リストを解読したら、宮島司の名前が出てきた。逮捕され、経営していた医院は閉鎖。離婚して、子供とも会えなくなったらしい。でも、それで恨まれるなら、これまで逮捕した全員に恨まれてる」

自業自得の逮捕の末の逆恨み。そんな宮島の中にある憎しみを誰かが刺激し、利用したのかもしれない。

「ただ、未練はある」

敦子がいった。

「宮島の携帯のデータから、今度はマニアに銃器を流していたブローカー役の暴力団員の名が浮かんだ。任意で呼んで、逮捕するはずだった。でも、捜査一課八係から依頼があってね。ブローカーの流した銃による別件の殺人事件を追うのに、数日泳がせ、行動範囲を探らせろって。はじめは断った。でも、上からの命令で、従わざるをえなかった」

「ブローカーに逃げられたんですね」

「そう、国外に。逆に一課は殺人容疑者を逮捕した。その失態を誰かが探り出して、宮島に吹き込んだ可能性もある。おまえは捕まったけれど、おまえに銃を流していたもっと悪い奴は、まんまと逃げ延びたって」

「宮島と諸江美奈子がつながっている可能性はないですか」

「ない、今のところは。さあ、ようやく本題ね――」

　真夜中の捜査会議がはじまる。

「昨日、諸江美奈子が職場の電話からかけた二ヵ所の相手先番号と契約名義人がわかった。小野島静（おのじましずか）、重光円香（しげみつまどか）。どっちも三十代の女。諸江との学歴・職歴での共通点はなし」

「三人の関係は？」清春は訊いた。

「まだはっきりとはわからない。ただ、諸江から連絡が入ったあと、小野島と重光もお互いにメールを送り合っているから、知り合いなのは間違いない。メールの内容も見られるように今手配させてる」

「不用心ともいえるし、露悪的ともいえますよね」

「諸江の行動？　私もそう思う」

「あの女は罪の発覚を恐れていない。というか、発覚することでもう終わりにして、安堵しようとしている」清春はいった。

言葉によらない、行動による罪の告白——でも、それは罪悪感からなのか？　主犯は小野島と重光で、自分はあくまで従属的な立場で罪は軽いと考えているからなのか？

「まあその態度も含めて、諸江の行動はすべて策略で、私たちを嵌めようとしているのかもしれないけれど」

「僕らを嵌めてどうするんです？」

「それもまだわからない」

「わかるまでには、もう少し時間が必要ですか」

「うん。諸江、小野島、重光。三人の関係を解く材料になる情報が、まだぜんぜん集まってないんだもの。しばらく経過を観察しないと」

「十日ぐらい？」

「いや、もっと。早くて一ヵ月」

「面倒なんですね。でも、警察とは違うやり方を、せっかくだから試しませんか」

「提案してるの？」

「はい」

清春は少しばかり乱暴な企みの説明をはじめた——

8

清春はベッドに横になっている。

両目は開き、ホテルの部屋の天井をぼんやりと眺めていた。

午前五時二十分。窓の外の空はもう明るい。

半月前まで、この時間に身支度をはじめるのが習慣になっていた。平日は、午前七時からの会議が三日、残り二日も早朝の社内講習と連絡会。そんなスケジュールの週も珍しくはなかったし、辛いと感じたこともなかった。

体は今もあのサイクルで動いている。でも、起きてもすることがない。

五月二十九日、火曜。

先週から取引先を訪問し、出向の報告をして回っているが、ホテルを出発するのは早くても午前九時。日課のストレッチや筋力トレーニング、シャドートレーニングを終えても、まだ時間が余る。毎日、朝が長い。

あのタクシー事故から、もう五日。ガラスに打ちつけた額の腫れも引き、薬のおかげで首の痛みもなくなった。赤羽の自宅には戻っていない。カメラやアラームを増設しなければと思ったが、盗られて困るものはもう何も残っていないと気づいて、やめてしまった。

北小岩のマンション階上からのビール瓶落下事件は、テレビのワイドショーやネットニュースで報道され、警察の捜査も続いている。しかし、犯人は逮捕されていない。

携帯が鳴った。田乃上課長からの着信。

『今日、自宅に戻られるんだろ?』

「はい。車で送っていきます」

柚木玲美のことだ。今日、退院する。

『会社から快気祝いを送りたい。商品券を十万円分、おまえのほうで手配してくれ』

「わかりました。ありがとうございます」

だが、快気祝いは口実だ。課長は清春が腐っていないか確かめるため、そして励ますために、あえてこの時間に電話してくれたのだろう。

衝突事故と藤沼紀子が待ち伏せしていた件は、すでにメールで連絡済みだったが、「法務部に対応させるから、おまえは何もするな」といってくれた。取引先の大嫌いな取締役がセクハラで左遷されたと聞いたときは、自然と笑い声が出た。

電話を切ると、ベッドから起き上がり、カーテンを開けた。

空は晴れている。気分も少しだけ晴れていた。

病院の車寄せに停めたレンタカーに、玲美が乗り込んできた。キャミソールと白いブラウス、カーディガン、コットンパンツ。入院中はしていなかった化粧を薄くしている。地味で冴えない服装が、逆に整った容姿を際立たせていた。

カローラアクシオを借りてきたものの、荷物はショルダーバッグとスーツケースひとつだけ。思ったよりずっと少ない。不要になったものは、義父が事前に持ち帰っていた。「ゆっくりでいいからね」義母が彼女に話している。ふたりでドライブでもしてきなさいという意味だ。

見送る看護師に会釈しながら出発した。

相変わらず警戒は続けている。タクシーに衝突してきた宮島司の行方は、まだわかっていない。尾行や待ち伏せに用心して一度高速に乗り、また一般道に降りた。

清春が自分の車でなくレンタカーで来た理由を、玲美も知っている。宮島という、まったく歓迎しない新たな登場人物のことも伝えた。病院の特別室を出てしまった玲美も、これまで以上に藤沼の母・紀子につきまとわれ、狙われるだろう。

午前の陽光がフロントガラスいっぱいに射し込み、夏のように眩しい。

目白通りの交差点で、約束通り則本敦子は待っていた。

停めたアクシオの後部座席に彼女も乗り込み、車内という密室を使って会議をはじめる。

「まず諸江美奈子について話させて」敦子が口を開いた。「この女のどこが怪しいか、もう聞いてるよね」

「はい」玲美が頷く。

「経過を追っていうと、先週諸江の自宅に聴取に行ったその日の午後、彼女は職場から二ヵ所に電話連絡した。その相手が小野島静と重光円香」

清春は前を見て運転に集中している。

「二回の電話以外、諸江に普段と違う動きはなかったんですね」玲美が訊いた。

「ええ。いつもと同じ時間に出勤し、仕事終わりはまっすぐ帰宅。友達と食事や飲みに行くこともなし。男の影も一切なし。面白味のない生活ぶりが逆に怪しく思えるくらい」

「だとすると――」

「ミスリードってことでしょう？　あなたが考えるのもわかる。私たちも、間違った関心を小野島と重光に向けさせるために、わざと連絡した可能性を疑った。でも、この七日間で小野島と重光の身辺捜査も進んだから、それを見て、あなたにも判断してほしいの」

敦子が手渡した資料を玲美が読み上げてゆく。資料には小太りで地味な服装の女の、顔と全身の写真が添えられていた。

「小野島静、三十七歳。婚歴・子供なし。新中野（しんなかの）のマンションに一人暮らし。女性服の修繕を専門とする『ファインリメイク』主任。諸江と同じ服飾関係だが、仕事上での交流や接点はなし。電話連絡以外、この半年間に諸江と小野島が直接会った形跡も、今のところ見つかっていない」

敦子がさらに資料を渡す。こちらにも太った眼鏡の女の、顔と全身の写真が添えられている。フリルのドレスワンピースで着飾ってはいるが、決して美人とはいえない。

「重光円香、三十九歳。婚歴・子供なし。亡くなった父から相続した江古田の一戸建てで一人暮らし。職業占い師。新宿のマンションで個人のタロット占いサロンを開業。テレビメディア等への露出は一切なく、ＳＮＳで自分やサロンに関する発信もしていない。口コミのみで集客している信頼感と、穏やかな語り口で人気。週五十人以上を面接鑑定し、リピーターが多い。小野島と同じく過去六ヵ月間に諸江と直接会った形跡はなし」

「ふたりと諸江の間で、メールやＳＮＳのやりとりもなし」敦子はいった。

「諸江を仲介しない小野島と重光の関係はどうなんですか」

「問題はそっちの動き。諸江から連絡を受けた直後から、ふたりは何度も連絡を取り合ってる。昨日までの六日間で通話は十一回、ＳＮＳのメッセージもふたり合わせて二十四。直接会ったのが三回。しかも、会うときは公衆電話から携帯に連絡を入れ、合流する時間と場所を決めている」

「通話の内容は？」

「今のところわからない。メッセージのほうは通信会社から手に入れたけど。これ――」

誰もが知っている童謡を切り貼りした文章が並んでいる。

「ふたりだけの暗号？」

「でしょうね。諸江が小野島と重光をスケープゴートにしようと企んだのかもしれないけど、このふたりのほうも、ただのひ弱な山羊じゃなく、うしろ暗い何かを抱え込んでいる可能性があるってこと」

「暗号を解くことはできないんですか」

「解くなら、ふたりのメッセージを少なくともあと一ヵ月は記録して、専門家も含めて細かく分析しないと」

「通話の盗聴は？」

「直接通話ではたいしたことは話してないと思う。ふたりが実際に会うときは、今の私たちみたいに、重光が自分のワゴン車で小野島を拾って、どこにも寄らず、ずっと車内で過ごしている。二、三時間走り続けたあと、小野島ひとりが降り、別々に自宅に戻る。これまでの三回は全部このパターン」

「ワゴン車に盗聴マイクを仕掛けるのは？」

「どこで仕掛ける？　重光のワゴンが停まっているのは、自宅にある一台分のスペースしかないシャッター付き駐車場だよ。忍び込むのはリスクが大きすぎる。あとはガソリンスタンド？　協力要請なんてできない」

「じゃあ、どうしたら――」

「急ぎたいのはわかる。だから続きの説明は彼からするから」

「文章解析や盗聴より、もっと直接的なほうがいいと思う」

清春は運転しながらいった。

「君が諸江美奈子に会って、本当のことを聞かせてと頼んでほしい」

玲美は少しだけ驚いたものの、すぐに元の顔に戻った。

「上手くいく可能性は低いけれど、失敗してもマイナスになるものもない。逆に警戒して、諸江がこれまでと違う動きをしてくれるかもしれない」

「どうするのか、具体的に教えて」

「会うのは君ひとり。極小マイクをつけ、僕と則本さんも離れて会話を聞く。ただ、何か起きたら必ず助けに行くとは期待しないで。見捨てるつもりはないけど、極端な話、その場でいきなり諸江から――」

「刺されるかもしれない」玲美がいった。「危険なのはわかってるわ。続けて」

「会ったら、お母さんの死も、お姉さんの失踪についても、すべて本当のことを話してほしい。あと、小野島と重光との関係を摑んでいることも。ただし、俺と則本さんのことは、はじめは伏せておいてもらいたい」

「協力者がいると明かさないほうがいいってこと？」

「そう」

「いいわ。話さない」

保身ではなく、警戒心を無駄に増やさないための方便だと理解してくれたようだ。

「もし、こちらのいいたいことをすべて伝えられたとしても、その場で結果を求めず、少なくとも一週間は諸江に考える時間を与えてほしい」

「待った末に、何も話してくれない可能性もあるよね」

「もちろん」

「わかった」玲美はいった。「行きましょう」

「今すぐに？」

「できるだけ急ぎたいし、事実を話すだけで、計画を練る必要もないから」振り向き、後部座席の敦子に訊いた。「彼女、今日も仕事ですよね」

「ええ。GPSで確認してある。モニターさせてるけど移動の報告は入ってないから」

敦子も賛成のようだ。

清春は左にウインカーを出した。路地を進みながら、ナビで池袋への最短ルートを探す。

「則本さん」玲美が呼んだ。「諸江が話してくれたときのために、確認しておきたいことがあるんです」

「どうぞ話して」

「諸江の言葉の中に、もし、私の母の死と姉の失踪に関する以外の、第二、第三の事件につながる情報が含まれていたとしても、それを元に、諸江を逮捕、任意同行しないでください」

「他の事件に関する自白をしても、すべて聞き流せ、忘れろってこと？」

「はい」

「約束できない」

「いえ、してください」

「するわけないじゃない」

敦子の語気が強まり、車内の空気が変わった。

「諸江の言葉で、あなたの母親の死の理由がわかって、お姉さんの行方がわかって、それがどんな結果を生もうと、私は一切干渉しない。でもね、別の事件の真相が判明したら、そうはいかない。無視できないわよ。警察官だもの」

「その職務倫理も捨ててください」

「何のために捨てるのよ」

「警察が諸江さんの捜査をはじめたことを、もし姉を監禁している犯人が知ったら、極端な行動に出る可能性がありますから」

「そんな監禁犯が本当にいるのなら、私たちの動きにもとっくに気づいているし、殺すならとっくに殺してる。誰にも知られず、人間ひとりを十九年も飼い続けるなんて、よっぽど利口な奴じゃなきゃできやしない。そんな奴が、警察の捜査なんて怖がるはずないでしょ」

「それでも無視すると約束してください」

「自分が何いってるかわかってるの？　自分と同じように未解決事件で苦しんでいる家族が救われる機会が見つかっても、それを潰せっていってるのよ」

玲美が喉を動かしながら息を飲む横顔を、清春は目の端で見ていた。

敦子が続ける。

「あなたと私が交わした糞みたいな契約にも、誠意条項はあるはずよね。私は確かに保身を第一に考えてる。でも、自分ひとりが安堵するために、何人もの遺族の願いを踏みにじるようなことは絶対にしないから」

「そういう優しさや善意は――」

「違う。優しさでも善意でもない、ただの私の信条。だから譲れない」

玲美は黙った。

「聞いてんの？」敦子が訊いた。

「聞いてます」

車は要町三丁目の交差点を過ぎ、赤信号で止まった。

「じゃあ、少し譲歩します」玲美がいった。「私の頼み通りにしてくれたら、村尾邦宏さんから預かったものの一部を、おふたりに返します」

敦子の声が途切れた。

清春はハンドルを握る自分の指先がぴくりと動いたのを感じた。

「聞こえてますか」今度は玲美が訊いた。

「聞こえてる」敦子がいった。「どうして私だけでなく彼とふたりなの」

「私がそうしたいからです」

「力の誇示？　ただの当てつけ？」

どちらでもない、と清春にもわかる。他人を巻き込んだほうが操りやすいからだ。

無理やり背負わされた他者の利害を、敦子は切り捨てることができない。本人がいくら「自分の保身が第一」といおうと、奉仕型の人間であり、義務ではないことを義務と感じてしまう。弱みさえ握ってしまえば、一番扱いやすい種類の人間だろう。

「契約の中に別の契約を無理やりねじ込むなんて、ずいぶん卑怯ね」

「ひとつの提案をしているだけです。公正、卑怯の道徳論にすり替えないでください」

「まずやってみませんか」

清春は口を挟んだ。そして車内のエアコンを入れた。

「どうなるかわからないのに、仮定の結果について揉めてもしょうがないでしょう。諸江と会って、もし何か言葉を引き出せたら、そこであらためて議論しましょう」

当たり前の提案だが、玲美も敦子もとりあえずは黙った。

車は池袋西口駅前から続く渋滞の中にいる。

「先に降りて、前に話したものを買ってきてくれませんか」清春は敦子にいった。

「ハンズフリー通話用のヘッドセット？」

「ええ。極小タイプで、イヤフォンとマイクが分離できる広範囲集音のものをふたつ。駅前に並んでいる家電量販店なら、どこでも売っていますから。わからなかったら、連絡ください」

「どうして私？」

バックミラー越しに敦子が睨む。玲美に行かせろといっている。

「それは子供っぽすぎますよ。ついさっき退院したばかりですよ」

嫌な顔をしながらも、次の赤信号で敦子は降りていった。

「ありがとう」玲美がいった。

「君のためじゃない」

「あなたにどんな意図があったとしても、今回は助けられたから」

「だったら、感謝はいらないから反省して改めてくれ。糞みたいな経緯だったとしても、今俺たち三人は同じ目的のためにチームで動いている。しかも、このあとすぐに重要な作業が控えている。そんなときに和を乱すような物言いをして、何の得がある？　俺と則本さんを嫌っていてもいい。単なる道具だと思っていてもいい。でも、俺たちを引き合わせて、今働かせているのは君だっていう、もっと強い自覚を持ってくれ。道具を丁寧に、より上手に扱う心がけを忘れないでくれ。もし、君が本当に事件を解決したいのなら」

いい終わると清春はナビで駐車場を探した。西口地下駐車場まで進むより、その手前のコインパーキングに停めたほうが早そうだ。

「篠崎龍巳（しのざきたつみ）」ふいに玲美がいった。「覚えてる？」

清春は「知らない」と返した。

「大石嘉鳴人の中学時代の同級生。大石が倉知真名美さん殺害容疑をかけられたとき、死亡推定時刻に『大石と一緒に赤羽駅前のイトーヨーカドーにいた』と証言している。確かに男ふたりが防犯カメラに映っていたけど、解像度が低くて大石と篠崎とは断定できなかった。それでも篠崎の言葉は証拠として採用された」

清春は前を見ている。信号が青に変わっても、渋滞は十メートルほど進んだだけで、また赤になった。

「だけど大石が落下死した二年後、篠崎も妻の真理（まり）さんと一緒に死んだ。今から九年前、阿久津くんが大学二年のとき。都内北区で起きた夫婦刺殺事件。十一月の雨の夜で、目撃者も見つからず、事件は今も未解決のまま」

玲美の目は清春の横顔に向けられている。

「加工した包丁でふたりを殺したのは阿久津くん、あなた。奥さんは無関係だったのに、ためらうことなく巻き添えにした。村尾さんと私は知ってる。証拠も持ってる」

加工した包丁と玲美はいった。

「マスコミ発表はされてないけど、篠崎の体内からかすかな刃こぼれが検出されたの。もちろんあなたは知ってるよね。持ち帰った包丁を遺棄する前に確認したはずだから。村尾さんは、その包丁が刺殺しやすいよう削られ、加工されていたことも突き止めた。江東区の量販店で買ったこともわかってる。店員を買収して、当日の監視カメラ映像も手に入れていたの。信じられない？　でも、事実よ。発生後に追うのじゃなく、以前の事件から類推して、あなたがどう動くかを先に予測していたから」

ナビの指示に従い、清春は脇道にハンドルを切った。少し先に空車の表示が出ているコインパーキングが見える。

玲美が言葉を続ける。

「今でも村尾さんを好きだけれど、私から見ていても怖かった。異常だった。食べることも眠ることも忘れて、自分が機械になったつもりで捜査を続けていたから。ただ執念のためだけに生きていた。だから、あの人は警察が摑んでいないことも見つけ出せたの」

現場の情景は清春の頭にもはっきりと残っている。

明治通りと尾久橋通りの交差点の手前を右に入り、すぐにまた右。古いアパートの裏、自転車が放置された一見通り抜けられそうにない路地を、酔った男女が歩いてきた。錆びた街灯。雨混じりの冷たい風。先端を研ぎ澄ました包丁……

「もし則本さんが勝手な動きをしたときは、あなたにも彼女を止めてほしい。頼みを聞いてくれたら、篠崎夫婦の事件の証拠を渡します」

そんなものより——と清春は思った。

倉知さんを殺したもうひとりが誰なのか、今すぐ知りたい。わかれば、やるべきことはひとつしかない。

だめだ。妹の結真の披露宴が終わるまで、静かに過ごすと決めたはずなのに。

自分の中の誓いがどんどん崩れてゆく。完全に崩れたときにどうなるのか、自分でもわからない。

パーキングに車を入れ、清春と玲美は池袋東口へ歩いた。

PARCOの入り口近く、宝くじ販売ボックスの横で、買い物を終えた敦子は待っていた。

簡単な説明を聞いた玲美が、一度トイレへ向かう。

マイクふたつを玲美の携帯にリンクさせ、ひとつをバッグに、ひとつをブラウスの胸元に忍ばせる。グループトーク設定で、三人の携帯を通話状態にし、玲美の一台だけ通話音声をミュートした。

戻ってきた玲美にテストさせた。

宝くじ販売ボックスで、スクラッチくじを三千円分買い、削り方を教えてもらう。防犯用の透明アクリルの向こうの販売員の声も問題なく聞こえた。

ただ、小さなアクシデントが起きた。玲美が十万円当ててしまった。

「おめでとうございます。いい運気が巡ってきたのね」販売員がいった。

嫌がらせのような幸運を、清春は笑うことができない。こんな巡り合わせを仕組んだ奴を恨みたいけれど、誰を恨めばいい？

玲美がＰＡＲＣＯに入ってゆく。エスカレーターに乗る姿を見送ると、清春と敦子は他人のように離れ、それぞれに待った。

六分後、携帯から玲美の声が聞こえた。

『はじめます』

靴音が響き店内へ。

『いらっしゃいませ』

諸江美奈子の声が聞こえた。

平日昼の開店直後。他に客のいる気配はない。この時間帯、店には諸江しかいないこともわかっている。

『あの』玲美が呼んだ。

『はい』諸江が明るい声で答え、ヒールを響かせ近づいて来る。

『突然申し訳ありません。私、柚木玲美と申します』

不器用な挨拶に続き、一瞬の空白。玲美が身元を証明するために社員証と免許証を出しているのだろう。

『あの、何でしょう?』諸江が訊いた。『求人への応募だったら、ここじゃなく本社に』

『いえ。違うんです。少しだけ私の話を聞いていただきたいんです』

『は?』

『そして、よろしければ、あなたに教えていただきたいんです』

『何をいってるのか、わからないんだけど』

諸江の声は完全に警戒している。なのに、玲美は緊張した早口で続けた。

『お仕事のじゃまはしません。話を聞いていただいたあとには、服も買わせていただきます』

諸江が黙った。

『待ってください。警備員は呼ばないで。あなたを傷つけるようなことも、暴れたりも絶対にしませんから』

諸江は黙ったままだが、玲美は十九年前の母と姉の事件を説明した。

『でも、あの、十九年前だと私は十歳だから。何もわかるわけないし』

諸江が小さな声でいった。

『人を呼ばないでください。通報もしないで。お願いします』

少しの衣擦れとヒールの音がしたあと、玲美がいった。

『呼んだら刺します。今ここで』

諸江に刃を向けたんじゃない。店外からは見えないよう、玲美は自分の体に突きつけ、脅しているのだろう。

――やりすぎだ。

行かせる前に持ち物を確認するべきだった。清春は自分の甘さを後悔したが、離れて立っている敦子は表情を変えていない。

これくらいの事態は予測、いや、覚悟していたのかもしれない。

『わかった。呼ばないから』諸江がいった。

『ありがとうございます』玲美は返した。『こちらの用件だけお伝えできたら、すぐに帰ります。だから落ち着いて聞いてください』

ふたりの言葉が止まる。店内のBGMだけが聞こえる。

『聞くけど』諸江がいった。『その前に、まずあなたがもう少し落ち着いたほうがいいんじゃないかな』

『そうですね』少し柔らかい声で玲美がいった。

『で、あの、どうすればいい？』

『接客しているように、近くに立っていただけますか』

『だけど、それ、やっぱり怖い』

刃物のことをいっている。

『しまってもらえないかな。誰も呼ばないし、騒がないから』

『約束してくれますか』

『うん。約束する』

諸江が大きく深呼吸した。玲美が刃物をしまったのだろう。

玲美が事件を詳しく説明する。清春と敦子というふたりの協力者がいること以外、服役囚・村尾邦宏とのつながりも含め、すべてを隠さず伝えている。

どうにか騒ぎにならず、ここまでは進んだ。

が、清春は諸江の声を疑っていた。長年の接客経験がそうさせているのかもしれないが、こんな状況でも動じていない。刃物を出されたときの怯え方も、どこか演技のようだった。

本当の死の恐怖に直面した人の声を、清春は知っている。

そう、何度も聞いたことがある——どんなに強がり、冷静を装っていても、決してこんなに穏やかには話せない。

『ご家族のことは本当にお気の毒だけど』諸江がいった。『私にできることはないと思う』

『いえ、必ず手がかりを与えていただけると思っています。あなたと、小野島静さん、重光円香さんがお知り合いだということも、私たちは知っています』

『それがどんな関係があるの？』諸江は特に驚くこともなく訊いた。

玲美は被害者の頸椎に残った傷の類似性について話したあと、『教えていただいた秘密は絶対に守ります。交換に、私の秘密もお伝えします』と続けた。

私の秘密——玲美が予定にないことをいった。

『それでも私にできることはないな。警察に聴取されたことはあるけれど、本当にそれだけ。鮎沢くんともうひとりの男の人が殺された事件のことは、何も知らない』

『お返事は今聞かせていただかなくて結構です』

玲美が連絡先のメモを出したようだ。

『どうかゆっくり考えて、話してもいいと思ってもらえたのなら、ご連絡いただけませんか。お願いします』

『でも、何も』

『生意気ですが、少しでも気にしていただけたなら、私の家族の事件のことを調べてみてください。うそをついているのでないことを、すぐにわかってもらえると思います。本当のことを知りたい、それだけなんです。信用していただくためなら、どんなことでもします』

『わかりました』諸江が優しい声でいった。

『約束した通り、買い物もさせてください』

『気にしないで』

『でも』

『本当にだいじょうぶ。ね、行って』

『ご連絡お待ちしています』

『もう頭を下げないで。あなたはお客様なんでしょう?』

諸江の言葉が気遣いなのか、おかしな女を早く帰したいからなのかはわからないが、最後には『ありがとうございました』といって玲美を送り出した。

ふたりが顔を合わせていた時間は十五分。清春は首筋に薄く汗をかいていた。

携帯に敦子からメールが入った。

『先に帰る』

彼女の姿を探すと、駅へと歩き出していた。

賢明だ。もうここに用はないのだから。残っていても、また玲美と険悪になるだけだ。

消えた敦子と入れ違うように玲美が戻ってきた。

「ごめんなさい」と彼女はいった。「逃げられそうだったから」

バッグの中を見せる。小さな催涙スプレーとともに、折りたたみ式のアウトドアナイフが入っていた。

「もうあんなことはしないで」清春はいった。

玲美が頷く。顔色が悪い。やはり疲れている。

コインパーキングへと歩く間も、表情はどんどん曇っていった。

助手席にぐったりと座る彼女は、全身に傷を負い、つい二時間前まで入院していた。

「病院に戻ろうか？」

車を出す前、清春は訊いた。

「家に帰る」玲美はいった。「自分のベッドで横になりたい」

玲美を送り届けたあと、清春は彼女の家で気疲れしながら食事をごちそうになった。

「本当は泊まってもらいたかった」と義母にいわれたときは、レンタカーで来てよかったと心底思った。

ホテルに戻り、ベッドに転がる。

力が抜け、吐息が漏れた。だが、まどろむ間もなく携帯が鳴った。

玲美からのメール。

『連絡がありました　少しだけ話しました』

諸江美奈子から電話があった。

何を訊かれ、話したのかも、向こうの声の様子もわからない。しかし、諸江のほうも、玲美の真意を知りたがっていることだけはわかった。脈はある。

ただ、この連絡の早さに、やはり怪しさを感じてしまう。

午後十時。諸江が玲美とはじめて会ってから、まだ十一時間。好意的な感情ではなく、玲美を騙し陥れようとしているのだとしても、もう少し考え、迷ってもいいだろう。自分の人生最大の秘密にかかわることなのだから。

深夜、清春はまた幻覚を見た。

部屋のドレッサーの前を通り過ぎたとき、自分の肩越しに人影が見えた。立ち止まり、覗き込むと、鏡に映る自分のうしろに倉知真名美が立っていた。

すぐに振り返り、見回した。もちろん誰もいない。

鏡の中にだけ倉知さんはいた。そして少し見つめ合ったあと、語りかけてきた。

「苦しいならいいよ、阿久津くん」

倉知さんは微笑んでいる。

「全部話して、楽になって。全部私のためにしてくれたことだと、わかっているから」

犯罪の自白を促している。隠さず話すよう勧めている。

隠しているって、何を？　話すって、誰に？　安っぽい同情を並べた幼稚な懐柔に腹が立った。倉知さんはこんな薄っぺらな人じゃない。もっと知的な、素敵な人だ。

「消えろ、偽物」

強くいった。幻覚は哀しそうな表情を浮かべると、崩れるように消え、鏡の中には自分の姿だけが残った。

ルームライトを消し、ブランケットを被る。清春はすぐに眠りについた。

*

路地裏から明治通りに出たところで、雨が降り出した。

清春と敦子はビニール傘を開いた。細かな水滴が打ちつけてくる。

六月四日、月曜。午後四時四十分。

清春は携帯を確認したが、今日はまだ玲美からの連絡はない。

六日前、玲美が諸江美奈子を訪ねて以降、ふたりは三回の電話と、六回のメッセージ交換をしていた。通話やメッセージの内容を、玲美は毎回報告してくる。それを信じるなら、少しずつふたりの距離は近づいているように思えた。

タクシーに衝突してきた元整形外科医・宮島司はまだ逮捕されていない。事故を起こしたミニバンはやはり盗難車で、窃盗犯としても手配されているが、行方は摑めていなかった。

陽が傾き、傘を叩く雨が強くなってゆく。

滝本祐子・麻耶親子の事件について聞き込みをはじめて六日目。失踪したふたりの重要参考人、田所瑛太と富樫佳己の親族や関係者を回っている。

消息が途絶えてから九年が過ぎた今でも、ふたりは評判がいい。

田所の勤めていた板金工場の経営者は、懐かしそうに目を細めながら技術と人柄を褒めた。私生活では連れ子のいる女性と結婚していたが（失踪認定後、離婚届が受理されている）、元妻は「今も感謝しています。会いたい」と自分を捨てた男を思い、涙をこぼした。血縁のない息子にも、実子と変わらぬ愛情を注いでいた。

富樫も、学童保育の指導員として高い評価を受けていた。何人もの元児童と保護者が、子供を傷つけるような人じゃないと感情を込め話した。

「少し休んでいこうか」敦子がいった。

東武曳舟（ひきふね）駅ビルのコーヒーショップに入ると同時に、敦子の携帯が震えた。

「ようやく来た」

メール着信。待っていた平間潤子に関する資料が届いた。

結婚で名字は変わっているが、富樫佳己の実の姉で、九年前の事件当時、両親や富樫とともに市川市内のマンションで暮らしていた。

現在三十八歳。夫、小学生の娘ふたりと埼玉県加須市在住。日中は同じ市内の福祉センターで働いている。

彼女の不審な点に気づいたのは敦子だった。

この事件の被害者容疑者に近い人間たちの通信記録を、事件当時だけでなく、現在にまでわたって再点検してみると、今年の五月半ば――清春が玲美と再会し、藤沼晋呉のストーカー事件に巻き込まれた直後から、平間の携帯への公衆電話着信が急に増えていることがわかった。

平間の勤める福祉センターに勤務表を送らせると、五月後半のシフトがその前の時期と大きく変わっていたことも確認できた。誰かと頻繁に連絡を取り、会っていた可能性がある。

「やっぱり」送られてきた画像を見た敦子がいった。

画面を清春に向け、スクロールする。

電話ボックスで話している平間潤子の画像が六点。不鮮明だが、大柄で眼鏡をかけた姿が彼女であることは十分わかる。加須の所轄警察署から送らせた路上防犯カメラの映像を、警視庁五課七係で解析したものだった。

「どれも平間の自宅マンションから五百メートル圏内の公衆電話。数自体が少ないから、場所を絞り込むのは難しくなかった。ただし、通話の相手はまだわからない」

二十分後に席を立ち、東武曳舟駅の改札を抜けた。区間準急と特急を乗り継ぎ、五十分ほどで加須駅に着いた。

平間潤子が仕事から帰る時間を狙い、これから会いにいく。

ここ一週間で二度、敦子ひとりで訪ねて来たが、インターホン越しに追い返されている。だが、それも戦略の内で、次の一手のために今回は清春が同行した。

平間が家族と住むマンションの入り口は二ヵ所。どちらもオートロックで、入るときに解錠しなければならない。そのタイミングを狙う。

「裏に回るから。君は表」

正面エントランスで待っていると、彼女が帰ってきた。近くに同じマンションの住人がいないことを確認し、声をかける。

「平間さん」

彼女が振り返り、眼鏡の奥からこちらを見た。

「突然申し訳ありません。阿久津清春と申します。先日、警視庁の則本敦子がお伺いしたと思いますが、彼女と同じ用件で――」

　平間は一瞬怯えた表情を見せたあと、すぐに強くいった。

「お断りします」

「五分ほどで終わらせますので、どうか」

「嫌です」

「疑っているのではありません。私たちは彼が何もしていないことを証明したいんです」

　自動ドアを通りすぎてゆく背中にいった。平間は一瞬立ち止まりかけたものの、エレベーターに乗り込んだ。

　話せなかった。敦子に報告すると、「それだけ話せりゃ上出来」といわれた。

　そう、まだ続きがある。

「一時間したら、エントランスのモニターフォン押して」

「また俺ですか」

　敦子が頷く。「頑（かたくな）な中年女の心を開くのは、同世代の女の進言じゃなく、若い男の真摯な眼差しでしょう？」

　安っぽいこじつけだが、真理だ。

　午後七時半。清春はモニターフォンに部屋番号を打ち込んだ。

「はい」平間の声。こちらの顔は画面を通して見えている。それでも彼女は出た。

「何度も申し訳ありません」

「迷惑なんです」

「一度だけ機会を下さい。どんな結果でも、これで必ず終わりにします」

少しの沈黙。

「待ってください」彼女はいった。「降りていきますから」

少し驚きながら敦子を見ると、したり顔で見返した。

険しい顔をした中年男とともに平間は本当にエレベーターを降りてきた。

「ダンナ」敦子が囁く。身長百七十前後で小太り。似たような外見の夫婦が進んでくる。

「ありがとうございます」敦子と清春は頭を深く下げた。

「協力しにきたんじゃありません」

夫はマンションから少し離れた国道脇まで誘った。平間も夫のうしろに隠れるようについてくる。

「お仕事だというのはわかります」夫がいった。「それでももうやめていただけませんか」

「一度だけというのは本当です。もうおじゃまはしません」清春はいった。

「九年前もそういっておきながら、妻はテレビにも雑誌にも警察にも、さんざん追い回されました。酷い言葉もかけられたし、警察は口調こそ丁寧なものの、完全に容疑者をかばっている家族として扱った。私も近くで見ていて、よく知っています。結婚直前だったのに、結局披露宴も中止しなければならなかった。妻をもうあんな目には遭わせたくありません。しかも今は子供たちもいるんですよ」

「私たちは富樫佳己さんを誘拐犯とは思っていません。滝本麻耶さんを無理やり連れ去ってはいないし、もちろん殺してもいません」

清春は拒否される前に早口で続けた。

「佳己さんはむしろ麻耶さんを救ったのではないかと考えているんです」

通り過ぎるトレーラーの音が言葉をかき消す。平間を見ながら声を大きくする。

「麻耶さんは今もどこかで生きている可能性が高い。これが仮説ではないと立証し、佳己さんへの疑惑を晴らし、真犯人に近づきたい。そのために、どうしても潤子さんに力を貸していただきたいんです」

清春は頭を下げた。敦子も名刺を出し、頭を下げる。

小太りの夫は名刺をジーンズのポケットに隠すようにねじ込んだ。平間はずっと黙ったまま。夫婦は背を向け帰っていった。

「あれでよかったですか」清春は訊いた。

「上出来」敦子がいった。「缶コーヒーくらい奢ってやってもいい出来だった」

「いりませんよ、そんなもの」

都内へ戻る特急の中で、清春の携帯が震えた。

玲美からのメール。

『明日会ってもいいと連絡が来ました　午前十一時　池袋駅東口交番』

諸江美奈子が玲美と再度会うことを承諾した。

敦子にその文面を見せている間に、また玲美からメールが届いた。

『行きますと返事をしました　あなたも来て』

「本庁に戻るから、一緒に来て」画面を見て敦子がいった。「無線機器一式渡すから、大泉の柚木の家まで持っていって。使い方は一緒に梱包しとく。あの娘の家のポスト大きい？」

「直接渡さず、投函してくるんですか」

「そう。すぐに回収させて、君も顔は合わせずすぐに帰ってくる。明日朝になって慌てて準備をはじめて動きを悟られるより、可能な限り今晩中に仕込んでしまったほうがいい」

「悟られるって誰に？」

「決まってるでしょ、小野島静、重光円香。それにプラスアルファ。やっぱりさっきの缶コーヒー取り消しだわ」

「だからいりませんよ、そんなもの」

「諸江が柚木に好意的だなんて思わないでよね。むしろ何か企んでいる可能性のほうが、今は高いんだから」

「わかってます」

「まあ、明日、諸江に刺されて、死亡終了ってことになれば、それはそれでいいんだけど」

いや、よくない。敦子もわかっていて憎まれ口を叩いている。

メールの『あなたも来て』とは、一緒に来て私を守れという意味だ。今の清春には否応でも従う義務がある。彼女が死んだとき、自分の身に何が起こるかわかっていないのだから。

北千住駅で特急から地下鉄に乗り換え、ふたりで警視庁本庁最寄りの桜田門駅へ向かう。

大手町駅を過ぎたところで、今度は敦子の携帯が震えた。

着信番号を見て彼女はすぐに出た。

「則本です。わざわざありがとうございます。ええ、今電車内で。いえ、だいじょうぶです。すぐに降りますので、少しだけお待ちください」

早口で話したあと、送話口を隠し、清春の耳元で囁いた。

「平間潤子」

清春は気分が悪くなった。

玲美が諸江美奈子に会うことになった直後に、話すことさえ拒否していた富樫佳己の姉からの突然の連絡――偶然なわけがない。世の中はそんなに意外性に満ちていない。

次の二重橋前駅でドアが開くと、ふたりはすぐにホームに降りた。

「明日の午前十時に小山ですか」

敦子が話しながらこちらに目を向けた。

「十一時でしたら、どうにか。そうですか、ありがとうございます。ただ、捜査員はふたり以上での行動が義務づけられていまして。ええ、例外はないと考えていただいたほうが」

やはりこちらも召集の通達だった。平間との交渉は続く。ただ、結論はもう決まっている。選択権は敦子と清春の側にはないのだから。

敦子が携帯を切った。

「栃木県小山市、君ひとりで行って。それが条件。君の言葉を聞いて、少しは信じてみる気になったって」

どこまで本当かわからない。

「捜査での単独行動は認められないって説明したけど、一対一を譲らなかった。明日非番の君が、警察官としてじゃなく個人として会いにいくって筋書きにしたから」

「でも、刑事って名目上は定時出退社の内勤でしょう？」

「宿直明けの朝八時半以降は非番になるの。勤務を終えてすぐ向かったってことにすればいい。二時間半あれば小山まで行けるでしょ」

「警察手帳はどうするんですか」

「非番中も全員携帯しているわけじゃない。いつも持ち歩いているなんて、年寄りか捜査一課の古いタイプの奴らだけ。若手は半分以上庁内に置いていくから」

意味もなくため息が出た。そう、うんざりしている。

「君だけじゃない」

敦子もため息をつく。明日の玲美と諸江美奈子の対面を見守る役目は、彼女が担うことになったのだから。

「二時間後、日比谷公園集合にしましょう。俺にも用意させてください」

明日の約束時間まで十三時間。

やはりこちらが十分な準備をできないよう、このタイミングを狙ったとしか思えない。

清春はひとり二重橋前駅の改札を出た。

9

午前八時半、清春はホテルを出た。

東京駅から新幹線に乗り、四十二分後には栃木県小山駅に到着。

はじめて来た街。駅前でレンタカーを借り、今、下河原田（しもかわらだ）という町を走っている。現在、午前十時二十五分。約束の十一時にはまだ早いが、これでいい。

空は薄曇り。ずっと先に平屋の古い市営住宅が並んでいる。

路肩に停まった。ときおり車は通り過ぎてゆくが、歩いている人の姿はない。

介護事業所のマイクロバスが停まり、介添えされながら腰の曲がった老婆が乗り込んでゆく。富樫佳己と平間潤子の母だった。事前調査でデイサービス（通所介護）を受けているのはわかっている。

走り出したバスに平間が手を振った。

九年前、富樫が殺人事件の重要参考人となり市川市に居づらくなると、両親はここに越してきた。今はもう父は亡くなり、母がひとりで住んでいる。平間は埼玉県加須から週に二、三度車で通い、母の面倒を見ていた。

緊張しているのが自分でもわかる。

乾いた喉を鳴らしてつばを飲み、約束の時間が来るのを待った。

午前十時三十五分。

敦子は路上に設置された喫煙所に入った。うしろめたいような、待ち焦がれていたような気持ちでタバコに火をつける。煙を吸い込むと、疲れていた体が滑らかに高揚してゆく。

普段は吸わない。結婚して、妊娠を意識するようになったころ、スパッとやめた。でも、離婚してからは、張り込みのときだけは解禁している。張り込み中のこの緊張感を和らげることができるのはニコチンくらいだ。自分にそんな安っぽい言い訳をしながら、雲の多い空に向かって煙を吐き出す。

道路を渡った向こう、ファストファッションの店舗前には柚木玲美が立っている。前回、この池袋で衝突して以降、敦子は彼女と直接話をしていない。

だが、「嫌味にならない程度に着飾って」というメールでの指示には従ってくれた。紺のレースブラウスに白の巻きロングスカート。スタイルのよさがよくわかり、褐色の肌に紺と白が合っている。

美人が下手に目立たぬよう地味に抑えると、かえって悪目立ちしてしまう。いい女らしくしてくれたほうが、皆の記憶に正確な容姿が残りにくい。

通勤通学の時間帯が終わり、人のまばらな歩道。

玲美が小さく咳払いした。

その音は、敦子のイヤフォンにもしっかり聞こえている。

玲美の体につけさせた三つの警視庁備品極小マイクは、大きさ一・七センチ、厚さ二ミリ。微細な音も逃さず拾い、玲美のバッグの中の携帯に見せかけたブースターを経由して、敦子の耳まで届けてくれる。前回慌てて用意したものより、ずっと高性能だった。利用申請しても、いつも檜山係長が出し渋る高額機器だけのことはある。

十時四十五分。諸江美奈子が現れた。約束より十分以上早い。

「本当にありがとうございます」玲美もすぐに気づいて頭を下げる。

「こちらこそ呼び出してごめんなさい。体調はどうですか?」

玲美がストーカーに傷つけられ入院していたことも、もう諸江は知っている。

ふたりが歩き出す。玲美の声が緊張し、逆に諸江の声がリラックスしているのも、感度の高いマイクが伝えてくれる。

諸江はピンクのラウンドネックセーターにアイボリーのパンツ。遠目にも高級ブランド品だとわかる。ショップ勤務らしくファッションには出費を惜しまないのだろう。

並んで歩くふたりを、すれ違う男たちが目で追ってゆく。

サンシャインシティに入った。ふたりはコーヒーを買ってから三階に上がっていった。そこから先は聞こえてくる音で類推する。ハローワーク横のベンチに座ったようだ。近くを常に人が通り過ぎてゆく。

敦子がこれ以上近づくことはできない。諸江には顔を知られている。気づかれたら、そこで終わってしまう。だから、ひとつ下の二階から音声だけを聞いているしかなかった。

「私が話すことで、本当にあなたのお母さんの真実に近づける？」

諸江が優しい声で訊いている。

「私はそう信じています」

「本当にあなただけ？」諸江が念を押す。

「はい」

「他には誰にも聞かせない？」

「はい」

嫌な予感がしてきた。

「わかった」諸江がいった。「役に立てるかどうかわからないけど、約束通り話します」

「待ってください」玲美がいった。

マイクが擦れる音がして、直後に音声が途絶えた。

——あの女。

敦子はすぐにバッグの中のレシーバーを見た。コネクトアウトの赤いランプが点灯している。故障じゃない、充電切れでもない。玲美がマイクの電源を切った。

——裏切った。

そんなに聞かせたくないのか。録音もしていないし、第三者に中継もしていない。約束は守っているのに。

どれだけ自分が信用されていないか、尊重されていないかを痛感した。携帯から玲美にかけたが、すぐに留守電サービスにつながった。携帯の電源も切っている。

——番犬代わりに使われた。

ひとりきりでは、諸江におびき出され、小野島静と重光円香に拉致されることも考えられた。その場で襲われ、殺される可能性もゼロではなかった。なのに危険がないとわかると、一番大事な場面の直前にあっさり切り捨てられた。

玲美が電源を切ったのは、敦子から自分たちを守るため。

諸江の話す内容は、高い確率で自分の犯した罪の告白になる。もし敦子が勝手に記録していたら、逮捕のための十分な証拠になり得てしまう。

もうひとつは、信頼の証明として、玲美から交換に諸江に打ち明ける秘密を、何があっても敦子には聞かせたくなかった。その秘密は、諸江の心を開き、語る気にさせるのに十分なほど重大で、同時に、玲美自身を窮地に追い込むほど危険なものだから。

ただ、どちらのリスクもはじめから十分わかっていたはず。すべてを知られる覚悟で玲美はこの場に臨んだのだと、敦子は勝手に思い込んでいた。

——哀れみが、いつの間にか油断に変わっていた。

自分の母親に苦しんだ記憶を引きずる敦子は、どんな乱暴な手段を使っても家族の過去を解き明かそうとしている玲美に、少しばかり共感していた。

正直、同情心もあった。

何者も顧みない玲美に対する憐憫は、敦子が一連の捜査に向かう動機にもなっていた。

――けれど、それもすべて消え去った。

無理をしてでも自分で玲美の体にマイクを仕掛ければよかった。そうすれば彼女の気づかないうちに、予備のマイクを忍ばせておけたのに。

後悔も反省もある。だが、怒りや憎しみはない。

逆にこれで決心がついた。だから今は、ふたりのいる場所まで駆けて、この会談をぶち壊そうとは思わない。玲美に思い通り運んだと信じさせておくほうがいい。

その間に、こちらも本来のやり方で計画を進めさせてもらう。そう、抜け駆け、不意打ちは誰よりも得意だ。

まずは檜山係長の許可を得ないと。大嫌いな捜査一課八係の井ノ原にも話を通しておく必要がある。阿久津清春とはしばらく連絡を取れなくなるかもしれない。

警視庁全体を巻き込んでの騒ぎになる。

「でもその前に一服したい」

虚脱感に包まれ、今の気持ちがこぼれるように独り言になった。

敦子はライターを握り締め、パンプスを響かせながら喫煙所を探した。

＊

レンタカーの中、清春は小刻みに膝を揺らしていた。

駐車場所を探してしばらく走ってみたものの、見つからず、結局、平間潤子に指定された場所近くの路肩に停まっている。

会いにいった先に待っているのは、平間だけではないかもしれない。だから準備はしてきた。合成繊維の下着、ウールのサマーセーターとチノパン。靴下は伸縮性のゴム編みで、靴も合成繊維でゴム底のものにした。

それでも緊張が止まらない。

両手で、ズボンの上から腿を、セーターの二の腕を、何度も擦る。

午前十時五十五分。もうすぐ約束の時間。

グローブボックスを開け、白い軟質ゴムの保護カバーをつけた携帯電話と同サイズのプラケース、さらに名刺入れのような薄いケースを取り出した。

ふたつをケーブルでつなぎ、腰のホルダーに差す。

使い慣れた革のカバンを片手に車を降りた。

並ぶ平屋の木造市営住宅に近づいてゆく。半分近いポストに投函禁止の貼り紙がされていた。住人はあまり残っていないようだ。

ほとんど同じ外観の玄関戸のひとつから平間が出てきた。セーターにスカート、足首までのレギンス。眼鏡をかけ、化粧では隠し切れない疲れが顔に浮かんでいる。

「わざわざ遠くまですみません」頭を下げた。

「こちらこそ、呼んでいただいてありがとうございます」清春も頭を下げた。

「いい大人がいつまで甘えたことをと思われるかもしれませんが、正直、今も辛いんです。世間の冷たさも厳しさも、あの騒ぎの中で嫌というほど感じましたし」

清春は家に招き入れられた。

玄関横にキッチンがあり、和室が二間続いている。仕切っているはずの襖は取り除かれ、奥の六畳には介護用のベッドが置かれていた。

ここにひとりで暮らす母親は、四年前に認知症の初期段階にあると診断された直後、自転車に撥ねられ歩行困難になっていた。

「あの、はじめにもう一度お考えを聞かせていただけますか」

「則本と私は、富樫佳己さんは誘拐犯ではないし、殺人にも関与していないと考えています。推測で話すのを許していただけるなら、当時の境遇から逃げたがっていた滝本麻耶さんに手を貸し、安全な場所に運んだのではと思っています」

平間は頷くと、「弟が遺していったメモや古い携帯、パソコンがあるんです」といって奥を指した。

介護ベッドの横のサイドテーブルに古い携帯電話とノートパソコンが置かれている。横には日記らしい革張りの手帳、数冊のアドレス帳もある。

九年前、富樫は警察署で聴取を受ける予定になっていたその日に失踪した。まだ参考人の段階で、家宅捜索の準備も進められてはいたものの、実行はされていなかった。

富樫をマークしていたにもかかわらず、巧妙に逃げられ、動揺した合同捜査本部は急遽、任意での家宅捜索を行った。そのとき、部屋に置かれていたパソコンやメモ書きなどが「提出」という名目で押収されている。

「それとは別のものです」

「警察の捜査を受けていないという意味ですか」

「はい」平間は一言いって頭を下げた。「申し訳ありません」

「いえ、責める気はありません。むしろ、見せる勇気を出していただけたことに感謝しています。でも、どうして？　誰かが隠したんでしょうか」

「佳己が行方不明になったその日のうちに、母が家から持ち出して、当時の勤務先に隠したらしいんです。たぶん亡くなった父も知っていたと思います」

「ということは、お母様やお父様も何か事情をご存じだった？」

「かもしれませんし、単純に息子をかばっただけかもしれないし。幼稚な言い訳になってしまいますけど、母の認知症が見過ごせないほどになるまでは、こんなものがあったなんて私は知らなかったんです」

「見つけたのは具体的にはいつですか」

「四年前。介護用ベッドを持ち込むのに、部屋を整理したとき、押し入れの奥に隠してあるのを見つけて。どうしてこんなものをって責めると、『警察に見られたら、佳己がもっと疑われる。悪者にされてしまう』って。私は何度も提出しようといったんです。でも、『死んだって放さない』といわれて。しかも、最近は認知症の症状が進んで、少しでも触れようとすると、激高するようになってしまって。それで――」

「お母様がデイサービスに行かれている間に、こちらに呼んでいただいたんですね」

平間が頷く。

「拝見してもよろしいですか」

「もちろんです」

清春はテーブルの携帯に手を伸ばした。が、取り上げようとして、寸前で手を止め、振り返った。

真うしろに立っていた平間は、驚き、一瞬戸惑ったような表情を浮かべたものの、すぐに笑顔に変わった。清春も笑顔を見せる。

またテーブルの携帯に視線を向け、手を伸ばす。

その瞬間——清春の顔の前に平間が何かを突き出した。

小さなスプレーを噴きつけられた。清春は腕を振り上げ、身をよじり避けたものの、わずかに左目に入った。鋭い痛みが走る。マスタードガスだ。

平間はスプレーを噴きながら、片手をベッド脇のタオルの下に突っ込み、隠していたものを引き出した。無反動ハンマー。清春が振り上げた腕の下をくぐり、ハンマーが脇腹を叩く。が、ほぼ同時に清春は右手を伸ばし、平間の喉を摑んだ。

瞬間、ふたりの体がはじけ飛んだ。

清春は用心していた。携帯に見せかけたバッテリーを絶縁用のビニールケースに包み、ジュールシーフ（昇圧回路。バッテリー内の電力を一気に解放させる）に接続して、合成繊維の下着の上のウールセーターやチノパンに流し、帯電した状態を作った。靴は合成繊維とゴム底のもの。家に上がったあとのために、靴下もゴム編みの絶縁用のものを二重に履いていた。すべて家電量販店とディスカウントショップで買い揃えたものだ。

バッテリーはエアガン用のものを直列した。ジュールシーフは市販の放電機ではなく、電気製品を分解して取ったパーツで自作した。

相手が不意に摑みかかってきても、静電気を浴びせられる。原理は昭和のおもちゃ程度のものだが、電圧は一万ボルト以上。

清春は倒れた平間を踏みつけ、暴れる体に馬乗りになり、ポケットから出した結束バンドで絞め上げてゆく。口には部屋にあったガーゼタオルを詰め込み、黙らせた。

カバンからペットボトルの水を出し、痛む目を洗い流す。昨日会った夫や、別の誰かが隠れていることを警戒したが、他に人の気配はない。この女ひとりだった。

霞(かす)む目でテーブルの携帯とノートパソコンを探し、カバンに押し込んでゆく。

縛られている平間が暴れ出すたび、何度か蹴っておとなしくさせた。蹴った衝撃がハンマーで殴られた左脇腹に響く。体中が痺れ、すごく重い。

痛みで顔を歪めながら富樫の日記のページをめくった。

素人の清春に断言はできないが、敦子に見せられた資料にあった富樫の筆跡に似ている。警察の押収を逃れ、他人の目には触れてこなかった手帳も数冊ある。

平間が本物を用意したのは、もし今回襲う機会を逸してしまっても、この本物の日記に書かれたことや、携帯に残ったメールの内容を口実に、今後、二度三度と清春に会うためだろう。偽物だと気づかれてしまえば、そこで接点は絶たれる。この女は弟の遺した本物を餌にしてまで、清春を襲い、本気で殺そうとしていた。

スタンガンを平間の首に押しつけ、口に詰めた布を引き抜いた。

「誰にいわれた？」

平間は答えない。だからショックを与えた。

「やめろ、偽刑事」平間がわめく。

「誰に命令された？」口をまた布で押さえ、もう一度ショックを与える。「公衆電話で連絡を取っていたのは誰だ？」

「人殺し。連続殺人犯」布の下から清春を責める言葉が漏れてくる。

「それは誰に吹き込まれた？　佳已か？」

平間は血走った目で睨み、「人殺し」とくり返す。

「いわなきゃ殺す」

「殺せばいい」

「おまえじゃない。ふたりの娘を殺す。カメラを隠して録画しているんだろ？　おまえの夫に見せたあと、編集してネットに流す。おまえから家族を取り上げてやる」

喉を詰まらせ、大きく喘いだあと、平間は「人でなし」と呻いた。

「富樫佳已はどこにいる？　田所瑛太はどこにいる？」

平間が目を潤ませながら首を横に振る。

「滝本祐子を殺したのは麻耶か？　おまえも手伝ったのか？　どこに逃がした？」

母祐子を殺したのは娘の麻耶と田所で、事件が発覚するのを防ぐため、佳已は麻耶を誘拐したのではなく、どこかに匿い逃がした——清春と敦子はそう考えている。

平間は「知らない。いえない」と首を振り続ける。

「じゃあ娘たちを殺す」平間の髪を摑み、押さえつけた。

が、平間は髪が抜けるのも構わず、下から頭を振り上げた。眼鏡が割れ、清春の鼻と目を打つ。直後に平間は口から血を吹いた。舌を噛んだのだろう。

清春は鼻血を垂らしながら口をこじ開け、そしてまたスタンガンを押しつけた。

通電した平間の体が震え、畳が濡れる。失禁したようだ。

「佳己……ごめんなさい……」うわ言のようにいった。

「どこにいる？」

「知らない」首を振り否定する。「本当にどこだか知らない……だから子供たちは」

時間がない。少ないとはいえ周辺の家には住人がいる。いつまでも騒いでいては気づかれる。様子がおかしいことを察知し、通報されるかもしれない。

問い詰めたかったが、平間の目は朦朧としている。清春も脇腹と顔面の痛みで朦朧としてきた。鼻血も止まらない。今誰かに襲われたら、逃げられなくなる。

ふらつきながら家の中を探す。やはりあった。天井と箪笥の鍵穴に仕込んだカメラが二つ、コースターのような薄いマイクも三つ出てきた。カメラとマイクはそのまま残し、無線レシーバーとレコーダー本体、メモリーカードを回収した。

「他人に話したら本当に娘たちを殺す。すべてをネットに流しておまえたちの家庭をぶち壊してやる。俺が捕まっても殺されても、仲間が絶対にやる」

清春はまた平間の口にガーゼを押し込んだ。この場で殺してしまいたかったが、そんな時間も今は惜しい。

家を出て、警戒しながらレンタカーまで戻った。

戦利品はある。警察が捜査していない富樫のパソコンや日記を手に入れることができた。だが、惨めな敗走の気分だ。

運転席に座り少しだけ安堵したのか、脇腹、鼻、左目が猛烈に痛み出した。残ったペットボトルの水を目に垂らし、ハンカチで拭うと、すぐにエンジンをかけた。

小山駅でレンタカーを返し、新幹線に乗るのが最短でこの町から離れる方法だが、この状態じゃ車から降りることさえ難しい。ナビを眺めながら、どうにか佐野インターチェンジに入り、サービスエリアに入った。

販売機でペットボトルの水を三本買い、トイレの個室で目と鼻を洗う。

セーターをたくし上げると、脇腹が腫れ上がっていた。吐き気が込み上げ、我慢できずに便器に吐いた。嘔吐するたび脇腹に響く。

平間潤子は無反動ハンマーを使った。

計画では首のうしろを狙い打つつもりだったのだろう。

だが、焦り、急いで背後に近づきすぎた。たぶん殺し慣れていないせいだ。しかも、清春に振り向かれたことで、さらに動揺し、視界を塞ごうと催涙スプレーを持ち出した。

清春は左肋骨を折られたものの、死なずにすんだ。

平間に指示したのは誰か？

考えようとしたが、押さえたティッシュから鼻血が漏れてきた。鼻も折れているようだ。藤沼晋呉につけられた傷がまだ腕に残っているのに。今度は脇腹と顔。

また前屈みになって吐いた。

まずは、ここからどうやって帰るかだ。

都内まで走り、ホテルに戻るのが一番安全に思える。レンタカーは契約を都内乗り捨てに変更すればいい。ただ、そこまで運転していけそうにない。

則本敦子に電話したが出ない。留守電に切り替わり、メッセージを残した。『至急連絡を』とメールも送る。

午後〇時十五分。玲美と諸江の会談がまだ続いているのかもしれないが、それでも連絡があったら、すぐに出ると互いに約束していたのに。

唸りながら立ち上がり、必死でレンタカーに戻った。再度電話をしたが、やはり出ない。

ふたつしかない選択肢の片方が使えなければ、残るはひとつしかない。

玲美にかけるとすぐに出た。

「終わったの？」清春は訊いた。

『うん。約束通り全部話してくれた。そっちは？』

「終わったよ。新しい資料を手に入れることもできた」

『よかった。今まだ池袋で、会って詳しく話したいんだけれど』

「それより則本さんは？　電話しても出ないんだ」

『わからない。先に帰ったと思う』

「思うって？　一緒じゃないの？」

『諸江さんとの話が終わったときには、もういなくなっていたから』

「どういうこと？　揉めたの？」清春は強く訊いた。

『諸江さんと話をはじめる直前に、私がマイクの電源を切った』

思わずため息が出た。

「情報を共有できなきゃ意味がない。そのために則本さんは──」もっと非難しようとしたけれど言葉が出ない。代わりに「困ったな」と口から漏れた。

『何かあった？』玲美の声が険しくなる。

「殴られて骨折したらしい」

『どうして先にいわないの。大変じゃない』

「君のしたことの方が大事だよ」

『今どこ？　動ける？』

清春は状況を説明した。

「私が行く」と玲美はいった。

「免許持ってるの？」

「持ってるけど、四年運転してない」

何の余韻もなく通話が切れた。

もう一度敦子に連絡してみたが、やはり出ない。留守電に「状況は聞きました。無事かどうかだけでも連絡ください」と残し、メールも送る。

敦子が連絡を返してこないのは、八つ当たりめいた怒りや憤りのせい？　いや、そんな短絡的な理由じゃない。

たぶん、彼女独自の行動をはじめるため。

頭が重く、傷が痛む。少し眠りたいが、ここが安全だという確証はない。雲が流れ、陽が射し込んできた。車内が暖まり、眠気が強くなる。

目を覚ますために、奪ってきた富樫佳己の日記をめくった。

読み進めると、日々の記録や、備忘録的な走り書き、自己啓発的な文章に混じって、「先生と電話」や「先生と話す。持ち直した」などの言葉が見つかった。

――やはりあった。

敦子に見せられた富樫の捜査資料を思い出す。

九年前の事件直後、当時の捜査担当者も押収物に散在する、「先生」の記述については摑んでいた。ただし、それは同じ児童館で働く上司や児童福祉司のことだと考えていたようだ。「ガン治療の不安を相談された」「仕事の悩みを聞かされた」と裏付けが取れたこともあり、重要視はしていない。警察は当初、富樫の行動や事件を、あくまでも少女に対する性犯罪の流れで捉えようとしていた。

だが、清春と敦子の見方はまるで違う。

先生——何を指しているのか。

学校の教師、習い事の講師、比喩的な意味での教えを乞う存在、ただのあだ名……考えを巡らそうとするものの、頭とまぶたがさらに重くなってゆく。

だめだ、気を緩めちゃ。恨み言や文句をいって、自分を奮い立たせようとしたが……そんな言葉さえ、もう出てこなかった。

はじめにコンコンと小さく音がして、次にドンドンと響き、清春は目を開いた。眠ってしまっていた。

運転席から見上げると、玲美が妙な顔で見下ろしている。それだけ清春の怪我の状態が酷いということだろう。

車外に出るのが面倒で、体をよじってシフトレバーを越えようとしたが、左脇腹が潰れたかと思うほど痛んだ。左目も熱くて痛い。

「だいじょうぶ？」玲美が運転席に座った。

「痛いよ」首を横に振った。

玲美の運転で走り出し、本線に出てゆく。

「高速走ったことは？」

「五年ぶり二回目」玲美が前を見たままいった。

ただでさえ具合が悪いのに。緊張するドライブになりそうだ。

「平間潤子には会えたのよね？」玲美が訊く。「何を話したの？」

「話す前にこうなった。でも、電話でいった通り、これを手に入れたから」

唸りながら足下のカバンを取り、中に入れた富樫のパソコンや手帳類を見せた。起きたことを説明してゆく。

「平間ひとりにやられたの？　集団に襲われて必死で逃げてきたのかと思った。だから急いで来たのに」

ちらりとこちらを見る玲美の顔が呆れている。

「ハンマーで殴られて、催涙スプレーもかけられたんだよ」

幼稚な言い訳――でも、ただのサラリーマンにどうしろっていうんだ。それに、藤沼晋呉に殺されかけていた君を助けたのは誰か、もう忘れたのかい？

皮肉まじりにいいたかったけれど、言葉を飲み込む。こんなに痛い目に遭ったのに、俺は何をやっているんだろう。

「でも、平間は自分の考えであなたを襲ったの？　中年女性がひとりで二十代の男を襲うなんて、かなり無謀なことなのに」

「誰かの指示だと思う。ハンマーで首を狙ったのも、堤や鮎沢たち四人の被害者の死に方を連想させるためだろうし、君と則本さんへの脅しの意味もある」

「あなたがもし殺されていたら、次は私だった――」

「かもしれない。ただ、指示を出したのが具体的に誰なのかは、まだわからない。それに、襲い方も確かに雑だ」

「準備するだけの時間的余裕がなかったとしたら？　私が諸江さんと会うタイミングに、あなたと平間が会う日時をどうしても合わせたかった？」

「だとしたら、諸江は君と会うスケジュールをはじめからもっと遅く設定すればよかったし、あとから変更することもできた。こっちに決定権はないわけだから」

「そうだね」玲美が頷く。

「ただ、今はそれを考える前に、君の言い訳を聞かせてよ」清春はシートに沈んでいた体を無理やり起こした。「どうしてマイクの電源を切ったのか」

「勝手に録音されていたら困るから」

「弁護する気は無いけれど、則本さんはあの状況で、そんなことはしない。俺以上に君にはわかっているだろ」

「でも、絶対はないから。もし裏切るような行動をされたら、もう二度と諸江さんに話を聞くことはできなかったし」

「どうしても信用できないのなら、はじめから危険を承知でひとりで行くべきだった。中途半端に護衛のような使い方をすれば、誰だって反発するし、敵意を抱く。君は則本さんに対して厳しすぎるよ」

「それは彼女が警察官としての偏った考えに固執して、捜査の支障に――」

「警察官には厳格な態度で臨めと村尾邦宏から刷り込まれたから？」

清春は強くいった。

「隙を見せれば、すぐにつけ込み、優位に立とうとする。主従をはっきりさせないと、奴らはすぐに勝手をはじめる。そう教え込まれた？」

玲美が黙る。その横顔を見ながら続けた。

「固執しているのは、君のように俺には見えるけど。村尾への思いを中傷する気はないし、どんな関係だったとしても構わない。でも、あいつの言葉に縛られ過ぎている」

玲美は前を見てハンドルを握っている。

「村尾の捜査に関する能力は、確かに異常なほど高い。意見に従うのも当然だと思う。でも、捜査以外のことでは破綻者だ。職場で友達も仲間もできず、それを一方的に周りのせいにして、有能だから妬まれ疎外されていると開き直った」

前のトラックとの車間距離が詰まる。運転が荒くなってゆく。

「警察官でいながら、警察を憎み妬んでいた男に教えられたことなんて、逆に意思疎通の障害になるだけだ」

無駄だとわかっていながら清春はいった。

玲美にとって村尾だけがただひとりのパートナーだ。疎外されていた同士が見つけた唯一の理解者としての絆は、どうしたって断ち切れない。逆に清春と敦子は、言葉ではどういおうと彼女にとって道具でしかない。

「すごく気分が悪い」玲美がいった。「でも、これからは気をつける。あなたが忠告してくれたことだから。則本さんと穏やかに話せるよう努力する」

「ありがとう」

「ただし、あなたも少しの間、私に従って。諸江さんが話してくれたことを教えるから、意見を聞かせてほしいの」

要求を受け入れてやる代わりに、この場はおまえも譲歩しろってことだ。

「命令だよね」皮肉を込めていった。

「ええ。あなたは従うしかない」

玲美が報告をはじめる。

憎らしい。本当にこの女を殺してやりたい。

「頸椎に同じ損傷のある遺体――松浦雅哉、堤博明、鮎沢哲志、赤岩拓の四人、それに諸江さんの元カレの高山も。拉致したのは自分たちだとはっきりいってくれた」

十一年前、諸江は地元富山で高山によるリベンジポルノ被害に遭っている。地元にいられなくなった彼女は、東京に出て、顔を整形し、新たな人生をはじめた。

「あなたが前に推測した通り、はじまりは高山だった。七年前に高山が居場所を突き止め、復縁を迫った。無視を続けていると、画像を職場に送りつけ、整形もばらすと恐喝された。それで諸江さんは小野島静に相談した」

だが、敦子たち警察の調べでは、諸江と小野島の間に仕事でも私生活でも接点は見つかっていない。

「八年前、クレームがあって急な寸法直しが必要になったとき、先輩に紹介されたのが、小野島の勤める『ファインリメイク』だった」

その後も何度か仕事を頼んだが、いつも難しい作業を笑顔で引き受けてくれる小野島と親しくなり、深い話もするようになっていった。

「小野島はどうして諸江に優しかったんだろう？」

「実の母親に虐待されて育ち、十代のころには容姿を男たちに嘲笑された。そのせいで、自分は逆に他人を傷つけることに極端に臆病になってしまったって。悩み、苦しんでいる女性を見ると、どうしても自分と重ね合わせて、放っておけなくなるって」

清春はこのふたりの女──諸江と小野島が一緒に行動していることに違和感があった。諸江と、写真で見た小野島は、容姿も服装もまるで違う。たとえ切羽詰まった状況だとしても、殺人のような重大作業を共同でやれるようには見えなかった。

諸江はスポットライトの当たる組。小野島はライトどころかステージの端にも上がれなかった組。学校生活を過ごした経験のある誰もが知っているように、その二組の間には、残酷なまでに大きな、越えようのない隔たりがある。

ただ、今はそれを指摘せず、話を聞き続けた。

「諸江さんが恐喝されていると相談したときも、小野島は親身になってくれた。『警察に相談すれば、逆上して逮捕覚悟で映像を拡散させられる』とアドバイスされ、『自分たちで解決するしかない』と説得された」

小野島は、惨めな境遇から救い出してあげなければ、悪い男は退治しなければという、お伽話(とぎばなし)的な妄想に取り憑(つ)かれていた──と諸江は話し、「それでも、私には他に頼れる人がいなかった」と自嘲的に笑ったという。

「重光円香は小野島から紹介された。何度か三人で会って、高山をどう『退治』するか計画を聞かされた。小野島と重光が童謡みたいな暗号を使っていたのも、諸江さんは聞いていた。『リス』とか、『レンガ積み』とか。でも、諸江さんは意味を知ろうとしなかったし、ふたりも教えなかった」

　小野島と重光にとって、諸江は同じ思いを共有する仲間というより、重要な「道具」だったのだろう。今の清春や敦子の立場とあまり変わらない。

「逆に諸江さんも当時はただ、高山が目の前から消えることだけを願っていた」

だから小野島の指示通り、高山に『一度だけなら話をしてもいい』と連絡を入れ、重光の用意したワゴン車を運転して、迎えにいった。

　夜の街を走り、途中、コンビニで飲み物を買っている間にワゴンに忍び込んだ小野島、重光と一緒に、湾岸の人目につかない場所までさらに走った。

　そして実行した。

「教えられた通り、ふたりでシートを倒して話しはじめ、決められた時間になると、高山に泣いてすがり、体を押さえた。すぐに重光も頭を押さえつけ、助手席のヘッドレストの隙間から、小野島が首の裏をガスネイルガンで打った――どんな機械かわかる？」

　工事に使われる持ち運び式の釘打ち機で、ガスの内燃圧力を使って打ち出す。四、五キロの重さがあるが、銃刀法違反対象外なので、所持していても罪に問われることはない。首裏に押しつけて打てば、非力な女性でも頸椎を砕くことができるだろう。出血もわずかで、車内や自分の服が汚れることも少ない。押さえつける人数が必要になるものの、一瞬で相手を動けなくさせられる。

「高山は死んだの？」

「すごい形相で何度かまばたきしたあと、動かなくなったって。死んだとは聞いてない」

諸江は車から降ろされ、重光がワゴンを運転し、意識のない高山を連れ去っていった。

小野島と重光が、高山を襲うのになぜこの手段を使ったのか、探り、問い詰めていけば、玲美の母の死の理由を知る者——もしくは殺した者——に近づけるかもしれない。ふたりを『退治』という極端な行為に駆り立てたものは何か？　童謡の暗号は自分たちで考えたのか？　ガスネイルガンはどちらが使うといい出したのか？　そもそも友人でも仕事仲間でもなかったふたりを結びつけたものは？

「諸江は、なぜ重光が『退治』に加わったのか、直接理由を聞いてる？」

清春は夕暮れてゆく車外を見ながらいった。

「聞いてない。でも、重光の独白めいた言葉は教えてくれた。『私のところに来る罪なき人たちを救うのに限界を感じて、私も苦しんでいた。だけど、啓示の声を聞いて救われた』と話してたって。救うは、タロット占いで救うことだと思う。でも、啓示の声のほうは、何かの比喩か、それとも具体的な誰かの声なのかはわからない」

誰の声？　富樫佳己の日記の中にあった「先生」の文字が、清春の頭に浮かぶ。

「高山を殺したあとの二度目の犯行に誘ったのは、小野島？　重光？」

「小野島。男の前に偶然を装って現れ、誘い出してほしいといわれて、手伝った。『もう私たちの運命はひとつよね』と懇願されて断れなかったたって。諸江さんが池袋の『SELAN』ってバーの常連になったのも、そこで拉致された鮎沢哲志と赤岩拓と顔見知りになったのも、偶然じゃなかった。小野島の指示」

憤りに駆られての偶発的な殺人じゃない。やはり計画的な連続殺人。

「男たちを拉致する理由は聞かされていた？」

「毎回聞いていた。主に小野島から。その男が、どれだけ酷いことをして、どんなに苦しんでいる女性たちがいるか」

「でも、男たちが殺されるところは一度も見ていないんだね？」

「見ていない。失神するか、動けなくなったら、毎回そこで車から降ろされたって」

「保身の臭いがする」清春はわざと独り言のようにいった。

玲美は反論せず、説明を続ける。

「鮎沢の遺体が発見されたあと、諸江さんが鮎沢の自宅に線香を上げにいったでしょう。理由を訊いたら、『自分が何に加担しているのか、実感するため』だったたって。彼女、わからない振りなんかしてなかった。ちゃんと人殺しの手伝いをしていると自覚していた。線香を上げて、どう感じたかも諸江さんに訊いた。恐ろしさは一切なかったたって。『自分と同じような苦しみの中にいた女の人が、またひとり救われたんだと思って、達成感が湧き上がってきた』って」

だが、その喜びも回を重ねるごとに慣れ、すり減り、逆に、この行為がばれるのではという不安が大きくなっていった。しかも、歳も三十に近づき、男を惹きつけるのも難しくなった——もうやめにしたい。でも、後悔は一切ないという。

「私の母や、北小岩の中年女性の死については、残念ながら本当に何も知らなかった。同じ手口を使う人間についても、思い当たらない。ただ、小野島と重光は何か知っているかもしれないといっていた」

「どうして諸江は君に話す気になったと思う？」

「贖罪。自分の中に積もった罪悪感を少しでも減らすため。話を聞いて、私が少しでも救われた気持ちになるなら、それが罪の償いにつながると思ったから」

それだけだろうか？

あなたのお姉さんが見つかるのを祈っています——諸江は最後にそういったという。

レンタカーは蓮田サービスエリアを通り過ぎてゆく。玲美の乱暴な運転にも慣れてきた。脇腹は変わらず痛む。それでも吐き気はだいぶ遠のいた。

清春は考える。

小野島静、重光円香、諸江美奈子。三人は悪人ではない。むしろ優しい人間だった。たとえそれが身勝手な優しさだったとしても、自分以外の女性の苦しみを、我が事のように感じる慈しみを持っていた。だから男たちを殺した。

この事件だけじゃない。滝本祐子が殺され、娘の麻耶が行方不明となった北小岩の事件も同じ。富樫佳己は優しい人間だった。平間潤子もそうだ。殴られたばかりでそう思うのは難しいが、今はあえて怒りを消して考えてみる。やはりあの女も優しい。

だから身近で苦しんでいる人たちを救いたかった。けれど、優しいが故に救うための最良の手段に踏み切れずにいた。

そこに誰かが、踏み出す理由と勇気を与えた。

強く大きな優しさは、簡単に強く大きな狂気に転化する。善意や正義が凶器であるのと同じように、身勝手な思い込みに後押しされた優しさは、人を残虐な行為に走らせる。

優しさを巧みに刺激し、誰かが三人を操った。

誰かとは？　それが「先生」なのかもしれない。

富樫佳己、平間潤子。小野島静、重光円香、諸江美奈子。首吊り死体となって見つかった玲美の母、松橋美里。滝本祐子殺害の容疑者とされている田所瑛太も入れていいかもしれない――これらに共通する先生。

考えながら、以前、玲美がいっていた言葉を思い出していた。

こう考えてほしいんです――殺人を犯しながら、誰にも知られず、日常生活を続ける『技能』を、伝授したい人間がいる。その『技能』を身につけたいと願っている人間もいる。そんな人間たちの接点を調べ、見つけ出す。

「君のいう通りかもしれない」

清春は流れる景色を見ながらいった。

東北自動車道が終わり、レンタカーは首都高速に入った。

10

「この先のあなたの言葉は、証拠として採用される可能性があります」

敦子はいった。

「はい」

諸江美奈子が頷く。

ふたりは板橋本町駅近くの駐車場に停めたバンの後部シートに並んで座っている。同じ車内には、五課七係の豊田や檜山係長も乗っていた。

「どこまでわかっているんですか」諸江が訊いた。

そのひと言だけで、彼女がもう覚悟を決めているのがわかった。

「重光円香さんが以前乗っていたシルバーのワゴン、ご存じですよね」敦子は静かに語りかける。

「廃車にしたんじゃ？」

「重光さんはそのつもりで業者に渡しました。廃棄料ももちろん払って。でも、業者が悪徳で、まだ商品になると踏んで、改修して勝手に転売したんです。それを見つけました」

「もう調べも終わっているんですね」

「はい。今の持ち主にご協力いただけました。漂白剤や消毒剤で入念に洗浄されていましたが、助手席を中心に計七人分の血液残渣が出たんです」

「シートのレザーは交換してあるはずですけど」

「そのようですね。でも、ドアポケットやシートベルトから飛沫血痕が確認できました。七人の中には、あなたの行きつけのバーで同じく常連だった鮎沢哲志さんと赤岩拓さんのものも含まれています。四年前、荒川河川敷で死体となって見つかったおふたりです」

「それで、どうして私のところにだけ、事前に来ていただけたんですか」

「小野島静さん、重光円香さんの逮捕起訴に関して、私たちは揺るがないものと信じていますが、否認・黙秘する可能性も高く、取り調べや裁判の長期化が予想されます。しかし、あなたの証言と、それにより見つかった証拠品があれば、ずっと短縮することができ、ご遺族にも早く判決をお聞かせすることができる」

会話しているのは敦子と諸江だけ。他の男たちは黙って聞いている。

「私の証言に対するふたりの反証で、逆に私の刑が重くなることはないんですね」

「はい、ありません」

「わかりました。改正刑事訴訟法の適用をお願いします」

司法取引を使うということだ。

「かたちだけですが、少しの間、手錠をかけさせてください」敦子はいった。

赤色灯を取り付け、バンがサイレンを鳴らして走り出す。

六年前、詐欺や薬物事犯などを対象とした改正刑事訴訟法が施行された。さらにそこに殺人や強盗での適用も追加されて一年。

殺人事件での適用は、今回がはじめてとなる。

「刑事さん、事件と関係ないことをお尋ねしてもいいですか」

「ええ。答えられることかどうか、わからないけれど」

「柚木玲美さんてご存じですか」

嫌がらせ？ 探りを入れている？ 意図はわからないが諸江に訊かれた。

「スリランカと日本のハーフの方で、お勤めは亀島組」

「知らないですね。その方が何か？」

「知り合いなんですけど、刑事さんにとても似ているんです。親戚とか、もしかしたら姉妹かなと思って。他人の空似ですね。ごめんなさい、変なこと訊いて」

とても似ている――馬鹿にしてるの？

諸江を逮捕した。だが、追い詰め、捕らえたという感触はない。むしろ、こちらに向かって飛び込んでこられたような気持ちだった。

医療刑務所のベッドに横たわる村尾邦宏と同じように、誰も手を出すことのできない安息の地を、この女にも提供してしまったのかもしれない。

それでも、これで被害者の遺族たちに、少しは慰めを与えられる。

晴れない思いを振り払い、窓の外に目を向けた。

少し前にも見た光景。バンは宮島司に衝突されたあの交差点を通り過ぎていった。

＊

携帯が震え、鎮痛剤でぼんやりとしていた清春は目を開いた。

午前一時半。ようやく敦子からの着信。

『起こしてごめん』

「いえ、痛みで眠れなかったし。連絡が来ると思ってましたから」

病院でレントゲンを撮ると、肋骨二本と鼻骨にひびが入っていた。処方された鎮痛剤を飲み、ミニバーのジンをあおったが、腫れも痛みも引かない。

小山で平間潤子と何があったかは、もうメールで伝えてある。玲美から聞いた諸江との会話も、文章にまとめて送っておいた。

『読んだ。とりあえず何を話したかはわかったけど、あの娘の創作かもしれない』

皮肉を込めて敦子がいう。

清春は奪ってきた富樫佳己の古いパソコン、携帯、日記など一式についても話した。

『そのデータも受け取った。これから徹底的に調べるわ。ガスネイルガン、諸江たち三人の女の接点、それに先生も。あとね、確認したけど、昨日あの小山の市営住宅一帯からは、110番も119番も通報されてない。平間から被害届けが出された形跡も、今のところはない。警察の記録上は何も起きてないから』

「ありがとうございます」

清春は一度言葉を止め、ルームライトをつけてから続けた。

「今まで何をしていたんですか」

『連絡が遅くなったことは素直に謝る。でも、遅れた事情に関しては、もう少し時間をくれない？　状況が整ったら詳しく話すから。まあ、想像はついているでしょうけど』

「待ちます。代わりに、捜査とは関係のない話をさせてください。ここまで一緒に作業してきて、悪くない成果を上げていますよね」

『何その気取った言い方。痛み止めを飲み過ぎた？』

「軽口で逸らすのは、大人として狡いですよ」

敦子の声が一瞬途切れ、それからまた話しはじめた。

「不本意な共同作業だけれど、捜査に関してはお互い出し惜しみをせず、全力で取り組んできた。僕はそう感じていますけど。どうですか？」

『そうだね。続けて』

「多くの隠し事を抱えてはいても、事件については何ひとつうそをつかず意見を出し合えた。村尾を評価するのは悔しいけれど、それはやっぱり相手が則本さんだったからだと思います」

『異論はないわ』

「そうです」

『引き止めてるの？』

「もちろんそれもあります。でも、それが一番の理由じゃない」

『次に柚木が連れてきた相手と、また一から関係性を作る手間が惜しいだけじゃない？』

「だったら、どうか慎重に行動してください」

『ありがとう。素直に君からの評価だと受け取る。前に私が褒めたとき、君は変な気分だといってたけど。私は悪い気はしない』

『もちろんそうする。柚木のせいで逮捕されたくはないし、このまま捜査を続けたいとも思ってるから。私も歯切れの悪い言い方しかできないけど、今はこれで勘弁して』

「柚木さんからマイクを預かったんです。これ、どうしたらいいですか」

『保管しておいてもらえないかな。高価な備品で、紛失なんかしたら係長が絶叫する』

「わかりました。こんなことで人生を手放すのは馬鹿らしいですよ。たとえ大して価値のない人生だったとしても」

『私もそう思う。だからお互い、なるべく上手くやりましょう』

電話を切った。

鼻と脇腹の腫れが引かない。缶ビールを開け、また鎮痛剤を飲み、富樫のパソコン、携帯から抜き出したデータを調べてゆく。

一般の有料ソフトをまずは使ってみた。ファイルに不正改造がされていないか検出するツール、不可視化ファイル・フォルダを検出するツールなどを順に試してゆく。

富樫の失踪した九年前から今までの技術進歩を、あらためて感じる。

当時は完全にブロックされていたのだろうが、今は一時間ほど調べただけで十四個の不審なファイルが見つかった。

表向きはエクセル、ワードで、「夏祭り予算表」や「児童館お泊まり会のお知らせ」など、内容もおかしなところはない。だが、UTP (under the page) というソフトを使ったようで、裏データが隠されていた。ただし、裏データを表示するにはパスワードが必要で、パスワードリセッターや再設定ツールを使ってみたけれど、合法のものでは開けない。

ダークウェブに入って違法解析ツールを買おうかと迷ったが、やはりやめた。今はこれ以上、捜査や逮捕につながる可能性のある要素を増やしたくない。

十四個の不審なファイルは敦子の公務用アドレスに送ることにした。この先は警察のプロに任せればいい。

ただ、今後も敦子と捜査を続けるかどうかはわからない。決めるのは彼女であり、柚木であり、清春にできることは何もない。

痛みで眠れない。もっと飲みたかったが、部屋にもうアルコールは残っていなかった。

また携帯が震えている。

半分眠りの中にいた清春は取ろうとベッドサイドに手を伸ばした。が、脇腹に鈍痛が走り一気に目が覚めた。

着信、玲美からだ。

『ネットニュース見て。河川敷の事件が出てる』

一度通話を切り、検索サイトトップページの国内ニュース一覧を見てゆく。

〈死体遺棄で女二人を聴取〉

タイトルに続く記事では、「荒川河川敷で発見された男性二名の遺棄死体について、都内の三十代女性二人が現在、葛飾警察署で任意の聴取を受けている」と伝えている。二名の遺棄死体とは鮎沢哲志と赤岩拓のことで間違いない。

配信日時は六月六日、午前〇時。

今は午前十時。朝方まで作業したあと、痛みと疲れでこの時間まで眠り続けてしまったようだ。また玲美から電話が入った。

『どういうこと』声が怒っている。『あなたも知ってたの?』

「知らないよ。ただ、予想はしていた」

『ねえ、私のせい?』

「村尾邦宏のせいだよ」

清春は本当にそう感じていた。

玲美が一度黙り、声のトーンを落として訊いてくる。

『いつから警察は動いていたと思う?』

「諸江に聞き込みにいって、小野島と重光の名前がはじめてわかったのが五月二十三日。それ以降、一気に内偵を進めたんだと思う。則本さんには連絡した?」

『もちろん。でも、電話もメールも返事なし。諸江さんにも連絡したけど、返事がない』

「俺もしてみる。何かわかったら必ず連絡するから」

『もう一度訊くけど、本当にあの女と共謀していない？』

　敦子のことをいっている。

「してない」

『わかった。それから、返すといったあなたに関する重要証拠は返さない。あなたのせいではないけど、そういう約束だから』

　電話が切れた。

　捜査を主導したのは則本敦子に間違いない。

　小野島と重光の名が判明した段階で、自分と事件のつながりは巧みに隠しながら、警視庁内と所轄署で情報共有し、数十人規模で捜査を進めていたのだろう。

　敦子に騙されたという気持ちはなかった。

　むしろ、諸江美奈子の手の上で踊らされたという思いが強い。してやられたといったほうが近いかもしれない。

　やはり諸江は男性拉致殺害から手を引き、小野島と重光との縁を断ち切りたいと思っていたのだろう。

　だから、捜査の手が近づいてきたとき、以前から考えていた自分の被害が最小限で切り抜けられる筋書きに従い、動きはじめた。それに清春を含む三人は上手く乗せられた。

　諸江は玲美の背後に警察関係者がいることに、当然気づいていただろう。そこで玲美を通じてむしろ警察の関心が自分へと向くよう誘導した。ただし、最後の一番肝心な犯罪の告白だけは、外への情報漏れを遮断し、玲美にだけすべてを話した。

他人に聞かせるのを拒んだのは玲美自身の意思だが、それも巧みに誘導されたのだろう。

最も大事な自白を手に入れられなかった敦子のほうは、別の手段に出る。

任意同行し、優秀な弁護士の斡旋を含めた今後の安全を保障する代わりに、司法取引に応じるよう要請した。

それこそ諸江美奈子の望んでいたものだと思う。

しかし、昨日、玲美が諸江との話をはじめる寸前にマイクの電源を切らなければ、筋書きはまったく別のものになっていたかもしれない。

敦子は諸江の自白を手がかりにしながらも、それを胸にしまい込み、小野島と重光のふたりだけを逮捕する筋道を探したのではないか——優しさではなく、諸江にとって塀の外で生活を続けるほうが、塀の中に送られる以上の苦しみを感じることになるから。

すべては清春の勝手な想像でしかないが。

昼の十二時。

テレビのニュース番組内で遺棄事件の速報が流れた。

聴取されていたふたりは逮捕され、顔写真は映らなかったものの「都内在住　小野島静三十七歳」「都内在住　重光円香　三十九歳」とテロップが出された。被害者である鮎沢哲志と赤岩拓の名前も放送された。

　未解決のまま膠着していた事件は、清春たちの手を離れたところでも大きく動き出した。

　午後になり、清春は無理やり外出した。

　西陽が強く射し、夕方になっても暑い。

　埼玉県加須市内にあるマンションの駐車場に、平間潤子の乗るスクーターが入ってきた。

　清春の姿に気づいた瞬間、少しだけバイザーの下の顔を引き攣らせたが、逃げはしなかった。ヘルメットを外し、食材の詰まった大きなエコバッグをふたつ下げ、マンションの入り口へ早足で進んでゆく。

　やはり休まず仕事に出ていた。平間の顔に目立つ傷はないものの、首には包帯を巻いている。清春に絞められた痣が残っているのだろう。揉み合っているときに自分で舌を噛んだが、そんなことで死にはしないし、丸一日経てば、どうにか喋ることもできる。

　清春は駐車場に他に人の姿がないのを確認してから近づいた。

「これを返しにきました」平間が口を開く前にいった。

富樫のパソコンや手帳が入った紙袋を差し出す。

「ありがとう」といって彼女は受け取った。「母が騒ぎはじめているの。どうにかごまかしたけれど、戻ってきてよかった」

「それに佳己さんと先生について訊きたいんです。少し時間をください」

「六時半に子供たちが帰ってくる。だから急いで」平間がオートロックを解錠しながらいった。娘たちは今、小学校のフットサルクラブで練習している。

「他人のふりをして」エレベーターの中で平間が囁く。男と一緒のところを同じマンションの住人に見られるのを、ひどく嫌がっている。

それでも自宅に入れることには抵抗しなかった。盗聴盗撮の危険を避け、ふたりで話せる場所を考えれば、やはり他には思いつかなかったのだろう。

「動かないで。身体検査させてもらう」玄関でいわれた。「カバンはそこに置いたまま。中へは持ち込まないで」

チノパンやセーターの上からくまなく探られたあと、清春はスニーカーを脱いだ。

平間がエコバッグをダイニングのテーブルにどさりと置いた。「どうぞ」と彼女に勧められテーブルを囲む椅子のひとつに座る。普段はここに家族の誰が座っているのだろう。

「誰にもいわないから。夫と子供たちには手を出さないで」平間の目は赤黒く痣の残る清春の鼻を見ている。

「あなたが黙っていれば何もしない。ただし、余計なことをしたら容赦しない」

「人殺しのくせに」

平間が睨む。

「人を殺そうとしたくせに」清春もいった。「俺を殺したあとは、どうしようと思っていた？　自首する気だった？　それともバラバラにでもするつもりだった？」

平間が顔を背ける。

「富樫佳己はどこですか」清春は間を置かず訊いた。

「本当にわからない」彼女が怒っているとも怯えているともつかない目でこちらを見た。

「どうしてそんなに知りたがるの？」

「彼がある誘拐事件を解決する証拠を握っている可能性が高いからです」

「滝本麻耶さんとは別の事件？」

「ええ。十九年前の行方不明当時、被害者は小学四年生でした」

「まさか。十九年前じゃ、佳己は高校一年生だった」

「佳己さんが犯人だといいたいんじゃありません。墨田区内で十九年前に起きたその誘拐事件と、九年前の滝本麻耶さん失踪に関わっている人間はまったく別。だけど実行犯は違っても、指示した人間は同じかもしれない。僕たちはその可能性を追っているんです」

「その指示を出したのが先生って……いいたいの？」

清春は頷き、訊いた。

「あなたが先生を知ったのはいつですか」

「お母さんが佳己さんの持ち物を隠していることに、はじめて気づいたとき?」

「四年前」

平間は頷いた。

「本当よ。あの子の行方の手がかりを探して、母が隠していたものを、ひとつひとつ調べてみた。そのとき日記に『先生』とくり返し書かれているのを見つけた。単純にあの子のコーチのような存在だったのだと思ったし、不安定な時期を支えてくれていたことに感謝もした。でも、知っているのはそれだけ。もちろん会ったこともない」

「じゃ、阿久津清春は人殺しだと、あなたに教えたのは誰ですか」

平間が席を立ち、別の部屋に消えた。

清春は警戒しながら待つ。

戻ってきた彼女が差し出したのは六通の手紙だった。

どれも平間潤子宛で、一番古いものには八年前、一番新しいものには二週間前の消印が捺されている。封筒の郵便番号も住所もプリンターから出力された文字。差出人には知らない女の名が書かれているが、偽名だろう。

「読んで」平間がいった。

一番古い一通を開く。中身の文面も手書きではなく印字だった。

『安心してください、誰も傷つけていません』

その一行ではじまり、突然姿を消したことを詫びつつ、ガンが再発することもなく元気でいること、両親の体調を心配していることなどが綴られている。富樫が出したもので間違いないだろう。だが、誘拐や殺人の告白、居場所につながるような記述はない。

「八年前、結婚して夫と暮らしはじめたアパートに突然届いた」平間がいった。

清春は二通目、三通目と開いていった。

手紙は一年から一年半の間隔で届き、内容は父の葬儀に出られなかったことを詫び、母の認知症を心配している。平間の娘たちの成長も、『僕も嬉しく感じています』などと書いていた。富樫は気づかれぬ場所から、親と姉たちの生活を見ていた。

だが、二週間前に届いた最新の一通だけは、それまでの五通と違い警告だった。

阿久津清春と則本敦子という、殺人を犯しながらも逮捕されずにいる悪人が、平間たちに『近づいています』、だから『気をつけてください』とくり返している。

さらに後半には、清春を『排除』する手順が具体的に説明されていた。『必ず上手くいきます』と鼓舞し励ます言葉も添えられている。

言い回しや文章の癖は以前の五通と同じ。この一通だけ別人が書いたようには思えない。

それでもやはり違和感がある。

長年潜伏を続けていた富樫が、清春の突然の登場に驚いたとはいえ、付け焼き刃的に襲えなどと命令するだろうか。富樫は姉の身体能力や性格もよく知っている。成功させる意図はなく、陽動のつもりでやらせた？　可能性としてはなくはないが、短絡的すぎる。

「信じたんですか」清春は便箋を封筒に戻しながら訊いた。

平間は頷いた。

「手紙のあとに電話までかかってきたんだもの」

五月後半からはじまった公衆電話での通話のことだ。

「電話のこと、あなたも知っているんでしょう？」

清春は頷いた。

「九年ぶりに声を聞けた。嬉しかった」平間は目を潤ませている。

その目を見る清春に彼女は、「馬鹿にしたければどうぞ」といった。

「そんなつもりはありません」

「あなた妹さんがいるのよね。佳己が教えてくれたわ」

「それが何か関係ありますか」

「こんなふうに感傷的になる姉弟の関係なんて、あなたには考えられないだろうと思って。ただの弟を溺愛する姉に見えるかもしれないけど、あの子は昔から違ってた。穏やかで利口で。善意や正義の意味を、誰よりわかっていた。だから、優しすぎて人一倍傷ついてもいた」

清春の手から封筒を取り返し、平間が続ける。

「佳己と一緒に暮らしたことのない人間には、全然わからないでしょ。でも、人の痛みを自分の痛みに感じて、しかも癒そうとする子なの」

「世間には理解されなくても、富樫は正しいことをしている。そう感じて、手助けをしたかったんですか」清春は訊いた。

平間が頷く。

「だからあなたは僕を襲った」

「佳己がいうことだもの、信じるわ。今まで一度だって他人を傷つけることのなかったあの子が、本気で『排除』を望んだんだもの。あなたは八人も殺したのに、警察に捕まらずにいる。普通を装って本当の姿を隠している。あなたみたいな化け物が、何食わぬ顔で生活していることを許しちゃいけない」

「正気じゃない」

「誰よりも狂っているあなたにいわれたくない」

「もう一度いいます」清春は目に力を込めた。「少しでもおかしな動きをしたら、ふたりの娘さんも、ご主人も殺します。そうされたくないなら、すべて忘れてください」

「忘れない」

「だったら、警告した通りに実行します。まず小山で手に入れた僕を襲っている映像をネットに流します。それに――」

清春はテーブルのエコバッグを摑み、食料品の奥に入っていた小さなチップを拾い上げた。

昨日、玲美から預かった警視庁備品の極小マイク。

「すべて録音しました」清春はいった。

「どこで？　エレベーターで入れたのね？」

平間は清春のカバンを奪おうと玄関に駆けた。

「レコーダーはありませんよ。携帯を経由して、外に音声データを送っていますから。記録しているのはまったく別の場所です」

振り返った平間が睨む。

「このデータも編集して、あなたが富樫と何度も連絡を取ったと話している部分をネットに流します。警察も関心を持つでしょうね」

「警察に呼ばれたら、あなたのことも話すわ」

「いいですよ。俺も傷害であなたを告訴します。暴行現場の映像証拠が残っているあなたと、俺と、警察はどちらの言い分を支持するか？　別に共倒れになっても構わない」

清春は強い言葉で続けた。

「娘さんたちは学校に行けなくなるし、あなたは犯罪者として新聞に名前が載り、うしろ指をさされる。ここも引っ越すことになる。ご主人も職場に行けなくなるかもしれない」

「人でなし」

「最後にもうひとつだけ訊かせてください。正直に答えてくれたら、今録った音声データは返してもいい」

「馬鹿にしてるの」

「本気です。弄（もてあそ）んでいるのでもない。二週間前にあなたに手紙を送り、公衆電話から連絡してきたのは誰ですか」

平間は息を吐いた。

「誰ですか」もう一度訊いた。

「佳己」

平間はいった。

だが、清春は首を横に振った。

彼女が黙る。

「家族とその人と、どちらを守るべきか考えてください」

清春は考える間を与えている。

「滝本麻耶さん」と平間はいった。

「ありがとう。今の音声データも、小山の家から奪ってきた映像データも本当にお返しします。あなたとも二度と会わない。ただし、これ以上僕らに構うなら殺しにきます。家族を潰します」

清春はカバンを手にし、外に出た。

薄暗い日比谷公園で清春は空いているベンチを探した。花壇の周りに並んでいるものはすべてカップルで埋まっている。

加須から東京へ戻る途中、敦子から『会いたい』と連絡が入り、ここで待ち合わせることにした。街灯の下、平間の家で感じた疑問をぼんやり考える。

滝本麻耶が偽造し平間に送った手紙には、敦子も清春も悪人と書かれていた。なのに、実際に殺すよう指示があったのは清春ひとり。

――どうして敦子は外されたのか？

単に順番の問題？　清春のほうが殺せる可能性が高かった？　それとも、敦子の殺害担当は、やはり宮島司なのか？

突っ立って考えていると、骨折の痛みがまた強くなってきた。

携帯でも眺めて紛らわせよう。

検索サイトのトップページには、小野島静と重光円香の殺人死体遺棄事件に関するニュースが並んでいる。ふたりはすでに逮捕され、名前のあとには容疑者の文字が続いていた。

テレビ各局の配信するニュース映像では、小野島の同僚が逮捕に驚き、普段いかに親切だったかを語っている。重光のタロット占いの顧客は、「うそに決まってる」と怒りながら目を赤くして話していた。

敦子がやって来た。紫に変色した鼻を見て、「その顔」と表情を崩す。

「ごめんね」

笑いを嚙み殺しながら彼女がいった。

「神妙な顔で心配されるより、笑われたほうがいいです」

——この人が本気で笑う顔をはじめて見た。

雲形池のあたりまで歩いてベンチに座り、清春は預かっていた極小マイクを渡す。

「少しお借りしました」

「何に使ったの？」

「加須に行って平間潤子に会ってきました。公衆電話で連絡を取っていたのは、やっぱり弟の富樫佳己じゃありませんでした」

「滝本麻耶？」

清春は頷いた。

「君の予想通りだね」

「でも平間の言葉だけで、何の裏も取れていませんから」

「私からも渡すものがある」

敦子がバッグからUSBを出した。

「送ってくれた、富樫のパソコンと携帯から抜き出した十四個のファイルが入ってる。ロックは全部解除してあるから。私は丸投げしただけでパスワードを解析したのは後輩と科捜研の知り合いだけど」

「見ましたか？」

「ええ。ずいぶんいろんなことがわかった。でも、詳細はいわない。先入観を持たず君に見てもらいたいから。その上で、明日、西新宿にある『いのちのダイヤル』っていう法人の事務局に来てもらいたいの」

「ああ」思わず声が漏れた。

――富樫は電話を介して相談員と出会った。

「……そうか」

「気づいた？　そこの資料室を調べたい。君だけじゃなく柚木玲美も一緒に。彼女には身分証とペリカンネットの会員証を必ず持ってこさせて」

正式名「犯罪被害者とその家族を支えるネットワーク」。村尾邦宏と玲美が参加し、ふたりが出会うきっかけとなったNPO法人だ。

「『いのちのダイヤル』と『ペリカンネット』は別組織ですよね」

「だけど、情報の共有や同じイベントの協賛をしていて、つながりは強い」

「柚木さんはどうしても必要ですか」

「いないと、『いのちのダイヤル』事務局に入るのが難しくなる。昔ながらの反権力がまかり通ってるところだから、私が警察官っていうだけで嫌われるし、商社マンの君も警戒される」

「左寄りな場所ってことですか」

「事前予約もなしに情報を開示させるには、あの娘に働いてもらわないと」

「来ないといったら？」

「求める真実に近づいているんだから、文句いわず来いといって。嫌な役回りを君に押しつけることになるけど、タダでやれとはいわない。柚木の銀行口座に関連した新しい情報が引き出せそうなの」

「弁護士事務所についてですか」

敦子が頷いた。「たぶん突き止められる」

「わかりました。頑張ってみます」

要件が終わり、敦子がベンチから立ち上がった。

「司法取引ですよね」清春は訊いた。

敦子は少しためらったものの、頷いた。

「よけいなお世話ですが、いわせてください。則本さんが本当は諸江をどう扱おうとしていたのか、彼女に伝えるべきじゃないですか。無駄な感情のぶつかり合いは、今より少なくなると思いますけど」

「逆の気がするな。柚木は現実しか見てないし、見たがっていない。そんな相手に、『したかったこと』と『したこと』の間にある思いや経緯なんか説明したら、それこそ懐柔していると曲解されて見下される」

「原理主義者みたいだな」

「友達のいない十代を過ごした女なんて、みんな原理主義者だもの。意地になって頑になることで、どうにか生きてきたんだから」

「じゃ、則本さんも元原理主義者で同類ってことですよね」

「だから腹が立つの」

則本は微笑むと、軽く手を振り、背を向けた。

「ありがとう。いい気分転換になった」

ホテルに戻り部屋のドアを閉めると、清春はまず痛み止めを飲んだ。

敦子から渡されたUSBを開く。

テキストが一枚。インターネットのURLがひとつと、アルファベットの混じった十桁の数列が十四個並んでいる。

URLを開くと、『Miło mi panią poznać』という文字とアイコンが並ぶトップページが出てきた。レンタルサーバーのようだ。調べると、文字はポーランド語で、意味は「はじめまして」。ミヴォン・ミ・パニオン・ポズナチと読むらしい。

ブランクに十桁の数列のひとつを入れてエンターキーを押す。日本語の文章が表示された。

富樫佳己の書いたものだった。

先生と話したことで、また思いを深くする――暴力絶対反対という人たちがいる。この世のすべての暴力は悪だという。でも、自分たちの信仰を踏みにじり、苛烈な弾圧を続ける中国兵に、拳銃ひとつを携え、命懸けで飛びかかってゆくチベット人にも『テロリスト』とレッテルを貼るのだろうか。ナチ兵に連行され、その腕を振り払おうと兵士を蹴り、もがくユダヤの少年に対し、彼ら、彼女らは何というのだろう。

一行空いて文章は続く。

昨日、学童クラスの複数から何ヵ月も言葉と態度でのいじめを受け続けていた少年が、自分の新しい筆箱が壊され捨てられているのを見た瞬間、意を決し、いじめのリーダーに飛びかかっていった。僕は彼を止められなかった。だが、職員たちは引き剝がし、彼のほうが暴力的だと注意した。原因を作った者は許され、暴力にしか解決策を見出せなかった弱者が戒められる。すべての暴力は本当に悪なのか――先生の言葉は真逆だった。追い込まれた弱者の振るうそれは、生きるための権利であり、正義であると。

強烈な詭弁。いじめの問題を、暴力での解決の正否という一点に絞り込み、それを唯一の正しい方法であるかのように推奨している。

感謝はいらないと先生はいった――その謝意を、私ではなく、今切実に助けを必要としている誰かを救うための力に転化し、君の目の前のその人を救い出してほしい。

やはり「先生」。

その先生と電話を重ねる中で感じ取った、「教え」を記したものらしい。

他の数列も入れてみたが、どれも同じ。感化されているというより、富樫が依存しているのがわかる。

——まともじゃない。

日記だというのを差し引いても、そう思った。

一方で脆さも感じた。

富樫は迷い弱った心の隙を突かれ、生真面目さを逆手に取られた。それはこの男だけに限らないのだろう。苦しみを受け止めてもらい、ゆっくりと時間をかけ諭され、誘導されれば、誰でも歪んだ考えに取り込まれ、取り憑かれる。

ある寓話を思い出した。


『不毛の荒野で凍え餓え、死にかけている男がいる。

通りかかった人が火を起こし暖め、食料と毛布を与えれば、男にとって一生の恩人となる。

食料と毛布だけでなく、地位と職を与え、付き従わせれば、男にとって生涯の主となる。

一生凍えることも飢えることもない安息の地へと導けば、

男はその人を神と崇（あが）める』

失踪した富樫佳己に、行方不明となった滝本麻耶に、「先生」は何を与えたのか？

文章の中には、話した日付や時間、電話番号も書かれている。

昭和五十二年から現在も続いている悩み相談「いのちのダイヤル」の回線だった。

敦子の所属する警視庁捜査五課七係は、富樫の古い携帯の中の消去されていた発信履歴を復元し、このサーバーの文章と照らし合わせ、富樫が十年前（滝本祐子殺害・滝本麻耶失踪事件の起きる一年前）の十月から十一月、火曜と土曜の夜九時前後に「いのちのダイヤル」に電話していたことも突き止めていた。

その日、その時間帯に、誰が相談員として電話対応していたかわかれば、「先生」について、かなり絞り込める。

ネットで「いのちのダイヤル」について調べてみた。自殺防止に取り組む団体として、昭和五十年に社団法人登録されている。

平成十一年まではラジオでの人生相談も行い、団体として出版した書籍も二十冊以上。一般に広く認知されていた。過去には、電話してきた女性が、その後、嬰児（えいじ）死体遺棄容疑で逮捕され、警察に会話内容の情報提供を要請されている。しかし、相談者の人権保護を盾に拒否を続けたことで裁判になった。同じく、生活苦から高齢の母親を殺し、失踪した相談者に関する個人情報開示を拒否した件でも、警察と衝突している。

先生は妄想じゃない。空想の産物でもない。やはり実在する。

そして今、確実に先生に近づいている。だが、なぜだろう、自分のほうが追い詰められている気がする。正体のない不安が、床を這って迫ってくるような。

深夜近く、カーテンを閉めようと暗い窓の前に立った。

鼻に青痣をつけ、疲れた目をした自分の横に、ぼんやりとしたもうひとつの輪郭が浮かんでいる。倉知さんだと思ったその顔と目が合った瞬間、びくんと背筋が伸びた。

自分の母親だった。

二十代から五十代の、清春の中にある様々な世代の母の面影を寄せ集め、切り貼りしたような奇妙な顔。でも、確かに母だ。

とても優しい表情をしている。どんなに悪態をついても、弱音を吐いても、泣き叫んでも、すべてを受け入れ、抱きしめ、癒してくれるような。

——必要ない。

窓の闇に並ぶ自分と母を見ながら思った。

すがるものなんて求めていない。誰かに頼ろうとする心の隙を突き、「先生」のような存在は忍び寄り、入り込んでくる。

窓の中の母は悲しそうに笑い、目を伏せながら消えていった。

あくびを一回。強い酒がほしいけれど、やめておこう。

ベッドに横になり、胎児のように体を丸め、眠りについた。

*

この時間に外に出るとまだ肌寒い。敦子はカーディガンに袖を通した。

六月七日、木曜。午前四時五十六分。皇居の暗い森から流れてくる風が、髪を揺らす。

もうすぐ始発が出るが、桜田門駅を通り過ぎ、東銀座まで早足で歩くことにした。

自分は狙われているとわかっていても、それを運動不足の言い訳にはしたくない。ただ、息が切れる。タバコのせいだ。一度吸いはじめると、体重がガクンと落ちる代わりに肌もぼろぼろになる。これ以上老け顔になりたくないから、がまんしなくちゃ。

東銀座駅から地下鉄に乗った。自宅最寄りの京成線柴又駅まで約三十五分。

ぼんやりしようと思っても、仕事のことが浮かんでくる。

小野島静と重光円香の事件は、逮捕とほぼ同時に家宅捜索がはじまっていた。重光の暮らす江古田の一戸建ての庭からは、早くも複数の人骨らしきものが掘り出されている。

ガスネイルガンも二つ見つかった。連続殺人だと百パーセントの確証を得られた時点で、マスコミに捜査情報の第二弾が発表される。

ふたりの身柄は今日、東京地検に送られ勾留請求がされ、明日は東京地裁での勾留質問が控えている。

あさって以降から本格的にはじまる取り調べが、勝負の場となる。それまでの二日間で、今後ふたりをどう切り崩し、迅速に自供まで持っていくか、徹底的に戦略を練らなければならない。敦子もその策定会議に出席する。捜査の主体はすでに警視庁捜査一課に移ったが、この連続殺人を探り当てた組織犯罪対策第五課七係も、合同捜査本部に組み込まれていた。

家に一度戻るものの、シャワーを浴び、少し仮眠を取ったら、またすぐに出なければならない。西新宿で清春たちと合流し「いのちのダイヤル」事務局を訪ね、その後は本庁に戻って仕事の予定が深夜まで詰まっている。

柴又駅の改札を出て、帝釈天（たいしゃくてん）の参道とは逆方向に歩いてゆく。

住んでいるアパートが見えてきた。外階段を上がり、二階の自室のドアの鍵を、見えないようにつけたスペアロックも含め三つ開ける。

間取りは1LDK、築十六年。

玄関に入り、靴箱の上の古い携帯を流用した監視カメラを確認する。異常なし。

だが、靴を脱ぎ、一歩入ったところで気づいた。

キッチンの先、リビングに置かれたローテーブルの上に何かある。

一歩戻ってもう一度靴を履き、バッグから伸縮式の警棒を出し、右手に握る。左手にもすぐ通報できるよう携帯を握った。室内に人の気配はない。仕掛けられているものもない。

テーブルには写真が置かれ、さまざまなものが突き刺さっていた。

包丁、ナイフ、ペーパーナイフ、コンパス、ハサミ、虫ピン、伸ばした安全ピン、細いマイナスドライバー……すべてこの部屋にあったものだ。敦子が使い慣れているものから、一度使っただけで、どこにしまったか忘れていた錐（きり）やワインのコルク抜きまであった。

写真はベッド脇のフレームに入れてあった、娘の美月のものだった。

すべての先端があの子の顔を貫き、テーブルに刺さっている。

条件反射のように美月に電話した。

コールが続く。「お呼び出しいたしましたが――」のアナウンスに切り替わった。

すぐに元夫にかける。コールが続く。

『どうしたの？』いつもの不機嫌な声で出た。

「朝からごめん」

『今日の約束のこと？　また変更？　だったらメールで……』

「違う、美月どうしてる？　電話したけど出ないの」

『まだ寝てるんだよ』

「寝てるかどうか見てきて」

怒られるから嫌だという元夫にしつこく頼み込む。文句をいう声と、階段を上り美月の部屋に向かう足音が聞こえる。

『寝てたよ。眠くて出たくないから用なら聞いておいてって』

「本当にごめんなさい」素直に謝った。「変な胸騒ぎがして」

『君の予感なんて当てにならないよ。下らない理由で朝の時間を削らないでほしいな』

電話が切れた。

呼吸を整え、冷静になって再度部屋を確認してゆく。

ベッドの枕元に、小さなメモ用紙が落ちていた。

ここで終わり　この先は許さない

捜査を続けるなら美月の身に何かが起きる——そういいたいのだろう。

整った手書きの文字。筆跡を調べて身元が割れても構わないという覚悟かもしれない。

メモ用紙もボールペンも、部屋にある敦子が普段使っているものだった。

まず部屋の状態を携帯で撮影した。次に証拠品をひとつひとつハンカチで拾い上げ、フアスナー付きのフリーザーバッグに入れてゆく。

美月の写真に突き立った包丁やハサミを、透明の袋に落としていく途中、無性に悲しくなった。全部を抜き取ったあと、顔を刺され、穴だらけになった写真を見たときには、涙がこぼれそうになった。

頭を叩き、膝を叩く。あの子を護(まも)るのは私だと自分に言い聞かせる。

リビングに隠してあるビデオカメラは、メモリーカードが差し替えられ、本体のデータも消去されていた。窓と玄関を見たが、やはり強引に開けられた跡はない。

大きなバッグに着替えを詰め、集めた証拠品も入れた。

しばらくここには戻れそうにない。

部屋のブレーカーを落とし、水道、ガスの元栓を締め、敦子は部屋を出た。

11

清春はホテルのロビーで玲美と合流した。

出勤のついでに彼女を送ってきた義父を見送ると、すぐにタクシーで西新宿に向かった。

待ち合わせ場所に立っていた敦子は、ジャケットに珍しく膝下のスカートという服装だった。

「おはようございます」敦子が先に挨拶し、玲美も返す。

だが、目は合わせない。互いの存在を否定しているかのように、距離を取りながら無表情に歩いてゆく。

二十四階建てオフィスビルの六階フロアすべてが、社団法人「いのちのダイヤル」の事務局になっていた。

「突然申し訳ありません」

敦子が身分証と名刺を出した。

「警察の方には事前にご連絡いただき、ご来訪の目的について検討させていただくことになっております」

受付の女性の対応はあからさまに冷ややかだった。

しかし、玲美が「ペリカンネット」の会員証や、犯罪被害者遺児を支える会のボランティア身分証明書を見せると、態度が変わった。

「十九年前、私が七歳のときに行方不明になった姉の捜索に、則本さんにご協力いただいています。今日は、その事件に関連して、こちらの資料庫とアーカイブを拝見させていただきたくて、私の婚約者と三人で参りました」

うその説明。ただし、玲美の実母が十九年前にここに電話していた可能性はある。

受付の女性がカウンター裏の扉へ入り、すぐに戻ってきた。

「係の者が参ります」

眼鏡の中年男が対応を代わったが、玲美にだけ話しかけ、清春と敦子は見えていないように扱われた。

「母が亡くなる前に、こちらに電話をかけていたことがわかったんです。身内や友人にも悩みを打ち明けない人でしたので、当時の御担当者様がわかれば何か教えていただけるのではないかと。相談内容の記録などあれば、それも拝見させていただきたいんです」

「ただ、相談担当者は当時でもご高齢の方が多かったですし、すでにお亡くなりになっている場合も」

「もちろん心得ています」

個人情報持ち出し禁止の誓約書に三人揃って署名し、通路の奥の資料庫に向かう。

そこは小学校の図書室程度の広さで、問題はほとんどが電子化されていないことだった。布張りの表紙に挟まれた冊子資料が、書架にずらりと並んでいる。救いなのは日付つきで年代順に並んでいることと、こちらの調べるべき時期が絞られていることだ。

富樫佳己が電話していた十年前の十月から十一月、火曜と土曜の夜――

資料を選び出し、閲覧テーブルに横に並んで座った。

三人だけ、他には誰もいない。

ページをめくる音が少し響いたあと、玲美が口を開いた。

「諸江さんはどこ？」資料に目を向けたまま、強い声で敦子に訊いた。

「晴海にいる」敦子がすぐに答えた。

都内中央区晴海にある、以前は機動隊の寮だった建物が、改正刑事訴訟法の導入に伴い司法取引対象者用の一時保護施設に改修され、諸江は今そこにいるという。

「他人に絶対漏らさないで。漏らせば、ここにいる三人とも逮捕される」

またページをめくる音だけが聞こえ、それから玲美が「うそつき」と小さくいった。

「お互い様」敦子も小さい声で返す。

「あなたとは違う。私はうそなんてついてない」

「ついてるじゃない。親にも会社にも世間にも。あなたは藤沼晋呉の携帯に、何度も連絡していた。なのにあの男は生きたまま焼かれ、ストーカーの濡れ衣を着せられて死んだ」

「意味がわからない」

「だったら説明する。村尾邦宏は偽造免許証を使って、死んだ同年代の男になりすまし、複数の携帯電話回線を契約していた。その番号のひとつから、藤沼に十八回も電話していたことがわかった。でも、電話していたのは村尾じゃない。通話内容はもちろんわからないけど、当時の発信データは残っている。いつどこからかけたのか調べれば、藤沼と話してたのは、村尾から携帯を譲り受けたあなただってきっとわかる」

敦子がいっていることは本当だった。死までの一年間にわたる藤沼の電話やメール、SNSの交信記録をすべて調べ、その相手の身元を通信会社に提出させた。さらに身元データ内の免許証やパスポートなど膨大な数の本人証明写真を、何週間もかけ顔認証ソフトで検索し、この事実を見つけ出した。

「何の証拠にもならない」玲美がいった。

その通りだった。通話内容がわからない以上、玲美と藤沼が友人や知り合いだったという証拠にはならない。ストーカーをやめろと抗議しただけ、と強弁もできるのだから。SNSでのメッセージのやり取りのスクリーンショットのような直接的な証拠は一切見つからなかった。残さないよう藤沼に念を押していたのか、何らかの方法で消去したのかもしれない。

「あなたは藤沼にデータの不正入手や改ざんをさせただけじゃなく、私と阿久津くんをコントロールできなかったときの安全装置としても、彼を使おうとした。強く抵抗されたり、秘密を暴露しようとしたら、藤沼に殺させるつもりだったってこと。銃と実弾を渡したのは、非力な肥満体型のあの男じゃ、強力な武器でもなければ、私たちに立ち向かう勇気さえ持てなかったから。重罪につながる違法品を見せても、あなたを信じ、従ったんだから、本当に愛していたんだね」

「出来の悪い妄想ですね。馬鹿みたい」

「ええ、馬鹿にしながら聞いて。その程度の話だから。あなたも心から愛してるふりをした？　その体を何度も抱かせた？　諸江を説得に行ったときはあんなに下手だったのに、男の扱いは上手いんだね。ただ、藤沼はあなたに溺れてはいたけど、馬鹿ではなかった。自分が騙され、使い捨てられると気づいて無理心中を企てた。もちろん村尾邦宏とあなたは、彼がそこまで暴走することも織り込み済みだった。警察に出頭するより、ふたりで死ぬ道を選ぶとわかっていた。それに加えて、警察やマスコミに話せば母親を殺すとでもいって追い詰めたのかな？　でも、私が一番醜悪だと思うのは、心中を企てるまで藤沼があなたを深く愛していたことさえも、阿久津くんとの接点を作るために利用したこと」

あの五月十一日金曜の夜の出来事には、ひとつの偶然もなく、すべて村尾と玲美の計略だったといっている。

「その妄想を理由に、私を逮捕します？　同僚に笑ってもらえますよ」

「これじゃ刑事罰には問えない。でも、あなたを家から出られなくすることはできる。それに誰かが、もっと驚く事実を見つけ出してくれるかもしれない」

敦子は手に入れた証拠をマスコミにリークし、藤沼の母の紀子にも渡すと脅した。

「じゃあ、私はあなたの殺人の証拠を開示しますね。ネットに流し、もちろん警視庁とテレビ・新聞各社にも郵送する」

玲美も反撃した。

「なら私も、あなたと村尾が本当はどういう関係か開示する。共倒れね」

敦子、そして玲美。ふたりの視線が清春に向けられた。

「好きなだけやればいい」清春はいった。資料を持って別のテーブルに移り、背を向ける。

これでいい。どうせ何をいったって、ふたりとも聞きやしない。

「あなたこそ、自分の卑怯さが嫌になりませんか？」

玲美がいった。

「私は何があっても秘密は守ると諸江さんに約束した。なのに裏切ってしまった。あなたが裏切らせたんです」

「自分の仕事をしただけ」

「仕事なんてしてないじゃない。警察は何の手がかりも摑んでいなかった。諸江さんが私に告白してくれた状況を、横取りするみたいに利用して、司法取引に持ち込んだだけ」

「任意同行を求めたのは確かに私。だけど、取引を持ちかけてきたのは諸江のほう。あの女は自分だけが助かる道を探し、あなたも私もその手伝いをさせられただけ。義理や責任を感じる必要なんてない」

「すり替えはやめて。あなたが任意同行を求めなければ、その先のことは何ひとつ起きなかったのに」

玲美が続ける。

「則本さん話していましたよね、遺族の無念を晴らしたいって。これで晴れるわけないじゃない。小野島と重光は罰せられる。でも、司法取引を適用された諸江さんは刑期を短縮され、しかも、出所したあとも警察に保護されながら暮らし続ける。私が遺族なら諸江さんを怨み続ける。でも、どんなに怨んでも、ひとり減刑されたその加害者は、法律に守られ、名前すら知ることができない。そんなかたちでしか犯罪を立証できなかった警察にも、失望しか感じない」

「じゃあ、諸江も厳しく罰せられればいいの？　私は遺族の無念を百パーセント晴らせなかったことを悔いればいいの？」

「だからすり替えないで。あなたがしたことは、自分の勝手なルールに沿って事件を処理し、勝手に納得してるだけ。それを遺族の無念を晴らすなんて言葉でごまかさないで」

ふたりの声がぶつかり合う。

「理不尽なルールを押しつけてるのは、そっちでしょ。共依存の相手から刷り込まれたことを、私にまで無理強いしないで。村尾邦宏のことをいってるの。理解してもらって、優しくされて、嬉しかった？　捜査の才能を見せられて、好きになった？　強くて厳しい父親のように感じられた？　でも、それも全部あいつの策略だったらどうするの」

「だから論点を――」

「すり替えるわ、いくらでも。だってこれもう議論じゃないから。ただの罵(のの)り合いだもの」

玲美が敦子を睨む。

「十代のトラウマでまともな恋愛ができない中年女に罵られても、全然響きませんよ。男が信じられないんですよね。前のご主人とは、言い寄られたから好きでもなく結婚したんですよね。同じ警察官との結婚はどうしても嫌だったから？　生活の中のふとした瞬間に、隠してきた悪事を感じ取られるのが怖かった？　そんな動機だから失敗したんじゃないですか」

「私もあなたの大学時代の恋愛話を知ってる。藤沼のケースと同じで全部うその恋愛だけど。捜査に利用するのに、弁護士を騙して不倫していたよね。その人の写真も持ってる」

敦子がバッグから携帯を出した。

「ここに入ってる。でも見せる前に、提案があるんだけど。小野島と重光の事件にこれ以上口を挟まないと約束してくれるなら、あなたに命令されている捜査を、これまで通り続ける。写真も消去する。どう？」

玲美が黙った。真相に大きく近づいているのは、もちろん彼女も感じている。

「沈黙は了承と取るけど」敦子がいった。

「あなたは諸江さんの人生を狂わせた」玲美がまた責める。

「本気でそう思うの？」敦子も返す。「だから村尾に騙されるのよ」

玲美が再度口を開こうとしたところで、清春は見つけた。

「あった」声に出して立ち上がり、開いた資料のページをふたりに見せる。富樫佳己が電話していた時期に、相談員を担当していた複数人の内のひとりの経歴が書かれている。

それから先は三人とも何もいわず作業を続け、一時間ほどで調べ終えた。

該当する当時の相談員は五名。全員の名前と職業、当時の連絡先を知ることができた。

「先生」の候補はここまで絞られた。今名前を知ったばかりのこの五人が、清春たちにとっての最重要人物――第一容疑者となる。

資料室のドアを閉め、廊下へ。

事務局を出ても、敦子と玲美はまだ対立者の無言を貫いている。

「夜に連絡する」敦子は清春だけにいうと、早足で甲州街道を渡っていった。

玲美も駅へ歩き出す。

「送っていく」清春は横に並んだ。

「ひとりで帰れる」

「いや、送るよ」

「ありがたいけど、私があなたに求めているのは親切や気遣いじゃない」

「違う。守るのは君のためじゃない、俺自身のためだよ」

「そうだね」玲美は下を向いて息を吐き、言葉を続けた。「池袋まで送って。そこからタクシーで戻るから」

新宿駅からはじめてふたりで電車に乗った。

玲美は窓の外に目を向けている。

「許さない」

そこにいない敦子に向け、強くいった。

声を聞いた車内の何人かが振り返った。痴話喧嘩とでも思ったのだろう。清春と玲美は笑いながら馬鹿なカップルがじゃれているふりをして、視線が離れてゆくのを待った。

「諸江さんは望んでそうなったって、あの女はいったけど」玲美がまた窓の外を見た。

司法取引のことをいっている。

「あなたはどう思ってるの？」

「則本さんと同じだよ。村尾と同じように望んで入った、そこが一番安全な場所だとわかっていて」

「信じない」玲美は独り言のようにいった。その横顔は悔し泣きを必死でこらえる小学生のように、唇を噛んでいる。

——七歳なんだ。

そう思った。

「私が間違ってるの？」彼女が訊く。

「わからないよ。君が正しいのかもしれないし」

「本当にそう思う？　今考えてることを教えて」

「君の心は小学一年生のままだなと思って見ていた。お母さんとお姉さんを失ったときの感情を閉じ込めたまま、体だけ大人になったんだって」

「自分ではずっと前からわかってた。でも、誰からもいわれたことなかったな」

「普通いわないよ、こんなこと。気づいたからって、口にすれば何様だと思われる」

「とても大切なことをいわれた気がする。だけど――」

玲美はまだ外の流れる景色を見ている。

「どうしてあなたなの」

教えてくれたのが、どうしてこんな人殺しなんだろう――高いビルに陽射しが遮られ、暗くなった窓に映る目がそういっている。

池袋駅で降り、改札を出たところで玲美がまた口を開いた。

「幻覚を見たことある？」

「あるよ」

「見てどうだった？　嬉しさや、悲しさは感じた？」

「空しかった」

「そう。私は辛いだけ。いつもそこに立って、こっちを見ているだけで、何も話してくれないし、何も教えてくれない」

「七歳からずっと？」

清春が訊くと、玲美は頷いた。

「学校にも、電車の中にも、会社にも。いつも近くにいる。この人混みの中にだって。でも、辛い思いをし続けるのも、もう疲れたな」

静かに笑いながら玲美はタクシーに乗り込んだ。

「家に着いたら連絡して」清春はいった。

彼女が頷く。

清春はタクシーが走り出したあともしばらく目で追った。黒い車体が西口駅前の五叉路を越え、トラックに遮られ見えなくなったところで、また池袋駅へと戻った。

「阿久津くん」

地下鉄丸ノ内線の改札を入ると声をかけられた。

眼鏡をかけた大きな中年男性が近づいてくる。振り返ると、そこにも別の男がいた。挟まれた。ずっと尾行されていたようだ。玲美と別れ、ひとりになるのを待っていたのだろう。

「一緒に来てもらえませんか」眼鏡の男がいった。誰だか一瞬わからなかったが、向こうから名乗った。「富樫佳己です」

　北小岩の事件で当時十四歳の滝本麻耶を拉致誘拐したと思われていた男。二十代の写真とは違うが、筋肉をつけて体を一回り大きくし、眼鏡をかけたら確かにこの顔になる。

　もうひとりも名乗った。

「田所瑛太です」

　滝本祐子殺しの重要参考人。背が低く、こちらもがっしりとした体。青いポロシャツの上からでも僧帽筋や胸筋を鍛えているのがわかる。

「行きたくありません」清春はいった。

「目的地は同じですから」富樫が笑顔でいった。「僕たちも二十七階のエグゼクティブ・フロアーに部屋を取ったんです。君の部屋の斜め前に」

　――逃げ戻る場所も摑まれている。

「警察を呼びますよ。大声を出して」清春は強い口調でいった。

「声を出した瞬間に君を刺す」

　ふたり揃ってリュックサックとショルダーバッグの中を見せた。どちらにも数本のナイフが抜き身の状態で入っている。

「僕らは君の本当の強さを知っているつもりです。鍛えもせず、戦術も持たない人間が、六件もの殺人を無傷のままやり遂げられるはずがない。姉と争ったときは、正体を見極めるまで手を出せない大きなハンディキャップがあったから怪我を負ってしまったけれど、今ここで僕らが簡単に殺せるとは思っていません」

田所が続ける。

「だから刺し違えるつもりでやります」

「一緒に行って何をするんですか」清春はふてくされながら訊いた。

「まず僕の姉がしたことを謝りたい。僕らはあんなこと望んでいなかったから。それから九年前に何があったのか、僕らはなぜそうしなければならなかったのかを説明させてほしい」

周囲を見る。改札の外に飛び出ても、すぐに追いつかれるだろう。通行人は多いが、紛れ込めるほどには混雑していない。力ずくで倒そうとしても、このふたり相手には勝てない。骨折している脇腹を殴られたら、それだけで息が詰まって動けなくなるだろう。

「続きは歩きながら話しましょう」田所がいった。「どうせ逃げられないんだから」

ふたりに挟まれ丸ノ内線のホームまで進み、電車が来るのを待つ。

池袋からホテルまで、電車と徒歩を合わせて四十分。その間に何ができるか考える。

「お世辞じゃなく、会えて嬉しいんですよ」

富樫が笑顔でいった。

「君が大石嘉鳴人や、大石のアリバイ工作に手を貸した連中に罰を与えたのを知り、僕もすごく勇気づけられたから」

「間違った想像で、人を評価しないでください」

「じゃあ、僕の独り言として聞いてもらえますか。君はある意味で僕の憧れだった。知恵を駆使して一切証拠を残さず、罪を逃れた連中に次々と罰を与えていった。でも、本当に残念なことに、ある時期を境に変わってしまった」

清春の横顔に富樫が視線を向けた。

「無関係な女性たちまで巻き添えにしたのは、許されないことだ。あんな連中の妻や恋人でいるだけで罪に値すると強弁をしたいのかもしれないけれど、やはり認められないよ」

「それは認められないのに、俺が逃げたら殺すのは許されるんですか」

「だって君は罪のない人まで殺した悪人だもの」

「一方的に決めつけ、断罪する。まともじゃない」

「そう、まともじゃない。だから逆らわないほうがいい。でも、きっとわかり合える」

「君と私たちは同じ狩り場で出会ってしまった肉食獣みたいなものだよ」

田所がいった。

「互いの本当の姿を知った上で、同じ群れに入るのなら、問題なく同化できる。君が僕らを受け入れてくれたら、その瞬間から家族だよ。でも、どうしても拒むというなら、どちらかが死んで消え去るまで、徹底的に潰し合うしかない」

「殺したい欲求を抱えていたところに、相手と理由を与えられた。だから殺した。あなたたちはそれだけの人間にしか思えませんよ」

「ずいぶん嫌われてしまったな」富樫が笑った。「僕たちはこれまで通り穏やかに暮らしたいだけなんだけれど」

「僕だってあなたたちの生活を壊すつもりはなかった」

「わかってる」富樫と田所は頷いた。「悪いのは柚木玲美だ」

「あなたたちが彼女を早く取り除いてくれていれば、こんなことにはならなかったのに」

「憎い相手でも、そう簡単に命を奪うことはできないよ。彼女がどれだけの罪を重ねたのか、確かめもせず消してしまうのは良心に反する」

——良心？

清春はそう思いながらふたりを見た。

「あるんですよ、僕らにも」田所がいった。口に出さなくても伝わったようだ。

丸ノ内線に三人で乗り込む。

「怪我人は座ってください」

無理やり座らされ、富樫たちは前に立ちはだかるように吊り革を摑んだ。

「先生とは誰ですか」清春は訊いた。

「何のこと？」富樫がいった。

「調べて名前を控えてきました。五人にまで絞れたんです。メモを見ますか？」

「いえ、今はまだ。その話はあとでゆっくりしましょう」

後楽園駅で乗り換え、南北線ホームへ。逃げ道を探すが見つからない。そこから五駅、溜池山王駅を降りたあとも、ふたりに前後を挟まれながら歩いた。

「いつ俺を知ったんですか？」

清春はまた訊いた。どうにか会話を続け、逃げる糸口を探ろうと思った。

「少し前だよ」

「具体的には？」

曖昧に笑い、答えない。

「尾行はふたりで？　よく見失いませんでしたね」

「皆でずっと見張っているからね。この先も君から目を離さない」田所がいった。

仲間は多く、逃げられない。そうほのめかしている。虚勢？　いや、事実だろう。「先生」に感化されたのが、このふたりだけとは考えにくい。

総理官邸前を進み、ホテルへ。正面玄関を入ろうとすると、見知らぬ男が近づいてきた。

「柚木玲美さんが、死亡した藤沼晋呉の母紀子さんから、損害賠償を求める民事訴訟を起こされましたが、ご存じですか」

記者だ。携帯のレンズを向けてくる。富樫と田所が顔を隠し、わずかに離れた。

清春はすぐに駆け出した。

田所が清春のカバンを強く摑む。だが、投げ捨てホテルに駆け込んだ。何が起きたかわからない記者は、啞然としながらも撮影を続けている。

清春はロビーに入ると、戸惑うコンシェルジュの横からカウンターの裏に回り、バックヤードへの扉を押し開けた。

殺風景な従業員通路を駆けてゆく。走るとやはりまだ脇腹が痛む。うしろでもう一度扉の開く音がした。一瞬振り返ると、追ってくる富樫と田所が見えた。

右に曲がり、並ぶパントリーの間から階段へ。オーブンの熱気が流れてくる厨房脇を抜け、配管がむき出しの通路を進む。

清春は何度も通ったルート。だが、追ってくる連中は必ず迷う。富樫と田所に加え、ふたりの仲間が複数で追跡してきたとしても、建て増しをくり返してきたホテルのバックヤードを簡単に通り抜けられるはずがない。記者に何度も見張られ、待ち伏せされたことが、こんなかたちで役に立つとは思わなかった。

ホテル東側の駐車場から外に出た。

ちくしょう脇腹が痛い。投げ捨てたカバンの中に痛み止めも、携帯も入っていたのに。

たぶん富樫たちに持ち去られた。免許証やクレジットカードが入った財布を持っていただけでも、まあよかったのかもしれない。

まずは交番に行かないと。被害届を出し、警官とホテルに戻って現場検証してもらおう。

部屋にはもう戻れない。あのふたりの仲間が待ち伏せている可能性が高い。すぐに居場所を変えないと。

赤坂の細い裏道を歩いてゆく。

富樫と田所の言葉が、嫌でも頭に浮かんでくる。

平間潤子と同じように、やはりあの連中も知っていた。清春が過去に何をしたか、今、敦子や玲美とともに何をしているかを。

ふたりだけで探り出したのではないだろう。誰かが協力し、教えている。そうでなければ、こんな短期間に過去を調べ上げ、あんなに確信を持って語れるはずがない。

敦子が情報を流しているとは考えられない。そんなことをしても彼女にメリットは何ひとつない。敦子でなければ柚木玲美しかいない。

いや、もうひとり。

一番厄介な男が塀の中にいるのを忘れていた。

村尾邦宏。今は死にかけているが、逮捕前、まだあの男の体がどうにか動いていたころに、何か仕組んだ可能性は大きい。

伊佐山秀雄殺害の公判記録にあった、村尾の言葉を思い出す。

一連の誘拐事件を調べることは、意地や執念を越え、私の生きる理由そのものになっていました。そして、長く追い続ける中で、誰の目にも触れずにいた他の未解決事件の痕跡も数多く発見したのです。しかし、人手もなく、生きる時間も長く残されていない私には、目をつぶってゆくしかありませんでした。

あの男は決して忘れていない。医療刑務所のベッドで死にかけている今も、裁かれぬ者たちに罰を与え、消し去ろうとしている。

そう思えてならない。

交差点の先に、赤坂見附(みつけ)交番が見えてきた。

*

敦子はテーブルに紙袋を置いた。娘の美月と約束した靴が入っている。

「フランスのブランド。サイズがなくて取り寄せしていたのが、ようやく届いて」

元夫が紙袋の中のリボンのかかった箱を覗き込み、「高そうだね」といった。

敦子はコーヒーの、元夫はソイラテのカップを手にし、一口飲む。

店は丸の内にあるオープンカフェにした。周りが見渡せて、隣の会話が聞こえてくるところにしてよかった。パーティションで仕切られ、膝を突き合わせて話すような場所だと、すぐに感情的になって、お互いの嫌な面が顔を出してしまう。

「それで」元夫がカップを置いた。「気づいていると思うけど、再婚することにしたんだ」

「そう」

おめでとうと付け加えたほうがいいか迷ったけれど、いわなかった。

「彼女にも小学三年の娘さんがいて、美月には妹ができることになる」

「あの子、欲しがってたから」

「籍を入れたら実家を出て、四人で暮らそうと思ってる。彼女は仕事を辞めて、専業になるといってくれている」

「上手くいくといいね」

「ありがとう」

「えっ？」

「なに？」

「いや、ありがとうなんていわれて、驚いた」

「僕も君から『上手くいくといいね』なんていわれて驚いて、咄嗟に出た」

なぜか気恥ずかしくなって視線を落とした。

「平凡な言い方だけど、君が美月の実の母親であることは、この先も変わらないから。それに、いろいろあったけれど、君が美月を産んでくれたことには、心から感謝してる」

元夫は再婚の意志だけを告げ、お互いの子供を養子縁組することはいわなかった。この人のことだもの、考えていないはずがない。いわないのは、この場で揉めたくないから？それとも優しさ？

今この瞬間を最後に、私たちは美月の両親ではなくなる、そんなふうに感じた。私が実の母親で、この人が実の父親であることは変わらないけれど。

でも、もう両親じゃない。

ふたりとも黙ってカップを手にしていた。

用事が済んだら、いつもさっさと席を立つ敦子も、元夫も、まだそこにいる。考えてみたら、離婚が成立してから、美月抜きでふたりで会ったのは、これがはじめてだった。

敦子のバッグの中で携帯が震えた。

出ないつもりだった。

「気にしないで」元夫がいった。

その優しい笑顔がなぜだか怖くて、逆らえなくて、敦子は携帯を摑んだ。

本庁五課七係からの着信。

「もしもし」店の外へ歩きながら小声でいった。

そして敦子は、柚木玲美が行方不明になったことを檜山係長から知らされた。

＊

——揺れている。

そう思って玲美は目を開いた。なのに暗いまま。

何も見えない。

驚いて手で探ろうとしたけれど、腕が動かない。足も動かない。

一瞬、腕も足も切られてなくなったのかと思い、次に、夢の中で金縛りに遭っているのかと思った。だが、どちらも違う。

下から規則的に伝わってくる振動のおかげで少し冷静になれた。

目隠しをされ、手足を縛られている。その証拠にまばたきをする度、まつ毛が何かに触れて重い。手首や肘や足首や膝が締めつけられて痛い。

そうか、拉致されたんだ。

頼りない推論。けれど、今はこれでいい。まず落ち着いて考えないと。

　この振動は、たぶん自動車。止まらず進み続けているようなので、きっと高速道路を走っているのだろう。周りの音は聞こえる。耳栓やヘッドフォンはつけられてない。

　記憶を辿ってみる。

　池袋で阿久津くんと別れ、タクシーに乗った。環七通りが見えたところで、車線変更してきた軽自動車と衝突事故を起こしたんだ。私は前のシートに頭をぶつけた。運転手が警察に電話して、代わりのタクシーが来ることになり、私は降りたけれど、頭と首が痛くて、吐き気もして、どこかに座れないかと探していたときに、女の人……私と同じくらいの歳の人が近づいてきて、「だいじょうぶ？」と声をかけながらふらつく私の体を支えてくれた。けれど、顔にボンベの吸入口を押しつけられて、もうひとり別の……中年の女にも腕を摑まれて、そして何かを注射された。

　私は意識を失った。あの効き目の早さ、村尾さんが伊佐山秀雄の家に押し入るときに使った笑気ガスやジアゼパムと似ている。きっと本物の医薬品。

「目が覚めた？」

　誰かがいった。路上で声をかけてきた女と同じ声だ。

「まだかかるから。静かにしててね。あと――」

「二時間ぐらい」

　横から別の女がいった。声の印象からすると、こっちは四、五十代？

女がふたり。年上のほうが運転している。どんな関係？　母娘？　それより現在地を確認しないと。どうすれば車を止められる？

「トイレ」玲美はとにかく試してみた。「トイレに行きたい」

「そこでして。嫌ならがまんして」女はいった。

怒っているのでも、命令するのでもない。友達に語りかけるような声。そしてすぐに大きく音楽が流れた。きれいなエレクトロニカの曲。私の要求する声を遮断するため、音のカーテンを引かれたのだと思った。

この女たちは誰だろう？　会ったことは、見たことはある？

恐怖を抑えながら考えている途中、ふと思い出した。

「気をつけて。とても危ないことをしているんだから」池袋で諸江さんに会ったとき、くり返しいっていた。「本当に気をつけて」

──これのこと？

玲美はまた考える。警告してくれたのなら、なぜ知っていたのだろう。諸江さんと、このふたりはつながりがある？

迷い怯える心の中に、阿久津くんが浮かんだ。

村尾さんの顔が、声が、浮かばない自分を責める。どうしてあんな人殺しに──強がろうとしても、頼る思いを消せない。

緊張が体を縛ってゆく。いつものように呪文を唱える。リラックスできないのなら、この緊張に慣れてしまおう。リラックスできないのなら……

でも、震えを抑えることができない。

阿久津くん。誰よりも彼に来てほしかった。

*

清春はビジネスホテルの部屋の前に立ち、チャイムを鳴らした。

ドアを開けた敦子は上下スエットに着替えていた。

「適当に座って」生乾きの髪で缶ビールを手にしている。

ずっと風呂に入れなかったのだろう。彼女の柴又の自宅に何者かが侵入したことはもう知らされている。遺留品からは侵入者を特定できなかったそうだ。

「疲れた？　それとも傷が痛む？」

敦子に訊かれて、自分がどんなにひどい顔をしているのか気づいた。

「両方です。警察署で柚木さんのご両親に会いました」

「責められた？」

「いえ。お義母さんに無言で睨まれました」

「言葉で責められるよりきついね」敦子が缶ビールを差し出す。「聴取のほうは？」

「則本さんがいっていた通り、担当したのは所轄署員じゃなく、本庁特殊捜査班から来た男です」

誘拐、人質立てこもり犯などに対応する部署だと説明を受け、名刺も渡された。

「彼女が失踪した時刻にどこにいたのか。連絡がつかなかったのはなぜか。ホテル内を追いかけてきたふたりについても訊かれました」

「追いかけられた理由は何て説明した？」

「電車内でカバンが当たったことに腹を立てたんじゃないかって」

「富樫佳己と田所瑛太に間違いないんだね」敦子が訊く。

清春は頷いた。

「カメラを向けたのがどこの記者か特定して、映像を確認するそうです」

「任意だけど、記者も面倒を避けるために提出するでしょうね。警察があのふたりと特定するのに早くて二日、遅ければ四日。正体がわかった時点で大騒ぎになるし、君もまた聴取に呼ばれて、関係をしつこく訊かれることになる」

「状況はよくないですか？」

「かなりね。君がふたりに拉致されかけた直後に、柚木の行方がわからなくなった。その前には、私と三人で行動していたのも知られたし。しかも、行った場所が『いのちのダイヤル』事務局だもの。本当は何を調べていたのかって、私も内部聴取でしつこく訊かれた」

「警察は拉致誘拐事件だと断定しているんですか」

「タクシーに衝突した軽自動車は盗難車、運転していた女は身元不明で逃走。その女と、もうひとりの中年女が、あの娘を連れ去っていったって目撃証言もあるしね。犯人からの要求連絡がないから、まだ公言は控えてるだけで、捜査の方針は完全にそっちの線に振り切ってる」

敦子がビールを飲みながら続ける。

「私は狂言ではないと思う」玲美の自作自演の可能性をいっている。「君の意見は?」

「同じです。彼女がこのタイミングでうそをついてまで姿を消す必要はない。それに富樫や田所とつながっていたのは、彼女じゃなくてむしろ——」

「村尾邦宏」敦子がいった。

やはり彼女も同じことを考えていた。

「この拉致の捜査担当者も、いずれ柚木が村尾とつながっていることに気づくと思う。ただ、今の段階で一番疑われているのは、藤沼晋呉の母親と君だから」

清春はまた頷いた。もちろん自分でもわかっている。

「さすがに実行犯だとは思ってないだろうけど、拉致した連中とつながりがある可能性をしつこく探ってくるはずだから。警察は汚いところだって忘れないで。普通に生活していたって、無理やり嫌疑をかけて何度も聴取に引っ張ろうとする」

「しばらくはどこかのホテルにこもっています」

「ううん。慎重に行動してほしいけど、じっとしていてもらっちゃ困る」

敦子が紙袋から冊子を出した。

「約束していた柚木の新しい身辺調査結果」

玲美は東京と秋田にある、経営がまったく違うふたつの弁護士事務所と契約を結んでいた。どちらにも月曜午前に電話で定期連絡を入れている。

「これがあの娘の自己防衛手段」

「連絡が途切れたとき、契約に従って何らかの行動を順次起こす――」

清春はベッドサイドの時計を見た。

六月七日木曜の午後十時。

月曜の朝が来るまで、あと三日と少し。

「探さないと」ふたりの声が重なった。

玲美を見つけ、救い出し、連絡させなければならない。

彼女から連絡がなかったとき、東京と秋田の弁護士事務所は、ほぼ間違いなく清春と敦子の秘密を開示する。

「そういう契約になっているところまでは、どうにか聞き出したけど。具体的に何をするかは、さすがに口を割らなかった」

「弁護士事務所から無理やり契約条項を聞き出したんですか」

「ストーカー扱いされたまま死んだ藤沼晋呉と、柚木の本当の関係についての情報を、取引材料として教えたから」

依頼人の玲美が犯罪者と確定すれば、契約を結んでいる弁護士事務所も捜査対象となり、家宅捜索を受ける可能性が出てくる。

「生きていると思いますか」清春は玲美の今について訊いた。

「五分五分。拉致したのは確実に殺すためかもしれないし、脅迫して何かを聞き出そうとしているのかもしれないし。富樫と田所も、君を駅でいきなり刺して殺そうとはしなかった。もちろん山奥へでも連れていって、殺してすぐに埋めたかったのかもしれないけど」

「富樫は話し合いたかったようです。姉の平間潤子が殺そうとしたことを詫びていました。あんなことを自分たちは望んでいなかったって」

「富樫の知らないうちに、滝本麻耶が平間を騙してやらせたってこと？　離反？」

「離反かどうかはわかりませんけど。あちら側には富樫と田所以外にも何人か仲間がいて、全員が必ずしも意思統一できてはいないことの傍証にはなると思います」

「確かにね」

「それに、きっとわかり合えるともいってましたから、少なくとも富樫と田所ははじめから俺を殺す気ではなかったと思います」

「あいつらは君と話し合って、滝本祐子殺害や麻耶の拉致誘拐を、正しい行為だと認めさせたかった？　それとも仲間に引き入れようとした？」

「そのどちらもだと思います」

「はじめに戻るけど、あのふたりが現れたことと、柚木の拉致はつながっているよね。切り離して考えるほうが無理がある。ってことは、あの娘を連れ去った理由も、懐柔して仲間に引き入れたくて？」

「可能性はあります」

「いよいよ狂信的な匂いがしてきた」

敦子は新しいビールを開けると、独り言のようにいった。

「その異常な信仰心の中心にいるのが――」

清春がいいかけた言葉を、敦子が引き継ぐ。

「先生という存在」

清春はその一言を聞きながら携帯を出した。

今日の午後、新しく手に入れた携帯だ。池袋警察署での聴取に向かう直前まで、これを使いネットで「先生」の候補者五人を調べていた。

二人はすでに亡くなっていた。読売、毎日、さらに各地方紙の訃報欄とも照らし合わせたので間違いないだろう。

存命の三人のうち、ひとりは今も茨城県取手（とりで）市のＮＰＯ団体幹事として活躍していた。住所もわかっている。もうひとりは長野県塩尻（しおじり）市の老後ケアホームで暮らしているのを、姪がＳＮＳで伝えている。

残るはひとり。

敦子も携帯を出した。彼女も同じように調べていた。

「これです」清春は携帯画面を見せた。敦子も見せる。

ふたりが絞り込んでいた名前は、やはり同じ。

益井修介（ますいしゅうすけ）。

その男は意外なほど知られた存在だった。

出身は愛知。耳鼻咽喉科の医師として名古屋市内で働いていたが、三十二歳のとき、妻と三歳の息子が未成年男性たちの乗る車に撥ねられ、生活が一変する。運転していた少年は無免許だった。母子ともに命は助かったものの、息子には重い障碍（しょうがい）が残り、妻も後遺症に悩むようになる。そして妻は二年後、息子を抱いて飛び降り自殺した。

ショックを受けた益井は二年ほど隠遁（いんとん）生活を送ったのち、東京に出て大田区の蒲田（かまた）中央病院で働きはじめる。勤務三年目に耳鼻咽喉科としては珍しい時間外救急対応での診療をはじめ、患者に寄り添った治療をする医師として少しずつ知られるようになる。さらに講演会で自身の辛い過去が今の親身な医療につながっていると話したことで、一気に有名になった。「いのちのダイヤル」で相談員をはじめたのは、そのころだ。また、「益井の妹」と名乗る中年女性が、夫と死別したという理由で彼女の娘たちとともに益井の元に身を寄せ、一緒に暮らしはじめている。

益井はラジオ番組内の人生相談のレギュラーも務め、講演回数も増えた。自分の体験や人生相談への回答をまとめたエッセイも三冊出版されている。だが、テレビ出演はせず、雑誌の取材も断っていた。

五十二歳で病院を退職し、神奈川県藤沢市内に個人医院を開業。

六年前、病気を理由に長く続けていた相談員を辞め、藤沢の医院も閉めている。病名は何なのか、そもそも病気自体が本当なのか判明していない。その後、転居したが行方もわからない。益井の妻子を車で撥ねた当時未成年の男や、同乗者たちの消息も追ってみたが、摑めなかった。

「映像や音声を探したんですけれど、見つかりませんでした。写真はエッセイの裏表紙に載っていたものが一枚。これです」

眼鏡を掛けた穏やかそうな中年男だった。

「私も居場所を追ってみたけど」敦子がいった。「役所の戸籍・住民票、納税証明書、保険料の支払い調書を追っても辿り着けなかった。明日もっと細かく調べてみる」

清春の携帯が鳴った。

ついさっき池袋警察署で聴取を担当した刑事だった。

「何かわかりましたか」清春は電話に出るとすぐに訊いた。

『いえ、柚木さんのことではないんですよ。期待を持たせて申し訳ない』刑事はそちらも鋭意捜査中だと話したあと、『ビデオに関することで』といった。

ホテル前で記者が撮影した映像をもう手に入れていた。

「あっちが持ち込んだな」漏れてくる声を聞き、敦子が小さくいった。

出版社がすぐに映っていた人物の確認作業をしたのだろう。スクープの可能性ありとわかり、警察への配慮と事実確認のため提出されたようだ。

『ふたりに気づいたのは、だいたいどのあたりですかね』刑事が訊く。

「地下鉄丸ノ内線の車内です。ただ、どこから乗ってきたのかは、すみませんが覚えていません。何か問題のある人物なんですか」

『それに関しては直接お会いしてご説明します。お手数ですが、また明日、今度は池袋ではなく桜田門の警視庁本庁にご来庁いただけませんか』

「柚木さんの捜査とはまったく別件でということですか」

『はい。心労を感じてらっしゃるときに、本当に申し訳ありません。何なら車でホテルまでお迎えに上がりますので』

刑事は馬鹿丁寧に「申し訳ない」をくり返しつつも、聴取の件は譲らなかった。

電話を切る。

「明日、行ってきます」清春はビールの缶を空にした。

「そうして」敦子も二本目を空にした。「最後にあとひとつ」

一枚のコピーを見せた。

「村尾邦宏の財産調査票？」

「そう。再調査させてわかったことがあるの。逮捕の四ヵ月前から、つい先月まで払われていたこれ」数字のひとつを指す。

「毎月七千四百円の支払い」

「振込先はグールド&ペレルマン法律事務所」

外資の有名法律事務所で大手企業を主な顧客としている。

「こんな額で顧問契約なんてあり得ない」清春はいった。

「一流商社マンらしい反応ね。そう、安すぎる。大した額じゃないし、ローン代行会社を経由していたから、逮捕当時の担当者は振込先を特定しないまま、何かの支払いか公共料金だと思っていた。法に抵触した金でもなかったしね」

「弱みを握って、こんな低料金で仕事をさせていた？」

「たぶんね。グールド&ペレルマンに契約内容を確認したら、『書類の保管及び送付』だって。ついでに、これ以上の問い合わせは『訴訟対象になる可能性があります』といわれた。送ったのは、きっと私たちの情報。村尾は自分が逮捕されたあとも、有名法律事務所にメールボーイをやらせていた」

「誰に宛てて送らせていたんでしょうか。富樫佳己、田所瑛太、宮島司。滝本麻耶……」

「それとも『先生』本人か……」

「目的は、連中に殺させるつもりで？　それとも、俺たちに殺し合いをさせたくて？」

村尾が裁判中に語った言葉が、また無理やり記憶から引き出された。

しかし本当は、逮捕されず街中に紛れている犯罪者すべてに罰を与えたい。この世から消してやりたい。その思いは今も変わりません。

敦子と視線を合わせるものの、言葉が出てこない。

代わりに殺意が湧いてきた。どこにも向けられない殺人への強い情念が、胸の内側を這いずり、暴れ、のたうっている。

清春は話し出すきっかけを忘れたように、黙ったまま村尾の企みは何か考え続けた。

12

「やはりご存じないですか」

昨日の池袋警察署から警視庁本庁に場所を移したものの、大柄で四角い顔の刑事は同じように背を丸めながら小声で訊いた。

六月八日金曜。清春はお茶の入った紙コップを前にしながら頷いた。

テーブルに並んだ写真には、どれも手前に清春、少しうしろに富樫佳己と田所瑛太が写っている。場所は地下鉄構内、路上、ホテルの正面エントランス。追加で出された一枚には、清春から奪ったカバンを片手に走る富樫の背中が写っていた。

刑事は、富樫と田所を、「問題のある人物」と話し、何者か具体的に説明することを避けた。

「それにしても、一ヵ月もホテル暮らしですか。心中お察しします」

「ただ、会社からも待機指示が出ているので時間はあります。玲美さんの居場所や関わっていそうな人間を、自分でも調べてみるつもりです。もちろん警察の方々に迷惑はかけないようにします」

「それはどうぞご自由に。本来はいうべきことじゃないんですけれど、藤沼紀子さんの、昨日の事件発生時の所在確認が取れました」

玲美に恨みを抱く、死亡した藤沼晋呉の母のことだ。

「少なくとも実行犯ではないということですか」

「ええ。二日続けてご足労頂いたお詫び代わりです。どうもありがとうございました」

「終わりですか？」

「ええ。私からは」

午前九時の約束で、まだ九時二十分。聞き取りは実質十五分程度で終わったが、「私からは」といわれた意味がすぐわかった。

痩せた中年男が廊下から入ってくる。頭を下げ離れてゆく大柄の刑事と入れ替わるように清春の前に立ち、はじめましてと名刺を出した。

『組織犯罪対策第五課七係　係長　檜山俊介(しゅんすけ)』則本敦子と同じ部署だ。

「上司なんです、これでも」

口元を緩めているが、瞳は笑っていない。

「ついでといっては何ですが、私とも少しだけ話してくれませんか」

清春が答える前に、檜山は手招きしながら廊下に出た。

こっちが本題――馬鹿でもわかる。

エレベーターで降り、一階の食堂に入った。まだ開店前だが、檜山はコーヒーの食券を二枚買い、配膳口の奥に「いつもすいません」と声をかけ、窓際のテーブルに座った。

「穏やかで優しくて、自分の意志もしっかり持っている。玲美さんのご両親はあなたをそう褒めていましたよ」

「気を遣っていただいたんです。褒められるようなこともしていませんし」

五分ほどそんな話を続けたあと、檜山は一気に話題を変えた。

「富樫佳己と田所瑛太とは何を話したんですか？　約束や取引はしました？」

「は？」

「失礼なことをすいませんね。直接会って確認したかったんですよ」

「何も話していません。文句をいわれ、つきまとわれてカバンを盗られただけです」

「そうですか。じゃ、柚木玲美さんの居場所は本当に知りませんか？」

「知りません」

「今でも柚木玲美さんを愛していますか？　愛していますよね」

「私的なことなので、答えたくありません」

「いいですよ、ええ。これは聴取でも何でもない、ただの世間話ですから」

そういってコーヒーを啜（すす）った。

この男、挑発して反応を見ているのだろう。敦子と似ている。上司と部下という関係から生まれた類似ではなく、元々似たタイプの人間のようだ。

「逆にお訊きしたいんですが、柚木さんの行方について、警察は本当にまだ何の手がかりも摑んでいないんですか」

檜山はこたえず、こちらを真っすぐに見た。

「柚木さんは怪しいんですよ、いろいろ」

「それは」清春もカップを手にした。「柚木さん自身に不審な点があるという意味でしょうか？」

「ええ。周辺の人物じゃない」

「具体的にはどう怪しいんでしょう？」

「それはいえません。ただ、則本を見ればわかってもらえると思いますけど、警察も意外と優秀なんですよ」

カップの中で静かに波打つコーヒーを見ながら続ける。

「あなたのことも当然調べましたし」

清春は黙った。

「あなたも怪しいですよね、かなり」

より露骨に挑発してきた。が、相手にするつもりはない。

この男が頭の中でどんな推理をしていようと、それを裏付ける証拠を持っているはずがない。ひとつでも摑んでいれば、任意同行なり、逮捕なり、検察の了承を得た上でとっくに直接的な行動に出ている。

何もないからこそ、こんな遠回しな話を続けているのだろう。

清春はコーヒーを一口飲み、視線を檜山の顔に向けた。

――嫌な目だ。

そう思った。

富樫と田所と同じだ。何の迷いもなく、自分の考えに一切間違いはないと信じ切った目をしている。確信に満ちた表情が、たまらなく気持ち悪かった。

「まるで正義の履行者――」

清春は苦笑しながら小声で口にしていた。

「違いますよ。正義なんて考えてない」

檜山も小声で言い返す。

「正直、正義を貫く気持ちなんてものはないんです。無い頭をひねって必死に捜査し、犯人逮捕に尽力するのは、自分と家族の生活があるからですよ。給料と社会的保障のために働いているってことです」

途中で区切り、視線をこちらに向けた。

「でもね、それをむしろ健全だと私は思ってる。正義とか善意とか、社会的な大義とか、そんな曖昧なものに頼って行動したら、警察はたちまち狂信者の集団になってしまう。この点に関しては阿久津さん、あなたも同じ意見のはずです」

食堂の職員がカーテンを順番に開いてゆく。

大きな窓の外、桜田濠の向こうに皇居の杜が広がっている。木々の緑は陽光を浴びて輝き、白く燃え上がっているように見えた。

「でですね。あなたをこうして誘ったのは、さっきのようないくつかの確認事項があったのと、その上でお願いをしたかったからなんです」

清春は輝く杜を眺めている。檜山がその横顔を見つめながら続ける。

「柚木玲美さんを見つけ出し、連れ帰ってもらえませんか。則本にも手伝わせますし、こちらが摑んだ情報もお渡しします。逆に、あなたのほうの進捗状況も逐一伝えていただきたい」

檜山がテーブルのナプキンに電話番号とアドレスを書き込んだ。

「私用のほうです。名刺に書いてあるのじゃなく、こっちにお願いできますか」

「私は会社員ですが」

「そういう前置きは端折っていきましょう。少しだけですが、則本との仕事ぶりを見させてもらいました。名誉のためにいうと、則本は何も知りません。今日会っていることも伝えていない。あなたと同じように、自分が探られていることにも、たぶん気づいていないでしょう」

――またひとり厄介な奴が出てきた。しかも、こんな残り時間のない中で。

「違法ですよね」清春はわかりきったことを訊いた。

「まあそうです」

檜山も白々しくいった。

「現時点でわかっていることをお教えすると、柚木さんの身柄は、盗難車を乗り換えながら、山梨方面に運ばれた可能性が高い。ただ、捜査官の管轄外への出張はいろいろ煩わしくて。東京を出ての捜査となると、捜査五課長と人事課長の許可、それに、出張先の県警と所轄署にも許可をもらわなきゃならない。向こうの署の人間と必ずセットで行動することにもなる」

「秘密拡散の危険性を極力抑えたい――小野島静と重光円香の事件を、無事に刑確定まで持っていきたいということですか」

清春が訊くと檜山は頷いた。

日本警察史上初の、司法取引により発覚した殺人事件の捜査過程に、わずかな傷もつけるわけにはいかないのだろう。事件はすでに公表され、世間の重大関心事となっている。諸江美奈子の自首と証言がなければ、ふたりの女の逮捕はなかったことも、もうすぐ公表されるだろう。そうなれば、さらに大きなニュースとなる。

だが、逮捕までの裏側には、さまざまな不正とうそが潜んでいることに、檜山はいち早く気づいた。不適切な行為がひとつでも嗅ぎ当てられ、報道されれば、責任問題は警視庁だけでなく、警察庁、法務省にも及ぶ。小野島、重光の罪状を裏付ける証拠の有効性も大きく軽減、下手をすれば逮捕自体が無効になりかねない。

この男は柚木玲美の拉致を、連続殺人死体遺棄事件とも、諸江の司法取引とも、まったく関係のない失踪事案として取り扱い、処理するつもりでいる。

「あなたが柚木さんを見つけてくれれば、どうとでもなります。ご両親やマスコミへの説明ももちろん私たちのほうで何通りか考えておきますから」

「お断りします」

「だめですよ。拒否は出来ない。お願いを聞いていただけないのなら、あなた、則本、柚木さんの身辺について徹底的に捜査します。本気です。必ず何か見つける。暴き出します」

「何も出ませんよ」

「有罪にできる証拠という意味ですか？　それは求めていませんよ。あなたもよくおわかりのはずです。あなたが怪しく信用ならない人間だと、周囲に疑惑を抱かせるだけの材料が見つかればいい。妹さんの結婚式を控えたこの時期に、それはまずいですよね」

「脅しているようにしか聞こえませんよ」

「脅しているんです。ちゃんと自覚していますよ」

「共倒れになるかもしれない」

「覚悟の上です」

「悪辣ですね」

「ええ。正義の味方じゃありませんから。ただ、組織としての保身や我欲のためだけに、話をしているのでないことはご理解ください。私なりに、社会から本当に隔離すべき罪人を捕らえ、それ以外はなるべく穏便に済ませる方法として、こうしてお願いしているんです」

「僕にできるはずがない」

「目的を達成できるかどうかは別として、あなたは間違いなく適任者ですよ。十代からこれまで、警察の捜査網に一切かからず、証拠も摑まれていない。善悪を抜きにして、資質と能力という面で見れば、やはり素晴らしい」

「あなた警察官ですよね。頭がおかしいとしか――」

「ええ、よくいわれます。ただね、人を見る目だけはあると自惚れていましてね。あなたの資質と才能に、今回は警察提供の情報が加わるんです。柚木さんを連れ戻せますよ。そして、あなたたちはこれまで通りの日常を、また無事に送ることができるようになる」

「警察は」

　そこまでいって、清春は自分でもわからないまま口元を緩めた。

「裏ではいつもこんな悪事を働いているんですか」

「いや、めったにしません。今回はそれほど非常事態なんだとご理解ください」

——まずいな。

日葵明和の社員として、正しいことばかりしてきたわけではない。檜山はまずそこを突いてくるだろう。小さな詐欺や文書偽造をほじくり出し、無理やりにでも逮捕まで持っていく。微罪であっても送検・起訴されれば、十指指紋、掌紋を取られ、口内DNAも採取される。

これまで警察にそんなものを取られたことはなかった。

個人情報が過去の事件データと照合された場合、問題ないと言い切る自信はない。清春が高校生、大学生だった十数年前と較べ、鑑識技術も精度もはるかに進歩している。当時の清春が何も残していないと確信していた現場から、新たな証拠が見つけ出されている可能性もある。

「もし僕が、あなたのいう通りの人間だったとして、そんな相手を信用していいんですか」

「違法な復讐を果たした人間だったとして？　誤解や逆恨みでない限り、復讐心ってのは、酷い現実に直面したとき、絶望せず、どうにかまともな精神状態で日々を生きていくために最も大切なものだと私は思っています。まあこんな考え自体、まともじゃないといわれれば、それまでですけど。だから私はあなたを信用しますし、あなたにもできれば信用してほしい」

「何の保証もないのに」

「どうせこの会話も録音していますよね？　不利益な証拠になるとわかっていながら話し続けたことが、私なりの何よりの誠意です。あなたがこの音源を持っている限り、我々は同じ穴の狢、運命共同体。どちらか一方だけが勝ち逃げすることは、絶対にできない」

檜山が壁の時計を見て立ち上がった。

「行かないと」

「条件があります。妹を、阿久津結真を守ってください。婚約者も含めてです。これには交渉の余地はない。絶対条件です」

「すぐに警備をつけます。妹さん自身にも守られていることを伝えて、ご協力いただいてもよろしいですね」

「構いません。僕からも連絡しておきます」

「では交渉成立です。新たな情報を摑んだら、則本を通じて必ず連絡します。そちらから何かあれば、私用の電話かアドレスに」

檜山が苦笑する。知らぬ間に清春はこの男を睨んでいたらしい。

「きっとそれが本性なんでしょうね。正気の人間の目じゃない。嫌というほど犯罪者を見てきた私にとっても、やはりあなたは特別です」

檜山は背を向けた。清春もあとに続く。

食堂を出て、社会科見学の小学生の長い列の横を通り過ぎてゆく。屈服？ 敗北？ どちらにせよ、選ぶ道はひとつしかない。

檜山に見送られながら警視庁を出た。

陽射しが心地よく、桜田通りに吹く風は涼しい。

なのに首筋がほんのり熱い。人を刺すために、殺すために、ナイフを握りしめているときと同じ緊張が体を包んでいた。

＊

敦子は待合室にある販売機に硬貨を入れた。

野菜ジュースのパックにストローを差し、吸い込む。本当はタバコにしたいけれど、全館禁煙だった。

中央区晴海。司法取引対象者用の一時保護施設にいる。

元は交通機動隊員寮で、今も外観は古ぼけた官舎のままだが、内部はまったく別のものに改修されていた。外部とは厳重に隔離され、医療用薬品や食事への毒物・異物の混入を防ぐため、専用の調剤室、調理施設まで備えている。

諸江美奈子はここに留置されていた。

司法取引を受け入れた協力者とはいえ、諸江も刑事被告人には変わりない。判決が出るまでは鉄格子の内側に収監され、判決が出たあとも、十年以上にわたって警察の保護下で生活を送ることになる。

敦子が接見（面会）を申請したのは昨日。

一般面会であれば、制度上は友人・知人でも会うことはできる。だが、司法取引対象者のため、許可が出る確率はほぼゼロだと思っていた。実際、居場所が漏れないよう、諸江は両親とも間接的な手紙のやり取りが許されているだけで、面会できていない。

それでも五時間後には、「事前に聞く内容をすべてリスト化し、提出する」という条件で、諸江の弁護団から許可が下りた。本人も会いたいといっているそうだ。司法取引成立までの捜査を牽引した点を評価され、検察の承認も得られた。

この施設には指示通り午前八時四十五分に着いた。

身体検査を受け、携帯を預け、約束通り質問リストを提出した。秘匿事項に関する誓約書を七通も書いて、あとはただ待ち続けている。

時計は午前十一時半。

もう午前中の面会はないと思ったとき、接見室へのドアが開いた。ただし、出てきたのは留置担当官じゃない。

弁護士バッジをつけた中年男性が名刺を見せる。諸江の弁護団の一員だった。

「接見は中止させてください」弁護士がいった。

「延期でしょうか」

「いえ、今後もありません。取り止めということです」

「は？　理由は？」

「私たちの依頼人の意向としか申し上げられません」

「それはないでしょう。一度承諾しておいて、あまりに失礼じゃないですか」

男は弁護士特有の他人事（ひとごと）のような、だが、渋い表情で見ている。

「少なくとも理由を教えてください。そうでなければ、約束通り会わせていただきます」

諸江がなぜ今になって拒否したのか――質問リストに提出直前に加えたあの項目しかない。

「柚木玲美さんが行方不明になったことに関係があるんですか」

弁護士は黙って首を横に振った。しかし、他の理由は考えにくい。玲美の行方不明、いや、拉致について追及されることを避けるため、諸江は逃げた。

――やはりあの女は何か知っている。

どうしても会わないと。

「会うことはできません。依頼人にはその意思がありませんから」

納得できないと食い下がる敦子を、弁護士が強い言葉で制した。

「待ってください。代わりに伝言を預かっています」

敦子は激しく動かしていた口を止めた。弁護士が声を落として続ける。

「『ろくばんめのたび』だそうです」

「どういう意味ですか」訊いた。考えても本当にわからない。

「私もわかりません。伝えるようにいわれただけですから」

「他には？」

「ありません。それですべてです」

さらに訊こうとする敦子を、また弁護士の言葉が制する。

「おわかりですよね？　これは接見で取り調べではありません。本人の意思が最優先されます。異議や申し立てがあるなら文書で」

仕事を終えた弁護士が背を向け、待合室を出てゆく。もう終わり。諸江のほうが心変わりでもしない限り、二度と会うことはできない。

鉄格子の向こうへと逃げ込んだ村尾邦宏と同じだ。

――諸江美奈子も隠世（かくりよ）に去ってしまった。

いずれ彼女には、懲役三年執行猶予五年程度の判決が下ることになるだろう。信じられないほど軽い刑だが、保釈されたあとも、執行猶予が明けたその先も、司法取引の対象者として警察に守られ続ける。

「いのちのダイヤル」事務局で玲美がいったように、被害者遺族の憎しみから逃れるため、そして世間の非難を避けるため、諸江は名前を変え、経歴を偽り、住所も変えながら、日本のどこかで別人として生き続けることになる。小野島静と重光円香の連続殺人事件の取り調べと裁判の進行に合わせ、警察、検察、弁護団からの聴取要請を、拒否せずすべて受ける義務もある。

保護という呼び名の、緩やかな監視の輪の中から、彼女は死ぬまで逃れることはできない。

「ろくばんめのたび」

諸江が最後に送ってきた言葉を、敦子はくり返した。

施設を出て、地下鉄月島駅へ向かう。

歩きながら考える。諸江の伝言がその場しのぎの言葉であるはずがない。どんな意味が込められているのか？

だが、壁の陰から、ふいに知った顔が現れた。

捜査一課八係の井ノ原。

敦子の大嫌いな男。急ぎ足で離れようとしたが、大股で追われ、横に並ばれた。

「誰に聞いたんですか」

「聞き込みの途中で、偶然会っただけだ」

「漏らした人間を教えてください。私には調べる義務があります。いわなければ、あなたも懲罰対象ですよ」

「諸江と何を話したか教えるなら、俺も教える」

「何も話していません」

「つまらないうそをつくな」

「本当です。接見を拒否されたんですから」

「どうして？　昨日了承して、今日になって突然拒否なんておかしいじゃないか。理由を説明しろ」

「諸江の弁護士に訊いてください。私も知りたいんです」

「そもそも諸江に会いにきた理由は何だ」

「司法取引を持ちかけた人間として、彼女のその後が気になって会いにきただけです」

「白々しい。本当は何を探っている？　いい加減に話せ」

敦子の携帯が鳴った。

「出るなよ。答えろ」

無視してバッグを探る。五課七係檜山係長からの着信。

「係長からです」画面を見せた。井ノ原が舌打ちして首を振った。

敦子は話し出した。

「はい、現場からもう離れています。いいえ、直前で拒否されました。ええ、今日になって。でも今、井ノ原さんが……いや……わかりました」

携帯を差し出した。「係長が代われと」

井ノ原は携帯を摑むと背を向け、尖った声で話し続けた。

自分の携帯があいつの肌に触れるのも、つばを浴びるのも心底嫌だけれど、今はしょうがない。すぐに拭けるよう、バッグから消毒用ティッシュを出した。

井ノ原が振り向き、携帯を返す。通話はもう切れていた。

「先に戻る。午後三時に第五だ」

第五小会議室に来いということだ。

「うちの係長と俺、檜山さんとおまえ、四人だけだ。互いの持っている情報(もの)を出し合って、この先について話す」

——係長め、勝手に決めやがって。

「それから明日の予定をメモして持ってこい。しばらく俺とおまえで組行動する。そういうことで話がついた」

「嫌です」即座にいった。

「嫌でも命令だ。俺じゃなくて檜山さんのな」

井ノ原が地下鉄月島駅への階段を下りてゆく。

敦子はティッシュで携帯を入念に拭き、すぐに檜山に電話した。命令に逆らえないのはわかっている。それでも文句をいわずにはいられない。

通話状態になるとまくし立てた。

『あとで好きなだけ聞いてやる。だから一回黙れ』

構わず敦子は話した。が、檜山が強くいった。

『大事なことだ。今さっき阿久津清春と話した』

唇が固まる。動揺を悟られぬよう言葉を探したが出てこない。檜山から清春と何を話し、どんな合意をしたのか説明された。

『柚木玲美の捜索は阿久津にやらせる。こちらも可能な限り労力を割いて行方を追い、その情報を阿久津に流す。パイプ役はおまえにやってもらうからな』

相づちくらい打つべきだが、できなかった。

『課長、部長は同意済み。その上への対応ももちろんできている』

警視庁挙げてこの工作、いや、違法行為を認めているということだ。

ただし、詳細に知らされているのは部長までだろう。それは不都合な状況に陥った場合、すべての責任を檜山と敦子で負うという意味でもある。

『これは俺が馬鹿な頭をフルに使って考えた最善の策だ。何があろうと従ってもらう』

「恫喝ですか、温情ですか」敦子はようやく声を絞り出した。

『好きに取ってくれ。ただ、それでも拒否するなら、例のお兄さんの遺書にあった死体遺棄の件で、もう一度嫌な思いをしてもらう。おまえに不利な証拠を並べて、一課に再捜査を依頼するよ。どれも新しい証拠だ』

――村尾邦宏だけでなく、係長にまで。

自分の隠蔽の甘さを思い知らされる。けれど、高校生のころの私には、あれが最善であり限界だった。

「いつから私を調べていたんですか」

『五年前。あの件でおまえを送検しないと内々で決まったころに、別の視点から再度調べてくれと命令があった』

「内務調査もやってたんですね」

『いや、内務調査が扱わない些末なことを嗅ぎ回る役目だ。で、好ましくないものを見つけたものの、あらためて騒ぎ立てるほどじゃないと判断して、俺のところで止めておいた。その上で、おまえを無理して俺の係に引っ張ってきた』

「周りが持て余した末に、押しつけられたんだと思ってました」

『違う。能力を評価しての結果だ。あんな下らない事件で、おまえを埋もれさせちゃいかんと思ったんだよ。うそじゃないぞ』

「私を調べて何を見つけたんですか」

『正直にいうはずないだろ。ただ、知ってる通り、豊田はじめ、うちの連中は見かけによらずいい仕事をするよ』

確かに七係は有能だ。だが、仲間のような顔をしていた連中に、裏で調べられていたとわかるのは、やはり気持ちのいいものじゃない。わずかでも、同僚たちに好意を持たれていると思い込んでいた自分が恥ずかしい。

――そうか。私の薄汚い部分をずっと探られ、覗かれていたんだ。

「責めないんですね」敦子はいった。

『小野島と重光の事件に関してか？　危ない橋を渡るのは覚悟の上だ。これだけ旨味のでかい案件(ヤマ)が、何の裏もなく転がり込んでくるわけないだろ』

「でも、結果として七係全体を危険に晒(さら)してしまいました」

『反省してるなら、それでいい。それとも、怒鳴られたほうが気が楽になるか』

「いえ、腹が立つだけなので何もいわれたくありません」

『だったら余計なことを気にせず、指示された通りに動け。今、豊田たちのデータ分析を待っている状況だ。進展があったら、すぐに連絡する』

「こちらからも調べてもらいたいことがあります。まず益井修介」

益井の漢字表記と経歴を説明してゆく。

「もうひとつ、ろくばんめのたび」

『曲名か作品名か？　スラングや流行語？』

「わかりません。選択肢は狭めず調べてもらえますか」

『諸江美奈子から聞いたのか』

「はい。弁護士を通じての伝言です」

『益井のほうは？』

「私が――」

『おまえと阿久津清春で見つけ出した名前か』

返す言葉が見つからない。正直に「はい」とはいえなかった。

『いいよ、無理にこたえなくて。ただ、おまえの仲間は阿久津だけじゃないのを忘れないでくれ。今、七係は通常業務休止中だ。周りからコソコソ何をやってるんだと責められながら、全員で違法任務に邁進している。この作業の先頭にいるのがおまえだ。逆にいえば、うしろで支えている連中がいるってことだ』

「それは励ましですか」

『いや、責任の重さを痛感させてるんだ。阿久津とおまえがドジを踏めば、皆無傷じゃいられない。おまえがどんな種類の人間で、何をしてきたとしても、能力を認め、運命を任せている連中も、わずかながらいるんだよ』

「一蓮托生(いちれんたくしょう)ってことですか」

『いや一味神水(いちみしんすい)だよ、俺たちは。これまでも、これから先もな』

「そんな水、私は飲んだ記憶ありません」

『飲んだんだよ、おまえは。自分でも知らない間に。今は……十二時半か。俺もメシに出るから、おまえもひと休みしたらこっちに戻ってくれ。一課の連中にどう話すか決めよう』

「わかりました」

『あとな、村尾邦宏が死んだ』

「そうですか」軽く返したあとに指先が痺れるのを感じた。

待ち望んでいた瞬間だから？　違う。これからまた何かが起こる前兆のように感じたからだ。

『今朝方だ。ただし、発表は明日にするらしい。今日は諸江の件で手一杯だそうだ』

今日の午前十一時。小野島と重光の逮捕は、司法取引による告発がきっかけであると発表になった。

ただでさえ報道が過熱していたところに、新たな燃料を投下したことになる。あらゆる媒体が、しばらくはこの殺人の告白者を必死で探し続けるだろう。その隙に柚木玲美を見つけ出し、あの女に頼まれた面倒な案件もかたづけてしまわないと。

空腹だけれど、食べる前に一服したい。

タバコをくわえたところで気づいた。もう都内は全域で路上喫煙禁止だ。吸ったり吸わなかったりの期間をくり返しているせいで、警察官のくせにすぐ忘れてしまう。すぐ横が児童公園で、小さな子供を遊ばせている母親たちが睨んでいた。

タバコをポケットに入れると、携帯で近くの喫煙場所を探し、百メートルほど離れた複合ビルの中に見つけた。

敦子は駆け出しそうな速さでそこへと進んでいった。

清春は大井町(おおいまち)駅近くのビジネスホテルにチェックインすると、すぐにそこを出た。服装はスーツではなくジーンズにセーター。このほうが、富樫や田所、宮島の目につきにくいと思ったからだ。慣れない変装のつもりで、度の入っていない眼鏡もかけている。

まだ敦子からの連絡はない。今のうちに、できる限りの準備をしておきたい。

とりあえず秋葉原(あきはばら)の電気部品屋を回ろう。小細工だろうと、生き延びる方策は少しでも多く用意しておいたほうがいい。

正直、怖さを感じていた。

村尾と玲美に致命的な秘密を握られているだけではない。警視庁の檜山までもが、露呈していない犯罪の気配を感じ、嗅ぎ回りはじめた。

破滅の意味を人生ではじめて本気で考えながら、京浜東北線に乗った。

これまで以上に警戒しながらドア脇に立ち、携帯画面を眺めるふりで周囲を窺う。

ニュースを確認すると、小野島静と重光円香による殺人事件関連の記事で溢れていた。

「本件は改正刑事訴訟法合意制度の適用事件」

警察が発表したことで、早くも司法取引をした人物探しがはじまっていた。

小野島は逮捕当初否認していたが、現在は黙秘しているという。

逆に、重光は罪状について認め、取り調べにも協力的らしい。自宅に遺体を埋めていただけあって、見つかれば逃げられないという覚悟があったのだろう。ただし重光も、自分と小野島、司法取引をした人物の三人での犯行だと話し、それ以外の人間の関与は否定している。

先生についても一切語っていない。

面倒なことに、重光のタロット占いサロンの常連たちが救済に動いていた。客には、有名な女性経営者や俳優の妻など金持ちが多く、共同で辣腕な弁護士を複数雇った。今現在重光を担当している国選弁護人との交代手続きを進めている。

まるで信徒だ。

自分たちを救ってくれた重光を、今度は自分たちが救おうとしている。果たしてそれは、純粋に無実と信じているからなのか、それとも、自分たちが頼る先を失いたくないという利己的な思いなのか清春にはわからない。ただ、それほど強く重光は、客たちの心を摑んでいた。

秋葉原駅の改札を出て、パーツ店を回ってゆく。

コンデンサー、マイクロコントローラー、抵抗、可変抵抗、ダイオード、錫メッキ線、銅線、MOSFET。電源用のリチウムポリマーバッテリー。予備バッテリーを取り出すための中古携帯も買い込んだ。

五寸釘に金属ヤスリ、予備としてアルミの円柱材も用意しておこう。

携帯が震えた。明和フードシステムズの戸叶課長だ。

『今話せる？』

「はい」歩道の端に寄った。金曜の夕方。通りを走る車のせいで電話の声が聞き取りづらい。

『うちと日葵明和本社の両方に、藤沼紀子の雇った弁護士から調査協力の依頼があった。あなたの昨年度中の勤務記録を開示してほしいって。同じ依頼が、柚木さんが勤める亀島組にも行ってると思うわ』

藤沼晋俣の勤務記録と照らし合わせ、三人の動きに不審な一致や共謀の可能性はないか、もう一度洗い直そうとしているのだろう。

「徹底的に争うという意思表示だと思います」

『それはわかってる。いざとなれば御社も巻き込まれますよっていうお定まりのプレッシャーをかけたかったんでしょう。開示は本社の法務部が当然拒否する。問題は、民事だけじゃなく刑事で争える証拠を、向こうが本気で集めてるってこと。法務部はそこを気にしてるんだけど、柚木玲美さんは本当にだいじょうぶ？』

「どんな点に不安を感じるのか教えていただけますか」

清春は探りを入れた。戸叶をはじめとする会社側の疑りの深さではなく、藤沼の母が雇った弁護士が、どこまで摑んでいるのか確認しておきたかった。

『向こうの弁護士が提出した報告書によると、実のお母さんの死の真相と行方不明のお姉さんを捜すために、ずいぶん前から複数の興信所や調査機関に依頼をくり返している。それに、いろんな団体にも参加してるわね。犯罪被害者救済のペリカンネット、ビクティムサポートの会、被害者の人権を考えるネットワーク……手がかりを探すのに執心して、違法なところまで手を突っ込んでない？』

報告書はペリカンネットについて書いていながら、彼女と村尾邦宏との関係には触れていない。ふたりは巧みに周囲に関係を知られないようにしていたのか？　それとも、向こうの弁護士は情報を摑みながらも、今はまだあえて伏せているのか？

「確かに以前は事件が重いトラウマになっていましたけれど、近ごろは落ち着いているように見えますし」

『あなたと出会ったから？』

「そうであってくれたら嬉しいです」

『彼女、今は元気にしているの？』

「ええ。自宅で静養しています。事件直後の動揺からも、だいぶ持ち直してくれました。訴訟の件も、法廷でありのままを話せば解決すると本人はいっています」

『だったら……まあしょうがない』

戸叶は納得していない。それでも追及する言葉を飲み込んでくれた。

『面倒なことになりそうなら、すぐに連絡して。私に話しにくいなら田乃上課長でもいい。事が表に出る前なら、どうにか火消しできるかもしれないから』

「ありがとうございます。恩に着ます」

『説教臭いことはいいたくないけど、あなたは女に溺れるタイプじゃないし、情に巻かれて沈んでゆく人間でもない。半日しか一緒に過ごしてない私にもわかるわ。いい？　本来の自分を見失わないで』

「わかりました」

やばいな。見抜かれている。

通話終了。どっと疲れが出た。部活の顧問の厳しい視線からようやく解放されたときのような気分だ。なぜだろう？　たぶん戸叶課長の善意が怖かったのだと思う。

清春自身を含む、数多くの人間たちの思いやりが暴走した結果が、今のこの有様だ。皆が抱いた善意という名の我欲が、周りを傷つけ、人さえ殺してきた。そんな誰も幸せにしない状況を、あの五月十一日金曜の夜から、ほんのひと月ほどの間に嫌というほど見てきた。

ため息をつくと、また携帯が震えた。

敦子からの着信。

――出たくない。

このまま二度と帰らないつもりで海外にでも旅に出てしまおうか。そんなことを本気で考えながら、通話ボタンを押した。

『檜山係長から聞いた。そういうことだから』

「あやふやですね。具体的にはどういうことですか？」

『私に詰め寄らないで』

「則本さんだけを非難するつもりはありません。あなたの企みでないこともわかります。でも、諸江、小野島、重光の一件を、あなたが半ば強引に警察案件にした結果、飛び火して巻き込まれたのは間違いないですから」

『それについては謝る。ただ、逃げるわけじゃないけれど、状況は大きく変わってないでしょ。命令してくる人間が代っただけで、半分奴隷の身なのは変わらない』

「これで半分ですか？」

『自分の意思で今すぐ死ぬ自由があるだけ、完全に奴隷じゃない』

的確過ぎる表現に、白けた笑いが漏れる。

「檜山さんはどれくらいのことを摑んでいるんですか」

『私に関することは今の時点では伏せておく。君についていうなら、具体的な証拠は本当にまだ何も摑んでいないと思う。私自身、君が何をしたのか、まだ知らされてないし。私だけ仲間外れで、他の七係の連中は聞かされてるのかもしれないけれど』

「檜山さんの部下である、あなたの今の言葉が本当だという証拠は？」

『ない』

清春は通話を通しても聞こえるように強く舌打ちした。

『しょうがないでしょ、私も半分奴隷の身なんだから』敦子がぶっきらぼうにいった。

『とりあえず柚木に関して報告する』

玲美を拉致した連中が山梨・静岡方面に逃走したことは確定したが、それ以外目立った進展はなかった。ただし、警察はNシステム（自動車ナンバー自動読み取り装置）で全国規模の検索を行っている。ナンバーだけでなく、車種、運転手や同乗者の顔も読み取れ、公表はされていないが、走行車のカーナビから抜き取った情報を元に、経路や走行時間を特定することもできる。ただ、データ数が膨大なのとホストコンピューターが旧式なせいで、処理にかなりの時間がかかるらしい。

『もう少し待って。必ず行き先を県単位ぐらいまで絞り込むから』

さらに諸江美奈子からの伝言を聞いた。

『ろくばんめのたび、だって』

「漢字ではどんな表記ですか」

『わからない。だから訊いたんだけど』

「警察が総力を挙げればわかるでしょう」

憎まれ口をいった直後、思い出した――

だが、浮かぶのは断片だけ。

記憶を辿ってみたけれど、ぼんやりしている。写真を撮ったのに、データの入っていた携帯は富樫と田所に奪われてしまった。

撮ったことで気が弛(ゆる)み、記憶が曖昧になる悪い癖が出た。まったく。頭と顔を自分の手で強く叩く。

「少し時間をもらえますか」

『心当たりがあるの？』

「はい。でも確信は持てません」

『今日中には何かわかる？』

「二時間以内に連絡します」

『当てにしてる』

「期待しないでください」

いい終わる前に通話を切られた。

——行くしかないか。

今一番行きたくない場所だが、しょうがない。電車のほうが早いけれど、夕方の込み合う時間帯に乗る勇気はなかった。車内で刺し殺されるかもしれない。

渋滞している道を眺めた。混んでいても一時間あれば着けるだろう。

決心すると、手を上げ、タクシーを止めた。

13

玲美は目を開けた。

壁が見える。白いペンキが長い年月を経て、くすみがかったクリームに変色している。

それをぼんやり眺めたあと、自分の体が横たわっているのに気づいた。

シーツの感触。結束バンドで縛られた手で撫でてみると、やっぱりベッドの上だった。

頭も体も重い。よくある過度の睡眠剤投与の反動だ。

ベッド脇にはガラス窓があった。施錠されている。窓の向こうには金網と目隠し板が二重につけられ、外の様子もわからない。隙間からかすかに見える空は黒く、夜になっていた。

暗い窓ガラスに自分の顔が映った。

――私の服じゃない。

患者服のようなベージュのワンピースを着ている。

はっと驚き、慌てて裾をめくった。ブラをつけていない。下は……ショーツは穿いていた。デザインや色を確かめる。自分のものだ、間違いない。太腿や腰も確かめた。痣や擦過痕はない。レイプの痕跡はとりあえず見つからなかった。それでも鼓動は速く刻み続けている。襲われていないと確信できないから？

違う。恥ずかしいからだ。体が汚されたかもしれないと驚き、慌てている。こんなに心は汚れているのに。何を犠牲にしても構わないと、あれほど覚悟していたはずなのに。

――計算通り。そうでしょう？

語りかけ、自分をなだめてみる。拉致される可能性が高いことは、村尾さんからも聞かされていた。むしろそれが近道だとも思っていた。

でも、体がこわばる。

——消せない緊張に慣れる術は、もう覚えているでしょう？

あとは怖さに慣れるだけ。時間とともに慣れていく。そう、慌てないで。怖がりながらでいいから、まずこの場所を確かめよう。

鏡のついていない洗面台。天井の蛍光灯には安全用の透明なプラスチック・カバーがついている。壁に酸素供給と吸引用の二種類のチューブ接続口もある。

ここ、病室だ。

ドアはふたつ。ひとつを開けると、向こうはたぶんシャワーとトイレ。もうひとつは、きっと廊下に通じている。

少し寒い。ベッドの隅にある毛布をたぐり寄せ、肩にかけた。

大声でわめいて反応を確かめる？　その前に、何か飲みたい。喉がカサカサだ。

ベッドを下り、両手足を縛られたまま這うように洗面台へ。古い蛇口の取っ手をひねったけれど、何も出ない。

ほぼ同時にノックの音が響いた。玲美はびくりとして、そちらを見た。

ドアが開き、入ってきたのはマグカップを手にした知らない女だった。年は玲美と同じくらい。整った顔、胸元まで伸びた髪。ブラウスにジーンズで笑いかけてくる。

「どうぞ」カップを差し出す。

この声、運ばれてきた車の中で聞いたのと同じ。玲美は手を伸ばさなかった。

「ただのお水。何も入ってないからだいじょうぶ」

そういわれても飲みたくない。

「服とバッグは取ってあるから」女が続ける。「位置発信機能つきのものが混ざっているかもしれないから、念のため持ち物全部預からせてもらったの」

「ここはどこ？」玲美は訊いた。「あなた誰？」

お定まりの質問をして睨む。

「私が答えるべきじゃないと思う。姉が話してくれるから、もう少し待って」

「姉って」

「そう。私たちの」

「私たち？」

「あなたと私のお姉ちゃん」

聞いた瞬間、胸を強く突かれたように感じて、それから胃が熱くなった。絞られるように体の奥から不快なものが込み上げてくる。

がまんできない。洗面台に寄りかかり、吐いた。渇いた喉の奥から苦くて濃い液体が噴き出し、白い洗面台に散らばり、黄色い染みを作ってゆく。

「だいじょうぶ？」女がいった。

気持ちが悪い。また吐いた。倒れそうになって洗面台の縁を縛られた両手で摑んだ。

――あなたと私の。

頭の中にくり返し響く。口から胃液と唾液が垂れ、涙が落ちてゆく。喉が痛い。女の手が玲美の背中をさすっている。柔らかく優しい手の感触。なのにそれさえ気持ち悪い。苦くて痛くて、怖くて、玲美は顔を上げられなかった。

*

義父母は自宅の玄関先で待っていた。

「突然申し訳ありません」

頭を下げながらタクシーを降りた清春に、義父が会釈して返す。

義母は何もいわず見ている。

義父は会社を休んでいた。拉致犯に観察されている可能性を考え、警察からは普段どおりの生活を心がけるよういわれたが、当然仕事どころではないのだろう。

警察官の姿は見えなかった。ただ、革靴が二足、ポーチに揃えて置かれている。リビングに待機しているようだ。

二階へ上がり、玲美の部屋へ。

義父はすぐにまた階段を下りていったが、義母は部屋を出ていかない。

「一緒に見ますか」清春が訊くと、扉の横に立ったまま頷いた。

――ここは私の家だもの、好きにさせてもらう。

疲れで皺の目立つ顔がそういっている。

清春はクローゼットを開くと、ジュエリーボックスを出した。引き出しを取り、底蓋を外して、隠されていた写真と封筒をベッドの上に並べてゆく。

姉・奈々美の誕生日に毎年届く、実母と姉との思い出を写した送り主不明の写真たち。

義母は驚いている。玲美の二十歳を境に途切れ、もう届かなくなったと信じていたのだろう。だが、不幸の象徴のような封筒は、今もまだ届いていた。

しかも、娘はそれを隠していた。

清春は一枚ずつ確かめてゆく。そして見つけた。

六番目。

姉の奈々美が行方不明となってから六年後の、彼女の誕生日に届いた封筒。

水族館をイメージした写真が入っていた。

何種かの画像を切り抜き、並べ、コラージュしたものをあらためて撮っている。画像は海外のシーパークや水族館のホームページから拾ってきたものだった。大水槽の中を海獣のジュゴンが泳いでいる。その周囲を飾るように、蓮の花が並んでいる。

玲美はこういっていた――

「私が五歳、幼稚園のとき、鳥羽水族館に家族三人で旅行したの。母の大学時代の友達が津市で暮らしていて、遊びに来るよう誘ってくれた。電車の時間が長くて、退屈だった。ぐずって母に怒られたのを覚えてる。水族館は途中まで楽しかったけれど、ジュゴンを見てすごく怖くなって、私ひとりでわんわん泣いてしまった」

海藻を食べるとき、突然口を横に大きく広げ、変形させたことが怖かったそうだ。

「優しい顔で泳いでたのに、急に掃除機みたいな口をした気味の悪い生き物に変わってしまったように思えた。その日は津市のホテルに泊まったけど、ジュゴンを思い出してめそめそしていた私に、従業員さんがピンクの蓮の花をくれたの。その方、ベトナム人で、『私の国の言葉で、蓮はセンっていうんだよ』って。濁った水の中に、とてもきれいな花を咲かせることも教えてくれた」

諸江美奈子が伝言した「ろくばんめのたび」――ありふれた家族の思い出に埋め込まれていた幼稚な暗号。

諸江はなぜそれを知っていたのか？　そして、なぜ教えたのか？　罪滅ぼし？　玲美への哀れみ？　組織的な待ち伏せのため？

今は考えを巡らす前にまず連絡しよう。迷ったけれど、檜山ではなく敦子にかけた。

『わかった？』ワンコールで敦子の声が返ってくる。

清春は見つけた写真について詳細に話した。

『三重県の鳥羽市と津市だね。その周辺を重点的に探させる。証拠の写真は、その家に詰めている捜査員に渡して。こっちにデータを送らせるから。君の手で渡してくれないかな。特にお母さんには気をつけて、発作的に写真を破かれたり、燃やされたりしないように』

敦子も義母の心情を見抜いていた。

通話終了。黙って内容を聞いていた義母は、まだ睨んでいる。

諸江がジュゴンの写真を知っていたことに、清春はそれほど驚きを感じなかった。むしろ写真に刻まれた出来事が起きたときのことを思うと、気味が悪くなる。

玲美の実の母が死に、姉が行方不明になるさらに一年前——二十年前に鳥羽と津への旅行に誘ったのは、本当に実の母の友人だったのか？

母娘三人の他愛ない記憶。それさえも仕組まれたもののように思えてくる。

そう、たぶん作りものなのだろう。

考えていると階下で電話が鳴った。敦子から捜査員への連絡だった。

階段を上がってきた義父が捜査員の代わりにジュエリーボックスを受け取り、また降りてゆく。あとについてゆこうとした清春を、義母の声が引き止めた。

「今、誰に何を教えたの？」

「警視庁の刑事さんに、あの写真に関して玲美さんが何を話していたか伝えたんです。行方の手がかりになるかもしれないということで」

「それで玲美の居場所は？」

「まだわかりません。今伝えた情報を考慮に入れ、捜索を続けるそうです」

「警察はどうして家にいる私たちじゃなく、わざわざあなたに連絡したの？　それにあなたは、今も写真が送られているのを知っていた。私たちは十九歳のときに届いたのが最後だと思ってたのに。どうして？　親なのに何も教えられてない」

「話さずにいたのは、玲美さんの優しさだと思います」

「ねえ、あなたたち本当は何をしているの？　玲美と一緒にいる理由は何なの？」

「彼女に惹かれているからです。好きだからです」

「ごめんなさいね。信じたいのよ。でも、あなたは心配そうな顔をしているだけで、目の奥は少しも苦しんでいない、悲しんでいない。私たち夫婦とは、肌の色も瞳の色も違うあの子を、ずっとせいいっぱいの愛情を込めて育ててきたんだもの。言葉や表情とは裏腹な、他人の冷めた視線には人一倍敏感になったわ」

胸が痛む。偽善ではなく本当に苦しい。

「あなたの目は玲美を心から愛しているようには見えないの。本当にごめんなさい」

「では、今は信じてもらわなくて結構です。少しでも早く玲美さんを見つけ出すために、急がせてください」

義母は引き止める代わりに、「何も信じられない」と涙を浮かべた。

階下には義父が待っていた。漏れてくる声を聞いていたのだろう。

「車で送っていきますよ」義父はそういってくれた。

「いえ、タクシーを拾います。見つからなければ携帯で呼びますから」

「無事に戻ってきてくれるなら何でもいい。それだけです」

玄関で靴を履く清春の背中で、義父が小さくいった。

清春は深く頭を下げ、玲美の家を出た。

警戒しながら早足で進み、大泉通りへ。空車に手を上げ、乗り込む。

とりあえず新宿近くまで出て、そこから尾行を警戒し二回ほどタクシーを乗り換え、大井町のビジネスホテルに一度戻るつもりだった。

混雑具合を説明する運転手に道順を任せ、シートに体を沈めたところで、また携帯が鳴った。敦子からの着信。

『今どこ？』

「家は出ました。タクシーに乗ったところです」

『ちょうどよかった。行き先は？』

「新宿です」

『東京駅に変更して。理由は向かっている間に話すから』

清春は丸の内北口改札を入った。

金曜夜の混み合う東京駅構内を進んでゆく。

右手には合成皮革の大きめのバッグ。服装はスーツに着替えた。この時間帯の新幹線に乗るなら、たぶんこの格好が一番目立たない。

ホームから階段を下りてきた乗客が広いコンコースで混ざり合い、また分散してゆく。

携帯が震えた。妹の結真からのメール。結真にも内容の漏洩防止のため、しばらく連絡にSNSを使わないよう伝えてある。

無事の報告だった。婚約者もいつもと変わりなく仕事から帰ってきていた。リビングでふたり並んでいる画像が添えられている。

結真の顔が笑っていたので、少しだけ気持ちが安らいだ。作り笑いだとわかっていても、やはり嬉しい。警察の警護がつくと連絡したときは動揺していたが、落ち着きを取り戻してくれたようだ。

『こちらも変わりなし』

そう返信した。うそだが、これでいい。鼻と肋骨の骨折も、まだ結真には知らせていない。

またメール。誰からか一瞬わからなかったが、気づいたときにはため息が漏れた。五月の夜、玲美のストーカー事件に巻き込まれる直前に結婚を祝った、あの元日葵明和の先輩だった。

『いつでも来てくれ』

日本を出てメキシコで一緒に働かないかと誘っている。同僚が「阿久津に出向辞令が下りた」と伝えたそうだ。

――こんなときに。

メールには現地の状況も細かく書かれていた。麻薬や不法移民ビジネスに関わらなければ、商売上で危険な目に遭うことはほとんどないらしい。

正直、惹かれている。メキシコだからではなく、今の状況から抜け出せるのなら、たぶんどこでもいいのだろう。もしパスポートを持っていたら、このまま地下ホームに向かい、成田エクスプレスに乗っていたかもしれない。

だが、最後の一行が現実に引き戻した。

『一度彼女と遊びにきてくれ』

玲美のことをいっている。

一緒に行きたいわけがない。可能ならば二度と顔も見たくない。

一切関係のない他人に戻れるよう、今は一刻も早くあの女を探し出さなければ。

清春の乗る「のぞみ」は午後八時二十分発。座席はグリーン八号車の5C。

データをハッキングされ先回りされないよう、切符購入に携帯のオンライン予約は使わなかった。駅の券売機で買ったあと、もう一度窓口に並んで座席変更手続きをしてある。

敦子からは名古屋に向かうよう指示されている。今夜中に愛知に入り、明日には三重県の津に向かう。

津市内に三十年以上前、益井修介が購入した土地が登記されていることがわかった。土地は貸し出され、住民票によれば、二十年前からまったく違う家族が暮らし、今は耳鼻咽喉科医院を開業している。

そこに玲美がいる可能性は高いが、確証はない。現時点では、警視庁から玲美の失踪に関して三重県警への捜査協力要請もしていない。

敦子とは明日土曜の夜、合流する予定になっている。

小野島静と重光円香による連続殺人死体遺棄事件の今後の取り調べに向け、明日朝から警視庁、各県警、警察庁、検察庁、さらに法務省まで加わった全体協議が開かれ、敦子も出席を要請されているという。

「終わったら私もすぐに向かう」といっていた。

発車十分前。混み合う階段を早足で上り、八号車の車内へ。

席を探したり、荷物を棚に上げている客のせいで、通路は渋滞している。清春もゆっくりと進む列に加わったが、うしろから声をかけられた。

「すみませんが、この席はどこ――」マスクをつけた初老の女が切符を手に訊いてくる。言葉の途中で「不會説日語（ブウクウシヨウリユウ）（日本語は話せません）」と返したが、それでも「あの」と話しかけてきた。清春は素っ気なく首を振ったが、女は諦めず、「この席」と体を寄せた。

清春はすぐに離れると、目の前の人混みをかき分けた――逃げるために。

だが、女が腰にしがみついた。間を空けず顔につけたマスクを外し、わめき出した。

「痛い痛い」鼻と口周りが赤く染まっている。「やめてやめて」

鮮やかな本物の血。直前に自分で傷つけたのだろう、唇も口の脇もばっくりと裂け、濃い赤色が流れ落ちてゆく。

露骨な妨害。

叫び声が車内に響き、視線が一気に集まる。初老の女はしがみついた腕を放さず、「助けて」をくり返しながら、その場にうずくまった。

ほとんどの乗客が状況を把握し切れない中、通路の前とうしろで男女が声を上げた。

「だいじょうぶですか」紺色のスーツの若い女が呼びかける。「取り押さえて」ボーダーのカットソーを着た体格のいい男が怒鳴る。女は二十歳前後、男は二十代半ば。ふたりとも前後から清春を挟むように、混み合う通路を進んでくる。

あいつらは正義感溢れる第三者なんかじゃない。この血を流し叫ぶ女の仲間だ。

清春は女の摑む手を力ずくで引き剝がすと、シートの肘掛けに足を乗せ、駆け上がった。そのまま並んでいるシートの背もたれから背もたれへ飛び、頭を下げ駆け抜けてゆく。

座っている客たちが驚き、声を上げる。

「止めてください」紺色のスーツの女がしつこく叫ぶ。「捕まえて」

若い女の訴えに心動かされた客たちが、清春に向け手を伸ばす。先を遮る何本もの腕を、どうにかかわしながらシートの背を飛び続ける。

発車のベルが鳴り出した。車両後方の扉の前で、つんのめりながらまた通路に飛び降りた。混み合っていた客がわっと避け、空間ができる。

車外まであと少し。が、扉から駆け出る寸前、うしろから襟首を摑まれた。振り向くとボーダーを着た男だった。追いつかれた。力が強く、近くで見ると首も太い。襟元も摑まれ、引き寄せられた。「こっちは囮だ。益井は県警に逮捕された」清春は叫んだ。男が一瞬動揺した隙に、鼻に頭突きを入れる。二度三度と頭をぶつけ、額に男の鼻血がこびりつく。手にしていたバッグで殴ると、ようやく男の手がほどけた。

ベルの鳴る中、転げ落ちるように車外へ。すぐうしろで扉が閉まった。

車体に並ぶ窓の内側から、いくつもの顔がこちらを見ている。

清春は肩で息をしながらホームの階段を下りた。早足で進み、八重洲側の改札から駅の外へ。客が並んでいるタクシー乗り場の横を通り、信号を渡って、オフィスビル街にあるコインパーキングへ向かう。

念のために用意しておいたレンタカーのシートに座った。

初老の女、スーツの若い女、ボーダーの男。三人とも見覚えはないし、警察資料の中にもなかった。容姿は似ていなかったので血縁者ではないだろう。金で雇われたのでもない。あの初老の女の常軌を逸した目は、利害の絡んだ人間のものとは明らかに違っていた。清春に殴られたと見せかけるため、マスクの内側には事前につけた傷の血が染み出ないよう加工までしてあった。

あんな奴らが、他にも駅の数ヵ所に潜んでいたに違いない。連中はこちらの情報を摑んでいたのではなく、次の動きを予想し、人数を使っていくつもの場所に罠を張っていたのだろう。

田所瑛太の言葉を思い出す。

皆でずっと見張っている。この先も君から目を離さない。

——これは情報戦じゃない。胸糞の悪いゲリラ戦だ。

田所と富樫に加え、女が、年寄りが、子供が、殉教の覚悟をした奴らが狙ってくる。その奉仕を越えた献身は誰のため？　もちろん益井修介のためだ。

疲れのせいか、こんなときなのに生あくびが出る。

行ったこともないメキシコの風景が頭に浮かぶ。首を何度も振ってそれを消し去り、エンジンをかけた。

「倉知さん」小さく声に出してみた。

少し待ったが、幻聴は聞こえない。幻覚も見えない。

空しいだけだった。

清春は静かにアクセルを踏み、パーキングを出た。

*

敦子は通話を終えると、携帯をデスクに置いた。

椅子に座ったまま、両手で顔を覆う。

「阿久津か？」檜山係長が訊いた。

「はい」すぐに顔を上げ返事をした。「今浜松（はままつ）を過ぎたそうです。名古屋でホテルが決まったら、もう一度連絡が入ります」

「東京駅のほうは話がついたから」

清春が巻き込まれた車内での暴漢騒ぎのことをいっている。鉄道警察と折衝し、誤通報ということで処理したようだ。

三人の男女は清春に逃げられたあと、自分たちも品川駅ですぐに降り、ホームで保護しようと待機していた駅員を振り切って逃げている。清春が自衛策として自分のバッグから隠し撮りしていた映像を送ってきたが、初老の女の流血は、明らかに自演だとわかる。

三人の映像は、今、警察庁管理の全国規模のデータバンクと照合している。加害者だけでなく被害者側の登録分も検索するとなると、警察のひと世代古いコンピューターシステムでは、結果が出るのは早くても明日の朝になってしまう。

午後十一時半。五課七係のデスクには、もう敦子と檜山しか残っていない。

東京駅では新幹線に乗れなかったものの、レンタカーで新横浜駅に移動し、午後十時十八分発の「ひかり」に乗車。今のところ車内では妨害に遭っていない。

清春からは約束通り経過報告が入っている。

小野島静と重光円香の事件を議題とする全体協議は、確かに明日土曜に開かれるが、敦子は出席しない。檜山から「行くな」と命令された。

明日は本庁内での待機指示が出ている。

柚木玲美の居場所が津市周辺以外だと判明したとき、急行する要員確保のためだが、そんなものは言い訳でしかない。

　この件は清春と玲美の私事として処理する——警察官の立場では、もう関わるなということだ。実際、ふたりが負傷・死亡した場合に、どう対応、処理するかの具体的な段取りも、もう檜山から伝えられている。

　敦子はやましさを感じていた。

　なけなしの正義感とは別の何かがそう思わせる。ようやくこの一連の厄介事と自分を切り離せそうなのに、すっきりするどころか、疼くような、滲みるような痛みがある。

「さっきの話、豊田から説明されたんだろ？」檜山が椅子で背伸びをしながら訊いた。「俺にも教えてくれよ」

　同じ五課七係の豊田たち若手が見つけ出した可能性のことだった。

「単純にいうと、益井の所有する土地と建物に、益井自身がまったくの別人になりすまして、借家人となり暮らしているということです」

「それはわかるさ。問題は住民票の操作ができるのかってことだよ」

「できるそうです。というより、そのあたりの事情は、自分たちより係長世代のほうがずっと詳しいはずだといっていました。データが電子化された今現在のすり替わり、なりすましではなく、昭和五、六十年代に仕組まれたもののようですから」

「借金で追いつめられて夜逃げや一家離散した連中から、金でいくつも戸籍を買い取り、それを偽の婚姻や養子縁組でつぎはぎして、まがいものの家族を作ったってことか」

「はい。保険点数と確定申告の記録から、少なくとも十二年前から同じ場所で開院している そうです。ただ、開院時から益井自身が患者を診ていたかどうかはわかりません」

「経営者や院長の立場ではあったが、現場は他の医者に任せ、益井は週一くらいの非常勤で通い、診ていたのかもしれんな」

「そういうかたちで、地域の住民たちとのつながりを持っていた可能性は高いと思います」

「自分と偽りの家族が、万一のときに移り住むためのシェルターにしたかったのか？　いずれは終の住処にしようとでも思っていたのか？」

「信憑性は低いですが、ネットの病院評価サイトの書き込みも調べました――」

そういったあと、言葉が出なくなった。自分でも理由がわからない。

「情が湧いたか」檜山が訊いた。

「いえ。感情的な逡巡はありません。ただ、行動力も分析力も高かったので」

清春のことをいっている。

「一緒に行動して得るものもあったわけか。でも、商社勤めの会社員であって、警察官じゃない。予期せず接点ができただけで、もう二度とかかわり合うこともないいさ」

やはり言葉が出ない。空白を埋めるように檜山が言葉を続ける。

「この件に関しては、おまえはもう第三者になった。それを忘れるな。これ以上しつこく首を突っ込んでいても、おまえの家族も、俺たちも、誰ひとり得しない。幸せにならないってことだ。例外として貧乏くじを引くのは、阿久津だけでいい」

敦子はただ聞いている。

「おまえには特にわかるだろう。今回のものは、決して事件として表面化させちゃいけない案件だ。裁かれるべき奴はもう裁かれている。もし現状、責められるべき人間がいるとするなら、この穏やかさに無理やり波風を立てた柚木玲美と村尾邦宏だよ」

その通り、文句はない。けれど、わだかまりも、うしろめたさも消えない。消せない。がまんできずに敦子はタバコの箱を握り、席を立った。

「すいません。一服してきます」

その背中に檜山がもう一度言葉を投げてきた。

「俺たちは法の番人じゃない、人の番人だ。本当に守るべきは、ＤＶや家庭内レイプから身を守る術を知らない、無力で無学な主婦やねえちゃん、ガキどもだよ。杓子定規は警察庁の連中に任せて、俺たちは俺たちの信義を貫けばいい」

節電で薄暗い廊下を進んでゆく。

清春への思いを剝がせない、捨て切れない。

どんな過去や秘密を抱えていようと、一緒に捜査を続けていて一度も裏切らなかった。

横に立っていても苦痛に感じなかった。そして、判断力や分析力の高さには、もちろん惹かれた。

これを情愛や好意と呼ぶのかどうかはわからない。

でも、ただひとつ確実にいえることがある。

――彼は最高のパートナーだった。

喫煙所に着いたのに、まだ一口も吸っていない、火もつけていない。

なのに、舌が乾き、喉の奥が苦かった。

たまらなく苦かった。


『まもなく終点、名古屋です』

アナウンスと同時に清春は席を立った。

片手には黒いナイロン製のリュックサック。東京駅から新横浜まで車で移動する途中の量販店で買った。はじめに持っていた合成皮革のバッグは捨て、中身をすべて移し替えてある。

グリーン車を出て普通車に移ると、すぐにトイレに入った。

スーツを脱いで、チノパンを穿き、カバーオールを着て、ワークキャップを被る。スーツは紙袋に詰め、ゴミ箱に押し込んだ。

四分ほどですべてを終えたころ、新幹線は名古屋駅に停車した。急ごしらえの変装だけれど、それでも見た目の印象をかなり変えることができた。

ホームに降りると、グリーン車のドア付近に鉄道警察官が立っている。車掌の説明を聞きながら、降りる客たちの人相を確認していた。

やはり誰かが事件をでっち上げ、通報したようだ。早足でその場を離れ、新幹線南口改札を出て、中央コンコースへ。

そのまま太閤通口からタクシーに乗ろうとしたが、「阿久津さん」と声がした。

ふたりの男が立っていた。どちらも二十代に見える。

ひとりは知った顔だった。つい三時間半ほど前、東京駅の新幹線車内で清春が頭突きをしたあの男だ。腫れた鼻をマスクで隠し、ボーダーのカットソーから白いボタンダウンに着替えているが間違いない。先に名古屋に着いていたようだ。

隣の男はそのマスクの男に似た顔で、少し年上に見える。兄だろう。サイズの大きなウインドブレーカーを着込み、その下に隠したハンティングナイフを清春だけに見えるようちらつかせた。弟のほうも、隠すように右手に錐を握っている。

ふたりとも足元はスニーカーだが、膨らんだつま先に鉄板が入った安全靴タイプのものだった。蹴りの当たりどころによれば打撲では済まない。

「行きましょうか」兄のほうが笑顔で話しかけてくる。

「どこへ？」清春は訊いた。

「来ればわかります」弟が返す。目尻を下げ穏やかそうに装ってはいるが、マスクの下の口元は間違いなく笑っていない。

清春が次の言葉を言う前に、弟が歓迎を装った手つきでリュックを奪っていった。兄もハグするように肩と腰を抱いてきた。ボディチェックのつもりだろう。

逆に清春も兄の服の下の筋肉を感じることができた。弟と同じように日常的に鍛えているのがわかる。首が太く、胸板も厚い。優秀なアスリートかもしれない。

「さあ」弟が清春の腕を引いた。

中央コンコースを桜通口へ。歩きながら、周囲に兄弟の仲間が待機していないか確認する。今のところこのふたりだけのようだ。

「名前ぐらい教えてほしいな」清春はいった。

「嫌です」兄が小さく首を横に振る。

東京駅で一度逃げられているせいだろう。兄弟はどちらもひどく緊張していた。

タワーズ駐車場と書かれた案内矢印に従って進む。

駅構内や周辺の地図は頭に入れてきたが、清春には実際の地理感覚はまるでない。較べて兄弟のほうは慣れているようだ。金曜深夜十二時近くの混み合うターミナル駅を、迷わず進んでゆく。監視カメラにも映りたくないらしい。ただカメラの死角を的確に選んで歩いてくれるのは、清春にも好都合だった。

両脇を挟まれながら駐車場のエレベーターに乗った。行き先は九階。

「どうして名古屋で降りるとわかった？　ずっとつけていたから？」清春は訊いた。

「目的地が確定しているんだから、待ち伏せる場所も絞られるでしょう」兄がいう。「僕らは名古屋。あとは別の何人かが京都、新大阪に待機していたんです」

素直に話したのは他にも仲間がいると威嚇するためだろう。

「豊橋や米原で降りたかもしれないのに？」

「あなたはそんな遠回しなことをする人じゃない」

確かにそうだ。性格や行動パターンも把握されている。

「君たちは殺してもらったのかい？　殺し方を教えてもらったのかい？　その両方かな？」

続けて訊いたが、ふたりは答えない。

エレベーターのドアが開く。深夜でも駐車場は四割ほど埋まっていた。ここでもふたりは監視カメラに注意し、極力映らぬようワゴンやバンの間を歩いた。

少し先の白いステーションワゴンの近くに人影が見える。東京駅の新幹線車内にいた紺色のスーツの女だった。駐車場の薄暗い照明の下でもやはり若く見える。焦茶のショルダーバッグを下げ、ＯＬというより就職活動中の大学生のようだ。

「もう一度頼むけど」車の間を進みながら清春はいった。「行き先を教えてくれないかな」

「は？」兄が見る。

「教えてくれたら俺ひとりで行くから。名前も知らない、何をするかもわからない君たちと一緒は嫌だよ」

「格好つけすぎだ」弟が睨む。

「傷つけないと約束してくれるなら、一緒に車に乗ってもいいけれど」

「嫌だよ」弟がいった。「やられた分はやり返さないと」

「それは俺も嫌だな」清春はいい返した。

「いいから歩け」横から兄がいった。

「おまえは黙ってろ」清春は兄を見た。馬鹿にしたように首を小さく振って挑発する。

「調子に乗んなよ」弟がより強く睨む。

「気に入らないなら刺せばいい」清春はさらに挑発した。「刺してみろ」凄まず、諭すような声で弟にいった。

「早く歩け」兄が急かす。

「だからおまえは黙ってろ」清春は兄にもう一度いってから、弟を睨んだ。

弟が手にしていた清春のリュックを投げ捨て、工具の四方錐を構える。

しかし、弟より早く、兄がハンティングナイフで清春の左脇腹を突いた。が、裂けたのはグレーのカバーオールだけ。刃先は食い込まず、その下の防刃ジャケットが受け止める。

清春はすかさず、チノパンと革ベルトの間に忍ばせたPASMOカードを抜き取った。鋭く削ったカードの角で、兄の左の喉元から耳へと切り裂く。同時に股間を蹴り上げた。清春の履くレザーブーツの先にも鉛のカバーが仕込んである。

兄は驚き、「ひゅっ」と悲鳴ともつかない小さな声を出し、裂けた喉元を手で押さえた。そのまま膝から崩れ落ちてゆく。

清春は床のリュックを奪い返した。

弟が背中を四方錐で狙ったが、それより早くうずくまった兄の左横をすり抜け、横に駐車してあるバーガンディー色のミニバンの陰に隠れた。

弟が追ってくる。清春は車の間を逃げながらリュックを探り、弟が背後まで迫ったところで振り返った。

弟が四方錐で突く。

清春は突かれるより早く、リュックから出した登山用T型ステッキで腕を殴った。

弟の腕がぐにゃりと曲がる。それでもステッキの勢いは止まらず、すぐ横の白い車体にぶちあたり、ガコンという音とともに激しくへこませた。

清春はさらにステッキを振るう。

弟の肩を、背を激しく打ち続ける。うずくまる弟。四方錐を握った手を踏みつけ、取り上げると、兄のところへ戻った。

紺のスーツの女は、怯えるのも忘れたように呆然と立っている。

兄は首を押さえながらもナイフを構えた。が、その目はすでに怯えている。

顔を引きつらせた兄がナイフを振るい、同時に清春もステッキを振り下ろす。ナイフが清春のカバーオールの左腕を裂く。その下の肌もわずかに切られた。しかし、清春のステッキは兄の左肩の骨を砕いていた。

腰の引けた兄を蹴飛ばし、さらに殴る。清春より背も肩幅も大きな体がうずくまる。ナイフを叩き落とし、動けなくさせたところで、兄の首の切り傷にガーゼハンカチをあて、窒息しない程度にダクトテープで巻いてゆく。

往生際悪く兄が暴れようとすると、髪を摑み「止血するだけだ」と耳元でいった。兄が体の力を抜き、抵抗しなくなったあとで、服やポケットを確かめた。

所持品は一万円ちょっとの現金だけで、携帯もない。身元のわかるものは一切なかったが、やはり車のキーだけは持っていた。

女を見ると、ショルダーバッグを探りながら白いステーションワゴンに駆け、運転席横のドアの前に立ちはだかった。

「君がバッグから催涙スプレーを出して噴いたら、君のその顔に一生消えない傷をつける。でも、静かにそこを退いてくれたら何もしない」

清春は近づきながらいった。

「悪人、人殺し。私は怖くない」

女が自分に言い聞かせるように、呪文のようにくり返す。

「あのふたりならだいじょうぶ。まだ生きているし、放っといたって死にはしないよ。それに、俺は諸江美奈子に教えられて、ここまで来たんだよ。君たちの中の何人かは、俺を益井のところへ呼びたがっているってことじゃないのかい？」

「信じない」

そんな言葉と裏腹に、女の目は動揺している。

「君は誰から救い出してもらったんだい？」清春はステッキをリュックに戻し、両手を見せた。「実の母、母親の愛人、義理の父親――」

実の父といったところで、彼女が睨みながら口を開いた。

「飲むと暴れて、飲まないと一家心中ばかり考えてた。あの地獄から救ってもらった」

父親は重度のアルコール依存だったのだろう。

「私たちのように苦しむ家族を救うことを、おまえなんかにじゃまさせない。やっと手に入れた今の静かな暮らしも、絶対に壊させせない」

「君たちのじゃまをする気はないし、静かに話してくれるのなら、君たちの誰も傷つけない。俺の望みは、柚木玲美さんを無事に返してもらうことだけだよ」

「返さなかったら？」

「いや必ず返してもらう。もし、その人が帰りたくないといったら？　ただし、今回だけでいい。富樫さんや田所さんと会う機会があるのなら、伝えてくれないかな。六月十一日、月曜の朝までに柚木さんを無事に帰してくれたら、もし半年後や一年後、また彼女が行方不明になったとしても、そして二度と戻ってこなかったとしても構わないって」

遠くから話し声が響いてきた。車を出しにきた客だろう。

「そこを退いて。君も早く逃げたほうがいい。見つかれば、兄弟のことで警察にいろいろ訊かれることになる」

女が静かにドアの前を離れた。

「ありがとう」

清春は運転席に座った。エンジンをかけ、怯えながら睨む女を残し、走り出す。

駐車場を出ると、「中央郵便局」の表示板が見えた。道はまったくわからない。治っていない脇腹が痛む。斬られた左腕も血で染まっている。

日付が変わり、もう六月九日土曜日になっていた。

猶予はあと二日。深夜の知らない街を走りながら、静かに息を吐き、焦る気持ちを落ちつかせた。

14

とても暖かい。

薄く開いた目が明るさに慣れてゆく。天井で古いシーリングファンが回っていた。横たわった玲美の体に、柔らかな風が降りてくる。

カーテンの開いた窓から陽が射している。朝になっていた。隣の家の屋根も見えた。昨日とは違う部屋のようだ。

怯えながら視線をゆっくり動かすと、ベッドの横に髪の長い女が座っていた。淡いグレーのロングニットにベージュのカーディガン。パールのピアス。

きれいな人。実の母にも、姉にも似ているその顔で、こちらを見て笑っている。

玲美も笑った。けれど、心地よい温もりの中で、自分の右手首だけが少し冷たい。金属の感触だった。そしてきれいな人のお腹が大きくなっているのに気づいた。

手錠、妊娠。

――夢じゃない。

はっきりわかったと同時に、涙が溢れた。

「お姉ちゃん」玲美はいった。覚悟していたのに、恐ろしくて涙が止まらない。

「怖い夢でも見た？」

間違いない。あの聞き覚えのある、姉の、松橋奈々美の声。

「本当だよね。本物だよね」玲美はくり返す。

姉は笑顔で頷いた。あの大好きだった優しい笑顔。どうしよう、体が震える。ベッドの柵とつながれた右手の手錠もカチャカチャと揺れている。

「何か飲む？」姉が訊いた。

そうか私、ずっと吐き続けて、発熱して、脱水症状を起こしたんだ。

「もうだいじょうぶ。点滴を入れたから。れいちゃん、ずっと眠ってたんだよ」

訊きたいことが、いいたいことが、数え切れないほど一気に浮かんで整理がつかない。落ち着いて、冷静になって、ひとつずつ口にしていかなきゃ。姉に会うためだけじゃなく、すべてを解き明かすために、私はここまで来たのだから。

横たわったまま声を振り絞った。

「どうしていなくなったの？　ずっと何をしてたの？　どうして会えなかったの？」

止まらない涙が口に流れ込む。声が掠れる。

「ママは誰に殺されたの？」

話し続けたいのに言葉が出ない。喉が鳴り、息が詰まる。十九年前、どうしても小学校に行きたくないと泣いて、母のスカートに、姉の腕に縋ったあの朝のように。

「だいじょうぶ」姉がいった。「ね、だいじょうぶだから」

笑顔で細い腕を伸ばしてきた。玲美もすぐに上半身を起こし、姉に抱きついた。

すごく暖かい——けれど、姉のお腹のふくらみの感触が、玲美を現実に引き戻す。姉の髪も肌もいい匂いがする。とても幸せそうな香り。でも、それが本物の幸せとは思えない。

「いっぺんには答えられないけど、れいちゃんが一緒に暮らしてくれるなら、知りたいことに、ひとつずつ答えていくから」

「ここで暮らすの？」

「そう。皆と一緒に。そうしたら全部話すよ」

——皆と。

「一緒に暮らさないと教えてくれないの？」

「うん」

「でも、何も教えてくれなかったら、一緒に暮らすかどうかも決められないよ」

「じゃあ、いくつか答えるわ。あのときみたいに。ふたりでクイズを出し合ったの、覚えてる？」

子供のころ、母が仕事から帰って来るのを待つ間、テレビに飽きるとクイズで遊んだ。

ヒントは七つ。はじめは五つだったけれど、なかなか答えが見つからない玲美のために、姉は「奈々美のななつ」に増やしてくれた。

忘れるはずない。都営住宅の壁に貼られたシールも、ブラウン管のテレビも、なかなか帰ってこない母への苛立ちも、全部が頭の中にはっきりと残っている。

「ななつ何でも答えるわ。訊いて」

「そのお腹」玲美はいった。「赤ちゃんだよね」

「それがひとつめね。そう、七ヵ月。女の子だって」

「お父さんは誰？」

「ふたつめ。れいちゃんも知ってる人」姉は嬉しそうにいった。

富樫か田所。たぶん——

「富樫佳己さん？」

「そう」

また涙が溢れてくる。頬を伝い、いい匂いのする姉の髪の上にぼたぼたと落ちてゆく。

「誰がおねえちゃんを誘拐したの？　どうしてこんなところにいるの？」また声が掠れる。

「みっつめ。違うわ、自分で来たの」

——自分で。

背筋が痺れて体が揺れる。姉を抱く手も震える。

「だいじょうぶ。騙されてなんかいない」玲美の心の声に答えるように姉がいった。「皆に会えばわかるわ。ね、先に私をここに連れてきてくれた人を紹介する」

姉が抱いていた腕をほどき、ニットのポケットから鍵を出した。ベッドの柵にかかっていた手錠の片側を外す。

玲美は姉が揃えてくれたウールのスリッパに足を入れた。姉も赤い花が刺繡されたバブーシュを履いている。手を引かれ、立ち上がった。その手首に手錠がかけられる。両手をつながれた。つないだのはずっと会いたかった姉。

ふたりで部屋を出て、左側にドアの並んだ廊下を進む。ドアには202、203、205の部屋番号。静かで他に人の気配はない。

「お医者さんなの？」

「よっつめね。そう。耳鼻咽喉科」姉はいった。「でも、今日はれいちゃんが来るから休診にしたんだ」

「お姉ちゃんが診ているの？」

「これはおまけで教えるね。私と夫で診ているの。あと大学病院の先生にも日替わりで来てもらってる」

姉を連れ去ったのは誰か、少しずつわかってきた。『いのちのダイヤル』事務局で見つけた五人の中に、ひとり耳鼻咽喉科の医師がいた——

姉は医大で学んだのだろう。富樫は医者になりすましている？　偽名で大学に入り、医師免許を取ったのかもしれない。

廊下の一番奥の大きな鉄扉を開け、薄暗い階段を上がってゆく。もう一度ドアを開けると、広いリビングに続いていた。

「元気になった？」ソファーに昨夜の女が座っていた。

玲美は何も返せなかった。彼女より、その横の大きな介護ベッドに寝ている老人に目を奪われ、視線を動かせない。

わずかに白髪の残る頭。痩せ細り、つやの一切ない首筋。鼻に酸素チューブをつけ、薄目を開けていた。生きていると感じさせるのは、ときおり小さく動くまぶただけで、あとは木彫りの涅槃像のように横たわっている。

「私たちの父」姉はいった。「益井修介」

——やっぱり。

「脳梗塞で倒れて六年になる。その間に心筋梗塞を起こして、認知症の症状も出ているの」

妊娠。病院をかかりつけにしている患者たち。さまざまな理由があるのだろうが、行方を執拗に探られながらも、姉たちが逃げずにこの家で暮らし続ける一番の理由は、この寝たきりの老人なのだろう。

　ソファーに座る女の携帯が鳴った。ジーンズのポケットから出し、「うん。起きたよ」と短く話してすぐ切った。

　もうひとり来るようだ。

「何か飲もう。お茶淹れるね」女がいった。リビングの奥のキッチンへ歩いてゆく。

「あの人は？」玲美は姉に訊いた。

　姉が「いつつめ」といったところで、ジーンズの彼女は振り返った。

「滝本麻耶」自分でいった。

　予想はしていたのに玲美はびくりと震えた。自分が気味の悪いものに出会ってしまった顔をしているのがわかる。が、麻耶は気にしていない。

「私が教えなかったから、それもおまけでいいか」姉がいった。「質問はあとみっつ」

　九年前、十四歳のとき行方不明となった麻耶。絞殺された滝本祐子の娘もここにいた。

「お父さん、れいちゃんが来てくれたの」姉が大きな介護ベッドの端に座った。「私の妹の松橋玲美、覚えてる？」

　姉は玲美に手招きすると、毛布の下から朽ちた枝のような益井の手を静かに出した。

「握ってあげて」

　玲美は床に両膝をつき、手錠のかかった両手で握った。

黄色く濁った爪、染みだらけの手の甲。ボール紙のように冷たく乾いていて、生きものとは思えない。

「こんにちは。はじめまして」

声をかけたが、一切反応はなかった。

「父のほうは、はじめてじゃないの」姉は動かない益井を見ていった。「何度も心配して、私たちを見に来てくれたから」

昔、都営団地で母と三人で暮らしていたころ。

姉は昼でも夜でも、少しだけ開いたカーテンの隙間から、窓の外を見ていた。そこには道の向こうに建っているマンションの非常階段と壁しか見えないのに、と玲美は思っていた。

けれど、あの階段の途中には人がいたんだ。まるで気づかなかった。

姉はいつも希望を込めてこの男を見ていたんだ——

薄く開いた益井の目は、天井の一点だけを見つめている。

そこには額つきの絵が嵌め込まれていた。イコン。マリアとイエスの聖母子像。知識のない玲美には、オリジナルか有名画の模写なのかはわからない。

「お姉ちゃんたちがお世話してるのね」玲美は益井の手に重ねていた自分の手をゆっくり放した。

「私たちだけじゃないよ。友達が毎日来てくれる。皆、父に助けられた人たち。昼も夜も見守ってくれてるから、逆に私たちがいなくてもだいじょうぶなくらい」

「助けられた人たちって？」

「私のような何人もの子供たち、何組もの家族を、父は救ってきたの」

「救う……」

――殺人の聖者。

玲美は理解した。害悪な存在を殺し取り除くことで、苦しめられてきた数多くの人々に希望を、新しい人生を、益井修介は与えてきた。聖者なんて呼びたくないけれど、救われ、解放された者たちにとっては間違いなくそうだ。この寝たきりの老人は、彼に救済された皆の心の拠り所になっている。

殺人の聖者は、今も崇められている。

だからまだ死ぬことを許されないのだろう。象徴を失えば、救済の秘密を守り続けている者たちのつながりに綻(ほころ)びが生まれ、知られてはならない事実が外に漏れるかもしれない。

玲美は冷静な気持ちが戻って来るのを感じた。

姉に出会えた興奮は変わらず続いている。けれどその姉は、子供のころの自分が知っていた人とは、もうまったくの別の人間になってしまったことにも気づいた。

「おねえちゃんたちと富樫さんの他に、誰か住んでるの」

「それ、いつつめよ。田所瑛太さん。それに、もう亡くなったけど叔母がいた」

「四年生でいなくなってから、おねえちゃんはずっとここで暮らしていたの」

「むっつめ。以前は父が神奈川県の藤沢で開業していて、私たちもそこで暮らしていた。でも、父が倒れて、ここの経営を任せていた医師のご夫婦も高齢で引退されて、皆で移ってきたの。私はまだ大学生だったから、もう少しあとまで藤沢に残っていたけれど」

「その医師のご夫婦も、益井さんに救われた方々なのね」

姉は頷いた。「家族に重度の市販鎮痛剤依存者がいたの。ふたりは毎日暴力を振るわれ、お金を奪われていた。逮捕されても、施設に入れられても、すぐに戻ってきて同じことをくり返す。そんな地獄から父が救い出し、それから父とご夫婦は親戚になった。今は高齢者用のケアハウスで、ふたり静かに暮らしてるわ」

「座って話さない？」麻耶がプレートにポットを載せ運んできた。

三人でソファーに座る。手錠でつながれた玲美の前には、両取手のついた陶器のカップが置かれ、ほうじ茶が注がれた。

かたんと音がしてドアが開いた。

「こんにちは」もうひとり女が入ってきた。

さっき麻耶と電話していたのは彼女だろう。

「ええと、仁木いち花さん」麻耶に紹介され、笑顔で頭を下げながらソファーに座った。

田所瑛太が大学生だった当時、家庭内での虐待から救おうとした小学生。その後、所在不明になっていたけれど、彼女もやっぱりここにいた。

玲美はもう驚かない。それよりも不気味だった。

姉、いち花、麻耶、年の順でいえばこうなるのだろう。三人ともとてもきれいで穏やかで、同じ場所で時間を過ごしてきた本当の姉妹のような空気を纏っている。

けれど、全部偽りだ。うそを真実のように無理やり信じようとしている三人が、姉も含め気味悪く思えた。

「麻耶さんといち花さんは、いつ益井さんの家族になったんですか」

「九年前」「私は十三年前」

麻耶、いち花の順で答えると、ふたりは顔を見合わせ、くすくす笑い出した。

「ごめんなさい」いち花がいった。「ずっと使ってなかった名前で呼ばれるのって、落ち着かなくて」

「私もさっき自分でいったとき、不思議な感じがした」麻耶もいった。

「皆、ここではずっと森若っていう名字で暮らしてるから」

「下の名前も昔とは違うの。そっちのほうが今では本物の自分だと思ってる」

「でも、今日は特別。れいちゃんが来てくれたから、昔の名前に戻るね」姉もいった。

「来たんじゃない、無理やり連れてこられた」玲美はいった。

「でも、来たかったでしょう？」麻耶が訊く。

「私はお姉ちゃんに会いたかっただけ。無事なのを、生きているのを確かめて、連れ戻したかっただけ」

「戻らないわ、私は」姉はほうじ茶を一口飲んでいった。「私の本当の家は、ずっと前からここだもの。それに、戻るってどこに？」

「ねえ」玲美は姉を見た。また涙が溢れてくる。「私たちの戻る場所は、どうしてなくなったの？　ママは誰に殺されたの？」

「さっきのでなつのヒントは終わりだよ。続きは一緒に暮らすといってくれたら……」

「だめだよ。答えてもらう」玲美は遮った。

「ルールを変えないで」姉が笑う。

「そんなルール、私は従うなんていってない。それにこれはクイズじゃないよ。私にとって、私たち家族にとって、何よりも大きな疑問を解き明かすための手続きだもの。こんなふうにいいたくはないけれど、お姉ちゃんのことはずっと大好きだけど、何もわからないまま、突然ひとりきりにされた私の気持ちを考えたことある？」

「ごめんね」

姉は玲美の手を握った。手錠の鎖がしゃりんと小さく音を立てる。

「でも、れいちゃんに何も教えられないまま、突然いなくならなきゃならなかった私の気持ちを、考えてくれたことある？」

「ずるいよ、そんな言い方。すごくずるい」

「ごめんね。それでも子供だったあのときの私には、苦しくて辛くてどうしようもなかった毎日から助かる方法が、他に思いつけなかった」

「どういうこと？」

「もう気づいてるでしょ。全部いわなきゃだめ？」

「いってよ」玲美は一際厳しい声で告げた。

「わかった」姉は立ち上がり背を向けると、ワンピースをたくし上げ、妊婦用のタイツとショーツを下ろした。

背中から尻にかけてが痣と傷の痕でびっしりと埋まり、濁った水をぶちまけたように赤黒く染まっている。何度もつけられては治った裂き傷とみみず腫れの痕。長年の暴力が重なり、取り戻せないほどに変質した肌。

これ以上ない虐待の、いや、拷問の証拠——

玲美は強く目を閉じた。

「ちゃんと見て」姉はいった。「これ全部、ママのしたことだよ」

「でも、いつも怒られて叱られて、叩かれていたのは私で……」

「そうね。れいちゃんはお尻や腕を叩かれてた。でも、私はきつい声で怒られたことも叱られたこともない。いつもママに、黙ったまま爪で引っ掻かれ、血が出るまでつねられた」

「そんなこと」

「してたの、私には。小さなころからずっと傷つけられて、幼稚園まではママはアレルギーとか湿疹といって、どうにかごまかしてた。でも、小学校に入るころには隠し切れないほど酷くなっていたから、夏休みのプール授業には行かせてもらえなかった。体育も着替えがあるから、なるべく見学するようにいわれた。運動会とか、どうしても出なきゃならないときは、何枚も湿布を貼って隠して、肌着も絶対脱がないようにって、きつくいわれてた」

玲美も記憶を辿る――

小さいころ、母はよく「ななちゃんは肌が弱いから」といっていた。

玲美が五、六歳ごろになると、お風呂は玲美と母のふたりで入り、先に出た玲美の体をいつも姉が拭いて、パジャマを着せてくれた。母が出たあと、小学生になった姉はひとりでお風呂に入っていた。バスタオルで髪や体を拭いている姉の姿は記憶にある。白い肌の胸やおなかは何度も見た。でも、背中は覚えていない。妹なのに、あの狭い同じ家で暮らしていたのに。それを今この瞬間まで、おかしなことだとまったく思わずにいた。

姉はショーツとタイツを上げ、ワンピースを戻すとソファーに座った。

「私もね、頑張ったんだ。ママを怒らせないように。せいいっぱいやった。でもね、ママはだめだっていうの。悪い子だって。どうしてだと思う？」

「わからないよ」玲美はまた涙を流した。悲しいからじゃない。怖さで啜り泣いていた。

「私が柚木尚人に似ているから、だめなんだって」

「えっ？」

「実の父に、顔も話し方もしぐさもそっくりだから、どうしても許せないって。ママは、松橋美里は父を本当に愛していた。離婚したあとも、その気持ちは変わらなかった。だから心底憎んでいた。自分を好きでもないのに、別の女を忘れるために結婚して、でも、結局父はその人が忘れられず、母は捨てられた。あとでわかったんだけど、ママが私を引き取ったのも、父への復讐心からだった。父の愛するものを奪い取りたかったんだって。そして私を奪って、消えない憎しみをぶつけて、毎日毎日傷つけた」

姉は怒ってもいないし嘆いてもいない。

玲美はいち花と麻耶を見た。ふたりの表情も変わらない。

こんな話、信じたくない。でも、姉は一切うそはついていない。そう、わかる。

——これが私の知りたかった真実。

部屋は暖かい。なのに、体が冷たくなっていく。

「でも、それだけじゃない」姉はいった。「他にも理由があるの。聞きたい？　聞くよね？」

玲美は少しだけためらったあと、頷いた。姉の顔の向こう、益井のベッドの上にあるイコンが見える。

すごく寒い。指先の震えを止めるため、手錠のかかった両手を強く握りしめた。ひとりが怖くて、縋るものを見つけたくて、必死で心の中を探った。

見えてきたのはやっぱり阿久津くんだった。

＊

ラブホテルで夜を過ごした清春は、裏路地に通じる自動ドアを出た。

六月九日、午前十時。

今日はワークキャップは被らず、チノパンにネイビーのウインドブレーカーを身につけている。そのまま路地沿いに歩き、表通りを避けて進んでゆく。電車を乗り継ぎ、桑名か大府まで出てレンタカーを借りようと考えていたが、百メートルも進まないうちに尾行されていると気づいた。

はじめは警察を疑った。昨夜の兄弟への傷害で手配されているのかもしれない。だが、さらに二百、三百メートルと大通りを避けて進んでも職務質問されない。違うようだ。伏見(ふしみ)通の三蔵(みつくら)という交差点を渡り、商工会議所ビルの裏へ。地図とストリートビューは頭に叩き込んである。尾行はスーツ姿のサラリーマン風から、中年女に変わった。かなりの人数で追われている。

どこから居場所が漏れたのだろう。昨夜、ホテルに入るまで尾行には十分注意していた。

やはりあの紺のスーツの女。

至近距離に近づき、Ｗｉ‐Ｆｉではなくブルートゥースを通じて、あのラブホテルの検索履歴や予約電話の通話発信情報を抜き取ったのかもしれない。気づかなかった。ホテルに入ってからも確認したが、携帯に外部からの不正接続の痕跡は一切残っていなかった。

リュックを脇に抱え、中のものをすぐ取り出せるようファスナーを開ける。

天気のいい土曜の昼前、どの道も通行人は多い。大通りに出て人混みに紛れるか？　白川公園に入るか？

考えながら裏通りを出ようとした直前、昨夜の女が前を遮った。

スーツからブラウンのスキニーとセーターに服装が変わり、清春と同じように肩にかけたバッグの中に右手を忍ばせている。

振り返ると、うしろにも見知らぬ中年男がふたり。だが、男たちの顔には、緊張を通り越し怯えが浮かんでいる。益井修介の築いた安息を破る者がいると知らされ、駆けつけたものの、戦いや殴り合いの経験はない素人なのだろう。

――勝算はある。

「どいてください。杉下千怜さん」清春は目の前の女にいった。

「則本敦子さんに聞いたんですか」杉下が返す。

彼女の父親は六年前、山口県光市内の用水池で死んでいる。後頭部、頸椎、肩に大きな損傷があったが、重度のアルコール依存で、死亡当夜も泥酔して歩いている姿が目撃されていたため、司法解剖されることなく事故死として処理されていた。

「昨夜もいったように、じゃまするなら容赦しない」

「話をしたいだけです」杉下がそういうと、清春の携帯が鳴った。「出てくれませんか」

向こうの番号は非通知。清春は通話のアイコンをタップした。

『話す気になってくれてありがとう』富樫佳己だった。『やっぱり強いね』

兄弟に重傷を負わせたことをいっている。

『普段からトレーニングを欠かしてないんだろ。格闘技でも筋肉を大きくするためでもなく、君が日々磨いている純粋に人を傷つける技術は実に素晴らしい。だから君は選ばれたんだ』

「村尾が俺を指名した理由ですか？」

『そう。犯罪者としての嗅覚じゃない。人を殺める能力の高さを買われたんだ』

――ようやくはっきりした。

判然としていなかったことを、富樫から教えられた。

『ただ、悪いが被害届を出させてもらった。君ひとりで歩き回るのは、もっと難しくなる』

「俺に構うより、小野島と重光を気にかけたほうがいいんじゃないですか。仲間でしょう。いい弁護士を探すとか、世論を誘導するとか、ふたりのためにやるべきことがあるはずだ」

『何もしないよ。あのふたりは好き勝手にやり過ぎた。あんなことはただの人殺しで、誰も救われない』

「教えを無視して極端な考えに走った、救う価値のない背信者ですか」

『大げさな言い方だけど、まあ間違いではないよ』

「だから諸江美奈子をそそのかし、司法取引を使ってあのふたりを逮捕させた」

『そそのかした、はひどいな』

「新たな道を示したとでも言い換えますか？　小野島と重光が連続殺人を犯したことに責任を感じませんか？」

『僕を怒らせたいのかい？』

「いえ、この際だから全部訊いておきたいだけです。あなたたちは小野島、重光、諸江の三人に、殺人により弱者を救うという新たな喜びを与えた。でも同時に、諸江以外のふたりに強い劣等感も植えつけた」

『その説法じみた話し方、少し苛つくな』

「すいません、直します。ともかく小野島と重光も、奈々美さんのように益井修介の娘になり家族になりたかった。でも、十代で救い出された少女と違って、あのふたりは成人してから益井に出会い、もう戸籍をすり替えたり、人生をやり直させるには遅過ぎた。その劣等感が、ふたりを過剰な殺人――いや、彼女たちにとっての善行に走らせたんじゃないですか。もう娘になれないふたりは、別のかたちで誰より益井に近づこうとした」

『推論は自由だ。もっと話していいよ』

「逮捕され、益井に近づく道を完全に断たれた今、小野島と重光こそ、あなたたちが何をしてきたのか、秘密を警察にべらべらとしゃべるんじゃないですか」

『そんなことはしないよ、絶対にね。誰よりも益井さんの人物と考えに心酔していたから。自分たちが死んで、僕たちの行いを含め、益井さんの積み上げてきたものが永遠に守られるのなら、それこそ本望と思うだろう。物理的な距離はもう近づけなくても、これからの彼女たちの生き方次第で、益井さんとの精神的な距離はいくらでも近づけられる。彼女たちの自己満足というだけでなく、僕らにとってもね』

「背信者はこの殉教で聖人となり、また皆に祝福をもって迎えられる。誰ひとりまともじゃない。文字通り狂信的ですね」

『君にしては平凡な見解だな。外から見ている連中は、理解できない事柄をそういいたがるものだろう？』

「いや、ただひとり、諸江だけはいくらかまともだった。自分だけが助かることへの呵責と、柚木玲美まで拉致したあなたたちの独善ぶりに反発して、彼女の居場所を教えてくれた。卑怯だけれど贖罪を求める弱さもある。完全に自分を見失ってはいなかった」

『そうかな？　単に弱くて愚かな人間だよ。自分ひとりがわずかな心の救いを得たくて、多くの人を巻き込み、危険に晒した』

「諸江の弱さと愚かさを見抜けなかった、あなたたちの責任では？」

『そういう見方をしたいのならどうぞ。まあ、これまでの責任論より、これからの僕らのことを話したいんだけどな』

「こちらの希望は伝わっていますよね。柚木さんを一度返してもらえませんか。二ヵ月ほどの猶予をもらいたいんです」

『無理だよ。解放すれば、彼女はまた余計なことをするだろう。メディアを使って騒ぎ出すかもしれない。それ以前に、玲美さん自身が帰りたくないというかもしれないよ』

「彼女はもう奈々美さんに会えたんですか」

『もう会っているころだと思う。そうか、それもお見通しか』

「これだけヒントをもらえれば、俺みたいな馬鹿でもわかります。会えたのなら、柚木さんは帰ってきますよ。彼女は、あなたたちに取り込まれるような人じゃない」

『そういう人だから危険で帰せないんだ』

「それじゃ僕が困るんです」

『困るなら、君こそ今の生活なんか捨てて、こっちに来ないか。本気で誘ってるんだよ。僕らと一緒に行動するのが嫌なら、離れてひとりで暮らせばいい。海外に出たいのなら、パスポートやビザの面倒な手配は全部こちらでやるよ』

道に立つ清春たち四人の横を、何も知らない子連れの若い母親が通りすぎてゆく。親子の姿が消えたのを確かめて、清春はまた話を続けた。

「嫌ですよ。自分の名前を捨てたくないし、他人にすり替わる気もありません。あなたたちのように生死不明の幽霊にはなりたくない。これまでの俺の人生の延長を、この先も俺として生きていきたいですから」

『それに何の意味がある？　自分の望む自由と人生を手に入れられるのなら、一番の望みを果たせるのなら、どんな名前で呼ばれようがいいじゃないか。世俗的な功名心や承認欲求と無縁の君なら、わかってくれると思ったのに』

「わかりませんよ。俺は俗で下世話ですから。それに、あなたたちも決して一枚岩じゃない。今、俺の前にいる男たちは、あなたほどの気高い捨身の志は持っていないように見えます」

清春は自分の前を遮っている「益井の信者」たちの顔を眺めた。

『思いの強さに個人差があるのは仕方のないことだろ。それでも彼らはできる限りのことをしてくれているし、感謝しているよ』

「仲間に命懸けを強要する組織に未来はない」

『批判かい？』

「いえ。個人的感想です。そろそろ話を終わりにしてもいいですか」

『いや、もう少しだけ。君の訊きたいことにだけつき合わせて、もう結構っていうのは狡くないかい』

「俺は狡い人間ですから」

通話を切り、携帯を捨てると、その手をリュックに入れた。

女と男ふたりも催涙スプレーを構える。

が、噴きつけられるより早く、清春は細く光るものを取り出した。1ミリ径のワイヤーロープ。男たちの顔、腕を横から強く叩く。先端に真鍮が取り付けてあり、振り回せば二、三人の大人なら十分威嚇し、傷つけられる。

怯んだ女に体ごとぶちあたり、撥ね飛ばす。女はスプレーを噴いたが、清春の体とはまるで違う方向に催涙液が散らばった。

　そのまま駆け、路地から出た。

　白川通を横切り公園へ。うしろから別の男たちが追ってくる。

　名古屋市科学館の裏手へ回り、警備員のいる通用口は避け、自販機業者の搬入で半開きになっていたシャッターから中へ入った。

　バックヤードの通路を探りながら進む。右側のドアが開き、女性職員が出てきた。清春の先を歩き、何事もなく通路を右に曲がってゆく。だが、うしろで足音がした。

　振り返るより早く、後方の階段を駆け下りてきた男に首を摑まれた。さらに男がひとり、清春の腰と足を摑んだ。

　少し先にある男子トイレに引きずり込む気だ。

　揉み合いながら、男のひとりがスタンガンを清春の首に近づける。暴れ、手を押しとどめ、もう片方の手でリュックからアルミ定規を抜き出すと、男の顔を思い切り殴った。

「あうっ」と男が漏らす。斬られたように頰と耳が裂け、血が飛び散る。四十五センチのアルミ定規二つで薄い鉄板を挟み、がっちりと接着してある。

　清春は下半身にしがみついていた男の頭も打ち、さらにふたりを交互に打ち続けた。

「ひっ」「痛い」頭をかばう腕や服が、定規の角で裂かれ、赤い傷口が広がってゆく。

　通路の先に新たな男女が顔を出した。このふたりの仲間だ、男は手にハンマーを持っている。が、血塗れで倒れているふたりを見ると、女はあとずさり、男は口を押さえた。醜く変形した仲間の顔に吐き気を催したのだろう。

「追ってこなければ何もしない」清春は男女にいった。「でも、近づけばおまえたちも血だるまにする」

男の指の間から吐いたものが漏れ落ちてゆく。女は顔を背けながら携帯を出した。慌てた声でどこかに連絡している。

誰も追ってこないのを確認すると、清春は階段を駆け上がった。

ドアを開け、展示物が並ぶ科学館二階のフロアに出る。

親子連れだけでなく、カップルや大人だけのグループも多く、混み合っている。その中に紛れ、展示ゾーンを抜け科学館を出ると、白川公園も出た。

本町通の交差点を渡り、矢場町通を進む。なじみのない街。通行人は多いが、外見だけでは敵かどうかの区別がつかない。

大津通を曲がり、地下鉄栄駅への階段を下りた。

地下鉄東山線の車内は、立っている乗客の肩が軽く触れ合うほどに混んでいた。

新栄町、千種を通り過ぎ、今池駅で降りようとしたとき、「まだだよ」と右腕を摑まれた。

「ここじゃないよ、降りるの」右隣に立っている少女だった。

左側の女にも笑顔で腕を摑まれた。たぶん少女の母親。顔が似ている。
「あといくつ？」清春は訊いた。
「七つ先」少女と女が同時にいった。上社という駅だ。
覚王山を出て本山駅へと近づいてゆく。車両が減速し、ホームの端が見えた。そこで
「ビビッビビッ」と音が鳴りはじめた。音量はしだいに大きくなり、車中に響いてゆく。
目的の駅で降りられなかったときの対策に、清春が床に落としたカード型のアラームだっ
た。座席の隙間や混み合った足元に置いても気づかれないほど薄型だが、相当に大きな音
を出す。
客がざわつきはじめた。清春の腕を摑んでいる女と少女も、緊張し音のほうに顔を向け
る。さらに音が大きくなる。車両は特に問題もなくホームに停車した。しかし、理由のわ
からない音に動揺した乗客たちが、軽くパニックを起こしドア付近に押し寄せる。
そのタイミングで清春は、腕を摑んでいた女のパンプスの甲を思い切り踏みつけた。
ドアが開くと同時に、けたたましいアラーム音に女の悲鳴が混じる。清春は腕にしがみ
ついた少女を引き摺りながら、慌てて降りる客たちに混じって車外に飛び出した。
すぐに少女の頰を叩き、腕を振りほどく。
「動けば殺す」耳元でつぶやき、改札へと駆けた。

*

山手線の車内でまた敦子のバッグの携帯が震えた。

檜山係長、一課八係の井ノ原、ふたりからの通話とメール着信が続いている。GPSで居場所は摑んでいるし、行き先もわかっているくせに。我々は何度も警告しましたとでもいうように、敦子の私用公用二台の携帯は、交互に震え続ける。

東京駅に着くと新幹線ホームへ向かった。

檜山の命令を守ることはできなかった。

やはり放置しておけない。過去がどうしても塗り潰せないのなら、未来くらいは自分で切り開き、書き換えたい。誰にも頼らず、委ねず。

そうしなかったら、もう二度と対等の立場で彼に会えなくなる。

——こんな青臭い考えを捨て切れないから、私はだめなんだ。

手錠と伸縮警棒はバッグに入っている。あとはタバコとライターが三つ。ひとつは普通の百円ライターで、あとのふたつは一回り大きなバーナー型。自宅アパートに何者かに侵入された夜、清春が護身用にと渡してくれた。

六月九日。土曜昼の東京駅はひどく混んでいて歩きにくい。軽く苛つきながら進んでいると、また携帯が震えた。けれど今度は振動のパターンが違う。私用携帯のほうの無料通話アプリ、娘の美月からだ。

『あさか』

メッセージはそれだけ。中途半端な三文字。

体が震えた。慌てて美月に電話を入れる。今日はあの大切な会食の日。時間は午前十一時半を過ぎている。もう四人はテーブルについているだろう。元夫は怒るだろうが構わない。呼び出し音がくり返す。まだ出ない。

「あさか」は美月と約束している緊急用メッセージ、「あさがお」の書きかけに違いない。敦子のような無茶に踏み込む警察官の娘である以上、怨みに駆られた前科者から付け狙われることは、決して絵空事ではなかった。だから電話もできないほどの緊急事態が起きたら、この単語を迷わず送れと厳しくいってある。

今まで一度も送られてきたことはなかったのに。こんな日、こんなときに、間違いの連絡であるはずがない。

呼び出し音は鳴り続け、留守電に切り替わった。GPSで美月の携帯の所在を追う。文京区本郷のレストラン日下(くさか)亭の上で、アイコンは点滅している。

今度は日下亭にかけた。呼び出し音がくり返し、留守電にさえ切り替わらない。土曜のランチタイム、どんなに店が混んでいても店員が出ないはずがない。

敦子は改札へ駆けた。通行人と肩が擦れ合う。地下鉄丸ノ内線を使うことも考えたが、駅から歩く距離を含めれば車のほうが早い。丸の内南口を飛び出て、タクシーに乗り込んだ。

「本郷一丁目、病院裏のレストラン日下亭。わかる？」

敦子が訊くと、運転手は「わかりますよ」とすぐに返事をした。

「急いで」

一万円札を投げるように渡した。

タクシーを降りる前から、何人もが路上に座り込んでいるのが見えた。

ドアが開くと同時に飛び出し、そのまま敦子は店に駆け込もうとしたが止められた。

「だめ、危ないの」店のマネージャーだという女性がくり返す。

「警察です」身分証を見せた。「何があったんですか？」

立てこもりだった。銃を持った男が突然入ってきたとマネージャーが震える声で話した。

「残っている人はいますか？」

二階にある三つの個室を使っていた客のうち、家族連れの一組の姿が、まだ確認できていなかった。美月と元夫たちのことだ。

通報済みだったが、パトカーも自転車の警官もまだ到着していない。

マネージャーにもう一度避難できた客の人数を確認し、皆を極力店から遠ざけ、通行人も近づけないように要請すると、敦子はひとり門の中へ入った。

正面玄関ではなく、裏庭を回って厨房口へ。昔よく通った店だ。今でも配置は頭に入っている。

ゆっくりとドアを開け、隙間から中を窺ったあと、腰を低く落とし入っていった。頭を下げ、膝を床に擦りながら、広く古い厨房を進む。下に寸胴鍋の並んだ作業台の陰から出たところで、ぎくりとした。大型冷蔵庫の横で中年の女がうずくまっていた。黒の礼服にストッキング、顔を覆っている手に血がついている。額に怪我をしているようだ。

「助けて」女は震える声でいった。

「銃を持った男を見ましたか」

女が頷く。

「今どこに？」

「あっちの……階段のほう。たぶん二階」

女が震えながら客席の並ぶホールへの通路を指差す。

その差した方向に敦子は顔を向けた。と同時に、ふっと浮かんだ。

――この女、知っている。

咄嗟に逃げようとしたが、後頭部に衝撃が走った。

殴られた。体が揺れ、視界も歪む。敦子は這って逃げる。だが、目を見開いた女は隠し持っていたハンマーで殴りつけてくる。足を打たれたが、身をよじり、持っているバッグを盾にした。

「うそつきの人殺し」女はハンマーを振るい続ける。「絶対に許さない」

「やめて」敦子はいった。「やめなさい」足で蹴飛ばす。

女がのけ反り、その体を敦子はさらに蹴った。女の体は撥ね飛び、倒れたものの、すぐに起き上がると反撃せずに逃げた。背を向けた女がホールへと駆け、壁の角を曲がり隠れる。敦子は追おうとしたが、角からライフルを構える男が半身を出した。

慌ててオープンの陰に飛び込む。すぐに銃声が響いた。

一発撃つと男は即座にまた身を隠した。階段を駆け上がってゆくふたり分の足音。

男は宮島司だった。間違いない。

そしてあの女、義姉だ。自殺した兄の妻。当時妊娠七ヵ月だったが、夫を失ったショックと疲労で早産し、生まれてきた男の子もすぐに亡くなった。兄の葬儀以降、一切会っていない。何度か会おうとしたものの、断られ、子供の香典も送り返され、そのうち連絡先もわからなくなった。だから、避けられているのも、憎まれているのもわかっていた。けれど、殺したいほど怨まれているとは思わなかった。

首と肩が痺れる。頭の傷を探った手に血がねっとりとついていた。

——でも、急がないと。

向こうの望みは、私と美月を殺すこと。他に金などの取引できそうな材料はない。だが逆に、美月が生きている可能性も高くなった。宮島と義姉は、私にあの子の死ぬ瞬間を見せたくて、まだ殺さずにいるはずだ。それに人質を取り、私が阿久津清春と合流しないよう、ここに引き止めておく必要もある。美月がもう生きていないと知ったら、この建物全部に火をつけ、自分もろともあのふたりを焼き殺す——私なら必ずそうすることも、調べてわかっているだろう。

急げば助けられる。

そして宮島と義姉、益井修介を取り巻く連中は、間違いなく取引している。私の個人情報を流すのと引き換えに、今日このタイミングで復讐の行動を起こすよう依頼されたのだろう。でなければ、こんなに都合よく重なるはずがない。

部屋に忍び込んで美月の写真に刃物を突き立てていったのは義姉だ。柚木玲美の拉致現場にいて協力した中年女もそうだろう。

応援や包囲を待っている余裕はなかった。厨房を出て、手摺のついた木製階段の下から覗く。するとまた宮島が二階から体を乗り出した。

躊躇せず撃ってくる。

身を屈めながら壁の陰に隠れ、「要求は何」と叫んだ。そんなものないとわかっているが続ける。「金？　別れた妻と子供に会わせる？」向こうの注意を引きつける。

宮島も何か叫んでいるが、内容などどうでもよかった。「私に謝れっていうの？　ならいくらでも謝る」適当に返事をしながら、相手にもしゃべらせ位置を確かめる。宮島の声が興奮してゆく。

「お兄ちゃんのことも。赤ちゃんも」義姉にも呼びかける。「死んだのは私のせい。謝ります」

「おまえの命で謝罪しろ」義姉の声も興奮している。「家族を奪ってやる。同じ思いをさせてあげるから」これでいい。冷静に考える間を与えたら、どんどんこちらが不利になる。

すぐに覚悟を決めた。

宮島と義姉のふたり分の命、私ひとりの命。美月が助かり、犠牲が二対一なら満足しよう。

手錠や警棒を用意し、化粧用ポーチから眉剃りのカミソリも出してポケットに入れた。

首から垂れる血をハンカチで拭う。めまいがするが、頰を叩いて奮い立たせる。

そして壁の陰から飛び出した。

階段を駆け上がる。宮島も壁の陰から体を出し、銃口を向けてくる。敦子は体を大きく左右に振り、飛ぶように上りながら、銃口を見つめ弾道を計る。そう簡単に急所には当たらないと信じつつ、右手に握ったライターを投げつけた。

銃声が響き、敦子は足を撃たれた。

凍結したように左膝から下の感覚が消える。と同時に、投げたライターが炸裂した。

爆音が響き、ライターの爆片が突き刺さった宮島が悲鳴を上げ倒れてゆく。

上手く顔の近くで爆発してくれた。が、破片が敦子にも突き刺さる。ガソリンを混ぜ、着火部分を起爆器に換装したライターは、清春に聞かされていたより威力が大きい。

宮島が立ち上がり、ボルトハンドル（槓桿）を引いた。構える前に二階まで駆け上がり、警棒で殴りつけた。宮島も銃で殴り掛かる。それを手で受け止め、さらに警棒で殴る。義姉もハンマーで殴り掛かってきた。が、感覚のない左足を腰をひねって無理やり振り上げ、義姉の体に叩きつけた。

揉み合いの中で銃声が響き、弾丸が天井に穴を開けた。構わず警棒で、義姉の頭と顔を、宮島のライフルを握る手を殴り続ける。廊下の先、一番奥の開いたドアの向こうに、楠の枝が揺れる窓と、床に転がる何人かの足が見えた。

宮島の握る力が一瞬緩んだ隙に、ライフルを奪った。すぐに構え、銃口をふたりに向ける。宮島は横の個室に飛び込み隠れたが、義姉はまだ殴り掛かってくる。その右太腿を至近距離から迷わず撃った。義姉が悲鳴を上げ倒れてゆく。

敦子は左足を引きずり、奥の部屋へ急いだ。

宮島が半開きのドアの陰からオートマチックの拳銃を突き出した。敦子は撃たれる前に威嚇で一発撃つと、奥の部屋へ倒れるように飛び込み、ドアを閉めた。

「ママ」椅子に縛られた美月がいった。

やっぱり生きていた――

「ごめんね」カミソリで結束バンドを切ってゆく。「ほんとにごめんね」泣きながら抱きつく美月にくり返す。

元夫の結束も解き、カミソリを渡す。

「皆を連れて逃げて」元夫の首からネクタイを抜きながらいった。窓から屋根に出て、楠の枝を伝って降りられる。飛び降りたとしても骨折程度で、死ぬほどの高さはない。

元夫が女友達とその娘の結束を解いてゆく。女が泣き震えながら娘を抱きしめる。「早くして」敦子は窓から出るよう促すと、足の銃創を元夫のネクタイで縛った。

だが、宮島が閉めたドアの外から撃ち込んできた。

部屋を突き抜け、窓ガラスが割れた。屋根に出た四人が悲鳴を上げ、うずくまる。敦子も内側から一発撃ち返すと、半身になり、銃弾で裂けた隙間からドアの向こうを見た。

太腿から血を流す義姉が、爬虫類のように這いつくばり階段を下りてゆく。宮島の姿は見えない。いくつものサイレンの音が近づいてくる。

敦子はライフルの残弾を確かめた。あと一発。もちろん宮島もわかっている。

首のうしろが痛む。昂りが一瞬途切れ、足も痛み出した。撃たれるってこんな感じなのか。すっごく痛いじゃないか。

廊下から足音がする。宮島がオートマチックを構えながらこちらに進んでくる。

「撃てよ」相撃ちを誘っている。「撃て、則本」あいつは生き延びようとは思っていない。

窓から逃げることも考えたが、間に合わず背中を撃たれるだろう。ドアと平行な壁にぴたりと沿ってライフルを構えた。

宮島がドアの隙間から銃口を突き出した。

が、フェイク。ただの黒革のホルスター——敦子はわかっていてそれを撃ち抜いた。

こちらの弾切れを知って、宮島がドアを蹴り開けた。しかし、踏み込まれる前に、もうひとつのライターを投げつけた。

またも宮島の目の前で爆発した。奴は顔を片手でかばいながらも、オートマチックを発砲する。敦子も爆片を体に浴びながら飛びかかり、宮島を椅子で殴りつけた。

宮島のオートマチックを握る腕が、肘の反対にぐきっと曲がった。さらに殴りつける。

奴は発砲を続けているが構わない。当たったらそれまで、美月を逃がせたから覚悟はできた。宮島の右腕の骨が砕け、皮膚がでこぼこに歪んでゆく。椅子が粉々になり、握りしめている脚の部分だけが残っても、それで殴り続けた。

宮島がオートマチックを落とし、床にうずくまった。

下から蹴り上げ、仰向けにする。体に馬乗りになり、オートマチックを拾って部屋の奥に投げ飛ばすと、上から胸ぐらを摑んだ。

顔を殴ろうとしたが、誰かに名前を呼ばれた。

「則本」井ノ原だ。「もういい、やめろ」階段を駆け上がってくる。

敦子は構わず宮島を殴ったが、二発目の前に腕を摑まれた。

「よくやった。でも終わりだ」

「もっと殴りたいのに」

「格好つけるな」井ノ原は宮島を転がし、床に押しつけうつ伏せにすると手錠をかけた。

「だいじょうぶか」井ノ原が手を伸ばした。

敦子は首を横に振った。

「強がるな、肩ぐらい貸すぞ、本当によくやった」

「気にしないで――」

朦朧としながらいった直後、喉がぎゅっと締まった。何だ？　苦しい。はっきり気づいたときにはもう首にナイロンテープが食い込んでいた。

手袋をつけた井ノ原がうしろからぐいぐいと絞め上げてゆく。

――やられた。

宮島も義姉も囮。ふたりが殺し損なったときの切り札がこいつ……井ノ原が益井側の人間だとは思わなかった。警察の中につながりのある連中がいても不思議はないけれど、こんなに近くにいたなんて。

手を振り回すが届かない。どうにもならない。悔しい、大嫌いな奴に殺されるなんて。

次の瞬間、体が痙攣をはじめた。死の入り口かと思ったが違う。井ノ原の体も痙攣し、絞める力が緩んだ。

慌てて離れたが、苦しい、立っていられない。必死に何が起きたかと目をこらすと、元夫がいた。うしろから井ノ原の顎にスタンガンを押しつけている。

――勝てっこない。

思った通り、元夫の体はすぐに振り払われた。が、よろけ倒れたあとも立ち上がり、スーツの腰から抜いた銃口を向けた。

宮島の握っていたオートマチック。

――何て馬鹿なことを。

あの人も元大学の射撃部。最低限の銃の扱いは知っている。けれど、当時から競技成績は話にならなかった。

「撃ってみろ」井ノ原が挑発する。

その通り元夫はすぐに撃った。しかも二発。井ノ原が驚きながら撃たれた下腹と太腿を押さえ、前屈みになる。敦子も驚きながら井ノ原の背に飛びかかった。

うつ伏せに倒し、顔を床に打ちつけ、うしろ手にした。自分の腰にかけていた手錠をはめる。唸る井ノ原の口に、舌を噛まれないようハンカチを詰め込んだ。元夫は「動くな」と震える声でまだ銃口を向けている。

「何で戻ってきたの」敦子は井ノ原を制圧しながら、元夫にいった。

「君が心配で。撃たれてすごく痛そうだったし。それにこれ」

震える手で携帯を見せた。動画撮影状態になっている。

「逃げる前に隠しておいたんだ。あの奥の部屋のテーブルの下。でも、犯人に見つかって、壊されたり、持って逃げられたりしたら意味ないと思って」

「取りにきたっていうの？」

元夫が頷く。「証拠がないと、また君ひとりが悪者にされてしまうから」

兄が自殺したときの事件をいっている。

「どうして美月の側にいてやらないのよ」

「美月もママが心配だから行ってあげてって」

「まったく馬鹿なんだから。本当に馬鹿」強くいってから敦子は床に落ちたスタンガンに顎を振った。「あれも何なのよ」

「君の様子がおかしかったから、用心に買ったんだ。あまり役に立たなかったけど」

柴又の自宅に忍び込まれた朝に、突然かけた電話が気になったのだろう。余計なことまで汲み取って、準備したがる癖はほんと変わらない。

「久しぶりに引き金を引いたよ。僕も逮捕だね」情けない声でいった。

「絶対させない」敦子はいった。「ずっと間抜けで格好悪かったくせに、何で今さらこんなところで一番格好いいとこ見せんのよ」涙が出た。

ぼろぼろ流れて止まらなかった。

「クリアー」「了解」の声とともに階段を駆け上がってくる音がする。突入班が来た。

「銃を放しなさい」防弾ベストを身に着けた奴らがいった。

元夫が震える手で床にオートマチックを置く。ほぼ同時に、敦子たちは何人もの武装警官に飛びかかられ、押さえつけられた。

15

清春はタクシーを降りると、すぐにエスカレーターで二階に上がった。

中部国際空港セントレア。

案内板を見る。表示に従って、旅客や出迎えで混み合うターミナルビルからアクセスプラザへ。進むにつれて連絡通路を歩く人が減ってゆく。

午後一時半。調べた通り、土曜のこの時間帯でも予約の必要はなさそうだ。

ここから高速船に乗る。

伊勢湾を横切り、津新港まで四十五分。

潮の匂いがして旅客船ターミナルが見えてきた。待合室もそれほど混んではいない。が、乗船券売り場前の短い列に並んだと同時に、ふたりの男が背後に立った。ベンチに座っていた何人かの男女もこちらを見ている。囲まれた。

すぐに田所瑛太も入ってきた。向こうは少なくとも九人。待合室の出入り口はふたつ。窓を割って逃げることもできそうだが、待合客には親子連れや、観光ツアーの年寄りグループも混じっている。

「そのまま」田所が小声でいった。リュックの中で武器を探る清春の手を見ている。

「でも」清春は窓口を見た。

「買ってあります」田所がふたり分の乗船券を見せた。「座りましょうか」自分の隣のベンチに誘った。リュックを取られ、無理やり座らされると、周囲の席にすかさず田所の仲間が移ってきた。

「指示通りにしてくれてありがとう」田所がいった。

「勝てそうにないと思ったので」

「さすがだね。いい判断だ。昨夜の駐車場と、さっきの科学館の有様を見て、正直、何人かが動揺し、怯え出した。だからもう失敗できないんですよ」

「ここには精鋭を揃えたってことですか」

「ええ。元警察官に現役の自衛官もいる」

「公安関係者の仲間も多いんですか」清春は訊いた。「例えば現役の警視庁職員とか？」

見え透いた誘導。

田所はそれにあえて答えるように笑顔を見せた。

――こちらの動きを読まれるわけだ。

「君を拉致することへの、少しばかりの贖罪だと思ってください」田所がいった。「それに君なら、もう気づいていただろうし」

「人材が揃っているなら、はじめからその人たちを使えばよかったのに」

「切り札は、可能な限り使わずにおきたいですから。彼らは大切な情報源でもあるし。それに、できれば穏便に済ませたかったんですよ。なのに、君が拒否した」

出航時間のアナウンスが流れ、田所たちは立ち上がった。

清春も立った。立ちたくないが、そうするしかない。トイレに行くかと訊かれたが、黙って首を横に振った。

高速船内の席でも囲まれ、窓際に押し込まれるように座らされた。

護送されている気分。なのに窓の外は晴れ、波も輝いている。

津に着いたら、車で東京に戻りましょう。四、五日こちらのお願いする場所で寝泊まりしてもらいます」

「困ったな。仕事を失くして、今の家にも住めなくなるかもしれない」

「でも、それも悪くないかもしれませんよ」

「何があっても、あなたたちと一緒には行動しませんから。あんな崇高なことは、僕にはできないし、やりたくもない」

「そう毛嫌いしないでください。では、殺されるか仲間になるかと訊かれたらどうします？」

「十六世紀の海賊みたいだな」清春は首を横に振った。「どっちも嫌です」

「前に富樫くんが『君とはわかり合える』といったけれど、僕も同じ気持ちです。本当に仲間になれたらとも思っている。殺してしまったほうがいいと考えているのは、むしろ滝本麻耶さんや奈々美さんたちだ。だから、富樫くんの姉の潤子さんを電話でそそのかし、彼や私の知らないところで捏造の手紙まで用意して、君を消し去ろうとした」

「意に添わなければ、玲美さんも殺されますか」

「そうなるでしょうね」

「容赦ないな」

「玲美さんに関してはしょうがない。それはある意味で奈々美さんの責任感の現れですから。自分の妹が作り出した小さな綻びのせいで、これまで隠し続けてきたことが露見すれば、ようやく安寧を手に入れた何組もの家族の生活を、また壊すことになってしまう」

「先生の志を継ぐ者としてのけじめ、ですか」

「まあそういうことです」

少し黙ってから、清春はまた口を開いた。

「今の生活は楽しいですか」

「ええ。悪くないですよ」

「家族は？」

「今の家族という意味ですか。もうすぐ結婚します」

「お相手は仁木いち花さんですか」

田所は頷いた。

「おめでとうございます」

「ありがとう」

「でも、極端過ぎて、清純過ぎて、やっぱりついていけない」

「君にいわれるとは思わなかった」田所が笑った。「普通に暮らしている中で、ごくたまに誰かの手助けをし、その過程で極端な方法を使うこともある。それだけです。君とあまり変わらない」

「いや、全然違う」清春も笑った。

予定通り四十五分後、高速船は津新港のターミナルに接岸した。

他の客たちを先に行かせ、最後に降りる。

さらに五人の田所の仲間がこちらに待っていた。連絡を受け合流したのだろう。何人かが護送用の車を取りに行き、ターミナルビルの前で田所たちに囲まれながら清春は待った。

スモークガラスの五台のバンと一台のワゴン車が静かに近づき、止まった。

田所が顔色を変えた。待っていた車ではなかったからだろう。

清春の腕を摑み、その場を離れようとしたものの、もう遅い。バンのドアが開き、柄の悪い男たちが降りてくる。

先頭にいるのは、Vネックセーターにレザーパンツの中年、パーカーにスエットの若い男。二人は葛飾区堀切にある不動産会社、辻井エステートの社員であり、斉田毅彦の持つ一真会の構成員——ヤクザだった。

ふたりに続く十一人の男たちもヤクザだ。Tシャツの袖からはみ出た彫物や風体を見れば誰でもわかるし、連中もわざとそれを誇示している。もちろん田所たちを脅すために。

「お待ちしてました」Vネックの中年がいった。

「遠くまでありがとうございます」清春は返した。

田所が睨む。自分たちが清春を待ち伏せ、連れてきたのではなく、逆にここに誘導されたのだと気づいたようだ。

「車取りに行かせた奴らを呼び戻せ」パーカーがいった。「残りはバンに乗れ」

「いう通りにすれば何もしない」清春はいった。「遅くとも月曜には解放します」

抵抗しようとした仲間ふたりを、田所がすぐに止めた。携帯をかけ、駐車場に向かった仲間にも戻るよういっている。

高速船の利用客やターミナルの職員たちが遠くから見ている。反社丸出しの連中と、外見は普通の男女たちが会話もなく群れている光景は、確かに異様だろう。

田所率いる益井修介の信徒たちは、いわれた通りヤクザのバンに順次乗り込んでいった。

斉田はこちらの要望通り、武闘派を揃えてVネックとパーカーにつけて送り込んでくれた。バンも特別仕様で、警察車両のように勝手に内側からドアを開けられないらしい。

ただ、ヤクザを使えば、莫大な金を支払うだけでなく、義理を作り弱みも握られることになる。厄介な重荷になるとわかっていても、今この場を生き延びるため、斉田に頼むしかなかった。

「こんな汚い連中とつるむなんて」田所がいった。「見損なったよ」

「違いますよ」清春も田所にいった。「はじめから見る目がなかったんです、あなたに」

汚いといわれたパーカーは、表情を変えず、いくつものリングをつけた拳で田所の腹を殴った。鍛えている田所が顔を歪め、うずくまる。それを見た仲間たちの表情が、さらに硬直してゆく。

見せしめにはなった。だが、極力傷つけないよう頼んでいたのに、もう破られた。同業のヤクザではないという以外、田所たちの一団が何者なのか、Vネックたちには一切伝えていない。監禁場所は打ち合わせてあるものの、間違いなく連れてゆく確証もなかった。清春と別れたあと、Vネックたちが田所に取引を持ちかける可能性もゼロではない。

Vネックの携帯が鳴った。「どうぞ」とこちらに差し出す。

誰からなのか、もちろんわかった。

『よう、兄弟』斉田がいった。

「安易にそう呼ぶのは、まずいんじゃないですか」

『盃とは関係ねえよ。俺が勝手にそう感じてるってことでさ』

「約束通り手配していただいて、ありがとうございます」

『こっちも前金の入金確認したよ。でさ、忙しいとこ連絡したのは、残りの金のことでさ。あれ、振り込まなくていいから』

「いえ、振り込ませていただきます」清春はすぐにいった。

『邪険にすんなよ』斉田の声が笑っている。

「相手の気持ちを無視しているのはそちらですよ」

『理解が足らねえってか？　こっちが金いらねえっていってるのに？　そういうとこが気に入ったんだよ。危ないとこまで平気で突っ込んできて、五分で取引しようとするところが。その度胸と技量を使わしてもらいたいんだ』

「手一杯で無理です」

『今じゃねえ、いずれだよ。そのご挨拶と、ご検討いただきたいっていうこちらの誠意として、今回は半額でお仕事させていただきますよ。もちろん、だからって手抜きはしねえ。きっちりやって、俺らの信義を見てもらう。代わりにこっちが頼むときゃ、あんたの信義を示してもらう』

　斉田は早口で続ける。

『恩売って縛ろうなんて、ケチな考えは持ってないぜ。あんたのことは正価で買わせてもらう。それだけ値打ちがあると評価してるんですよ。だからよろしく頼むよ。じゃ、忙しいとこ悪かったな』

　切られた。

　予想以上に悪い展開。これならまだ安値で働かされるほうがよかった。ヤクザと五分の付き合いをするということは、常に命懸けを求められるということだ。

　全員が五台のバンに乗った。田所の仲間たちは窓越しにこちらを睨みつけている。

「出していいすか」パーカーが訊いた。

「お願いします」

最後に清春はVネックからワゴン車の鍵を受け取った。

パーカーが笑顔で手を振り、バンが走り出す。車列が見えなくなるまで待ち、清春は残ったワゴンに乗り込んだ。

「ああ」と嘆く気持ちが声に出た。今日を生き延びられたとしても、その先にも厄介なことが山積みじゃないか。

だが、うんざりしている暇はなかった。絶望に浸れるほど、今自分は甘い状況にいない。

津市内まで所要時間十三分とナビがいっている。森若耳鼻咽喉科の場所を確かめ、清春は走り出した。

＊

「続きを話してもだいじょうぶ？」

姉、松橋奈々美がまた真実を語り出す。

「私の実の父、柚木尚人はママに殺されたの」

玲美はうつむいて目を閉じた。姉の顔を見られない。証拠はあるかと問いただしたくても、言葉が出てこない。

「れいちゃんが生まれて八ヵ月のころのことだよ。私も小さかったけど覚えている。ママは父が車で走ってくる夜の道で待ち伏せて、れいちゃんを抱いたまま、私の手を引いて飛び出したの。父が絶対に避けるとわかっていて。車は対向車線にはみ出して、正面衝突した。対向車に乗っていた五十代のご夫婦も亡くなった」

「ママは三人殺したってこと？」玲美は声を絞り出した。

「そう。自分の憎しみを晴らすのに、関係のない人たちも巻き込んだ。益井さんがあとになって教えてくれたけど、その日は私との面会日だった。でも、ママは時間を間違えたふりをして、わざと父と喧嘩して、今日は会わせないと癇癪（かんしゃく）を起こした。父はそのころ住んでいた埼玉の上尾（あげお）に戻ったの。夜になって、ママは東京の家にいるふりをしながら、昼の喧嘩のせいで『奈々美と一緒に自殺する』と電話して、急いで止めに来させた。本当は、私を連れて父の家の近くまで来ていたのに。暗くて、周りが田んぼばかりの上尾の国道。そして願った通り、ママが一番好きで一番憎かった父は事故死した」

「それをママは『いのちのダイヤル』で話したんだね」

姉は頷いた。

「はじめは子育ての悩みを話して、次に『時々手を上げてしまう』って、回を重ねるごとに少しずつ深刻な告白をした。益井さんがどれくらい信用できるかを見極めていたのね。ママはカウンセラーに守秘義務があるのもわかっていた。教会の告解室みたいなつもりで、話すことで罪を薄めようとしていたの。益井さんは心配して、私に会いにきてくれた。学校が終わって、学童保育のれいちゃんを児童館に迎えにいく途中、声をかけられた。少し話しただけで、益井さんは全部知っている人だってわかったよ」

「ふたりで殺したのね」

「決めたのは私。益井さんには何度も訊かれたわ。殺すか、別れて暮らすだけにするか。でも私には、ママは別れても必ず取り返しにくるとわかってた。それに、ママは『こんな酷いことをする自分が許せない。死にたい』って、私にも益井さんにも何度も泣いて話した。でも、死ななかった」

「だから願いを叶えてあげたっていうの？」

「違う。自分を責めて、泣いて、それでまた罪が軽くなり救われたような気持ちになっているのを見て、小さい子供だった私でも、やっぱりこの人は死ぬべきなんだと思ったの。そして本当にママが死んで、益井さんが私の父になった」

「ママの遺体のポケットに入っていた、『ななみもつれてゆきます』。あれもお姉ちゃんが書いたのね」

「うん。『ママの見本通りに書きなさい』って、つねったり、引っ掻いたりしながら、あんなに厳しく字を教えてくれたんだもの。そっくりに書けるようになるよ」

「ねえ、ママと暮らしていて、辛いことしかなかった？」

涙も出ないくらい苦しくなって玲美は訊いた。

「優しかったことも、楽しかったことも本当になかった？」

「嬉しかったこともあるよ。れいちゃんの本当の父親、ナマル・ジャヤラットと一緒に住むようになったあと、私は性的虐待をされた。まだ四歳にもなっていなかったのに、口や膣（ちつ）や肛門を舐（な）められて。あいつがペニスを入れなかったのは、ただ私の体が幼過ぎて入らなかっただけ。『ママにいうと君が怒られて、もっとつねられる。僕も怒るよ』と脅されて、怖くていえなかった。あいつは虐待や傷のことを唯一知っている他人だったけれど、見て見ぬふりをしてた。でも、指を入れられるのがどうしても嫌で、ママに『助けて』っていったら、そのときだけは本当に助けてくれたの。すごく怒って、私をあいつとふたりきりにしなくなったし、あいつが『ななちゃんの勘違い』と言い訳しても信じなかった。ただ女として許せなかっただけかもしれないけれど」

「ごめんね」くり返した。「本当にごめんね」

「れいちゃんは悪くないよ」

「でも私のことも憎んでたでしょ」

「憎んではいないよ。大好きだったし、可愛かったし。けれど、嫌いでもあった」

「だからあんな写真をずっと送ってきたの？」

「そうかな。半分は私が生きていることを伝えたかったんだよ。でも、半分は嫌がらせだよね、やっぱり。れいちゃんはママに怒られても、最後には抱きしめてもらってたでしょ？　いたずらや悪いことをしても、『ナマルみたいな駄目な男の血を引いているから。あの人の娘だから』って、そんな理由で許してもらってた。私は許せなかったよ。ずるいって子供ながらに思った。パパが違うから私は優しくされなくても、憎まれてもしょうがないんだとは思えなかった。れいちゃんがうらやましかった。れいちゃん自身は、何も悪くないんだけどね」

「何も知らなかったで私は許されていいの？　小さい子供だからしょうがなかったで、私には何の罪もないの？」

「うん、ないよ」姉は優しくいうと、いち花に訊いた。「ないよね？」

いち花は頷き、タイミングを計っていたように新しいお茶を運んできた。

この香り、たぶんオレンジピールの入ったハーブティー。

「飲んで」姉にいわれ、無理やり口をつけた。ほのかな甘さが一瞬で消え、苦みばかりが口に広がってゆく。

「ママが私の実の父に捨てられたことや、ナマルが逃げたことを、周りの人たちにどれだけ上手に隠していたか、れいちゃんもあとになって調べてわかったでしょう？」

玲美は頷いた。

「大人にも全然気づかれなかったんだもの。小学生がわかるわけないよ。れいちゃんこそ、私を憎んでいいのよ」

「憎めないよ」玲美はいった。

姉は母の死を望み、母には望まれるだけの十分な理由があった。何ひとつ納得も共感もできないけれど、誰を責めていいのかもわからない。唯一責めるべき母はもうずっと前に殺されている。殺した益井も死にかけている。

阿久津くん——そう思った。軽蔑しているし、理解したくもないと思っていた彼の気持ちが、わかるような気がした。

「すぐには仲良くできないかもしれないし、やっぱり憎しみが湧いてくるかもしれない。それでもいいから一緒に暮らそう。私たちの新しい家族になって」

「なれないよ。ここはいい場所だと思う。素敵で、優しくて暖かい場所。でも、壊れてる、狂ってる」

「私は壊れているかもしれない。でも、壊したのはれいちゃんの本当のママとパパだよ。あのふたりに壊されてこうなった。こうなるしかなかった」

「その通りだよ。でも、私は帰りたい。ここで見たことも、聞いたことも、絶対誰にも話さない。時々はお姉ちゃんに会いにきたいけど、それもだめっていうなら諦める」

「帰せないよ。全部知ってしまったんだもの、もうこれまで通りには生活できない。れいちゃんは頑固で真面目で、退屈なくらいに融通のきかない子。小さいころだけじゃなく、これまでのあなたを見てきたから、よくわかる」

「やっぱり見てたの。私のことずっと」

「うん。だからわかるよ、あなたを帰したら、ここで見聞きしたことを誰かに伝える。歪んでいると思い込んで、正そうとする。でもね、私たちから見れば、あなたのほうが歪んでる。一緒にいてあげないと、また狡い誰かに騙されるかもしれない」

「阿久津くんのこと?」

「違うわ。私たちが、どうやって阿久津くんや則本さんを知ったか、もう気づいているでしょう? あなたを見てたからわかったんじゃない。村尾邦宏が教えてくれたから」

玲美は両目を強く閉じた。胸が刺されたように痛む。

「本気で愛していたんでしょう? でも、あの人こそ、本当に下劣な人」

「そんなふうに――」

「いわないでほしい? でも、あの人は、殺人を犯しながら穏やかに生きている人間がいるのを知って、どんな理由があろうと、それが許せなかっただけ。人殺しが唯一の弱者の救済になるなんてことを、どうしても信じたくなかった。だから、殺人で救いを与えた者も、救いを与えられた者も、あの人の勝手な規範と戒律に則って処罰しようとした。そのために、れいちゃんを騙して働かせただけ。関わってしまったせいで、人殺しまでさせられたでしょ。藤沼晋呉さんのことだよ」

玲美は黙った。

さっきまでとは違う痛みが胸に広がってゆく。

「阿久津くんも被害者。どうして彼を選んだか、ちゃんと訊いた？　犯罪者独自の視点と考察で、絶対解き明かせるとでもいわれたの？　冷酷で人殺しの技術に長けた阿久津くんは不可欠だと、吹き込まれた？　彼の本当の恐ろしさを知ってるから、ふたりでいるときは怖かったでしょう。愛して信頼している村尾さんの命令だから、必死にがまんした？」

「私は――」

騙されてない、と続けたいのに唇が動かない。

「阿久津くんは確かに鋭いし、残忍で強いけれど、決して彼が唯一じゃなかった。それなのに無理にこじつけてまで選んだのは、彼をどうしても罰したかったから。今のれいちゃんになら、わかるよね」

悲しみとも痛みとも違う涙が流れ落ちてゆく。

「人殺しは絶対に幸せになってはならないっていう差別心が、村尾さんを突き動かして、なのに最後は自分も人殺しになって、不幸のうちに死んだ」

――死んだ？

「本当よ。ニュースに出てる。昨日の朝だって。あの人こそ、生まれながらの異常者。人生の中で自分を一番侮辱した連続誘拐犯を、告発でも逮捕でもなく、結局は自分の手で殺すことでしか満足できなかった。倫理も正義も一貫していないのに、自分だけが正しいと信じていた。聞くのは苦しい？　ごめんね。わかってるけど、れいちゃんの頭から、あの男を追い出さないと。村尾さんは、狂ってるとか壊れてるとかいうより、この世にいてはいけない人」

「ごめんね、お姉ちゃん。それでも私はここにいたくないよ。私はお姉ちゃんたちみたいに純真にも素直にも生きられないし、生きたくないよ」

「だめ、離れていくなら――」

「私も殺す？」あの夜、阿久津くんにいったのと同じ言葉。

姉は、奈々美は迷わず頷いた。

ほぼ同時に、遠くでバリンと音がした。

＊

清春は森若耳鼻咽喉科医院入り口のガラスを割った。

古い風合いの木戸に嵌め込まれた色ガラスが、砕け、散らばってゆく。先には段差のない下足場と薄暗い待合室が続いている。

警備会社のシールが貼られていたが、やはり警報機は鳴らなかった。わざと派手に音をたてたのに、人が出て来る様子もない。

今は午後三時。まだ明るいが、暗くなるまで待つ余裕はなかった。

住宅街の奥の丘の上に医院はある。四階建てで、門から入り口までの間には、きれいに手入れされた庭が続き、裏には患者用駐車場と、古い神社へ続く森が広がっている。

庭を見回すと古い百葉箱と花壇、大きな栃（とち）の木があった。一階の窓には鍵のかかったシャッターが下り、二階の窓には金網と目隠し用の外板。外から昇っていけそうな梁（はり）や段差もない。

上のほうに人影が見えた。

屋上から乗り出し、狙っている。ライフル銃。いや、発砲音のないまま銃口から細長い何かが飛び出した。ガス銃だ。すぐに茂った栃の木の下に滑り込む。

体を外れ、足のすぐ近くの芝に突き刺さったのはダート——ガス麻酔銃用の矢。

さらに左右からも撃たれた。

ひとつはリュックで避けたものの、もうひとつが右肩に刺さった。撃った連中が建物の裏へ逃げてゆく。清春もすぐに医院入り口に駆け込み、古く大きな靴箱の陰でダートを抜いた。

打たれた薬剤は？　突発的に眠らせるケタミンじゃない。アザペロンとも違う。一瞬高揚し、すぐにふらつきがはじまった。ここは耳鼻咽喉科。そうかアドレナリンとフェノチアジン系薬物の混合薬。血圧が下がり、催眠術でもかけられたように体が重い。向こうは生きたまま捕獲する気だ。斬ったり絞めたりして、体に目立つ傷跡がつくことも避けている。自殺に見せかけ処分したいのだろう。薬物も、死体に残留していても疑われにくいものを選んでいる。

体がさらに重くなる。リュックを漁ってピルケースを探し、モダフィニルとカフェインの錠剤を口に放り込んだ。

やはりこのまま正面の入り口から突入するしかないようだ。陽の下で狙い撃ちされるよりはいい。靴箱の陰から様子を窺う。暗い待合室には誰の姿も見えない。だが、待ち伏せていないわけがない。

急がないと。時間をかけた消耗戦になれば、間違いなくこちらが不利になる。

院内の人数を推測する。女が玲美を含め最低四人、男が富樫佳己を含め三、四人程度。ヤクザに田所たちの一団を拘束されてしまった今、向こうもこんな無茶に動員できる人手は、あとわずかのはずだ。

絶縁用のゴム手袋をつけ、血痕のついた登山用ステッキをベルトに差した。発煙筒を三本投げ込む。煙はいずれ医院の外へも流れ出し、見た誰かが通報するだろう。消防隊や警察が駆けつけるまでが、向こうにとっても清春にとっても残された時間となる。

　煙が広がった待合室に入ってゆく。

　床に這い、並んでいる長椅子の裏に隠れた。テレビと会計用カウンター、調剤薬の渡し口。煙を噴く発煙筒が三つ。古い柱時計がコチコチと鳴っている。

　奥の診察室へと続くドアのノブが音を立てた。向こう側から誰か入ってくる。

　清春は立ち上がり、真っすぐに駆けた。ドアが開き、流れ込んでゆく白い煙の奥の人影が麻酔銃を構えた。バスッと響き、ダートが清春の防刃ベストに刺さる。清春はその射線を逆にたどると、すかさずリュックから反撃用の装備を取り出し、撃った。

　かすかな音が鳴り、プラズマが光る。

「うわっ」と人影が唸り、清春が撃った弾丸を受け倒れてゆく。

　向こうも防刃ベストを着込んでいるだろうが、相当な衝撃があったはずだ。診察室に入り、煙の下に倒れていた眼鏡の男に二発目を撃った。またもプラズマが走り、右太腿に五寸釘を加工した弾丸が突き刺さる。悲鳴を上げる眼鏡の股間を鉛の入ったブーツで踏み、右手に握ったナイフを登山用ステッキで叩き落とす。

　が、清春も診察室の隅に隠れていた別の誰かに撃たれた。

　右股に刺さったダートをすぐに抜く。またも薬剤を打ち込まれ、強いめまいがする。それでも、煙の中を駆ける姿を清春は追った。吸入治療器の横に隠れようとしたところを狙い撃つ。

標的の背中に五寸釘が命中し、呻きながら崩れてゆく。それをうしろからさらに蹴った。うつ伏せに倒れた男は、褐色の肌をしていた。中東か東南アジア系。ただ、どんな人種だろうと倒すことに変わりない。髪を掴んで、顔を床に叩きつける。

清春が撃ったのはレールガン。

秋葉原で買い込んだパーツで組み立てたもので、主電源はリチウムポリマーバッテリー。前にも何度か造ったことがあり、黒く大きな小学生用筆箱を縦に並べたような不格好な見た目だが、コンデンサは400V。スチール缶や三センチ厚の木板程度なら軽く貫通する。

顔を叩きつけられた男が何かいっている。

「——ディアングック」

ベトナム語？　はっきり聞き取る前に気絶したが、地獄へ落ちろといいたかったのだろう。

診察室から二階への階段に続くドアノブを握った。鍵が閉まっている。

ドンドンと叩く音。ドアの向こう側からだ。

「阿久津くん」富樫が大声で呼びかけて来た。「最後のお願いだ。終わりにしてくれ」

「頼みを聞いてくれるんですか」清春も大声で訊いた。

「違うよ。これ以上抵抗するなら、本当に君を殺すことになる」

「そうしたいのならどうぞ。ちょうど消防隊が踏み込んでくるころに、あなたたちの前に僕と柚木さんの死体が横たわっていることになる」

「意地を張るな。柚木玲美に弁護士事務所との契約を打ち切らせ、君を彼女から自由の身にするから。脅しでも懐柔でも何でもして、柚木の考えを変えさせる。村尾邦宏の企みに嵌まって、僕らはこんな潰し合いをしていちゃいけないんだよ」

「その場凌ぎにしか聞こえません。柚木を説得するというのなら、どうして今までやらなかったんですか」

大声を出しながらも、麻酔薬のせいで清春の思考はぼやけてゆく。折れた肋骨のあたりを強く叩き、意識を引き戻すと言葉を続けた。

「説得は無理だとわかっていたからでしょう。姉の奈々美さんと違い、絶対何者にも飼育されません。彼女は戦利品にはならない強い意志を持っている」

「どういう意味だ？」

「奈々美さんも滝本麻耶さんも、仁木いち花さんも、トロフィーに過ぎないってことです」

「無理のあるこじつけだな。益井修介は快楽殺人者とは違うよ」

「いや、同じです」

「同じゃないさ。相手から命以外、何も奪ってない」

「髪や指、首、乳房、そんな屍肉の一部ではなく、益井の奪ったものが生きた人間だったのだけです。育ってゆく娘たちを眺めて、益井は自分の殺人とその結果を思い起こし、甘美な記憶を噛み締めていた。あいつは妻子を亡くして善行に目覚めた医者なんかじゃない。自分の中の抑えられない憎しみと殺意を、世間の理不尽にぶつけてきただけです」

「そんな考えは共感できない。到底理解できないよ」

「だから何度もいったじゃないですか、僕たちは絶対にわかり合えないって」

「残念だ」

富樫がいったと同時に、見えないドアの向こうで銃声が響いた。

ガス銃じゃない。本物のライフル銃だ。もちろん清春も警戒し、ドアの前に折りたたみ式のストレッチャーを二重に並べ、半身で構えていた。

だが、銃弾はドアもストレッチャーも貫通し、右肩に食い込んだ。障害物で威力が軽減されているとはいえ、肉を喰い破られたように痛い。

ちくしょう。殺さず生け捕りから、その場での殺処分にもう切り替えたのか——清春はふらつきながらも壁沿いに身を這わせた。

富樫がドアを蹴破り、発煙筒の充満した診察室に飛び込んで来た。

が、清春が富樫が引き金を引くよりわずかに早く、その横顔をレールガンで撃った。

連射し、頬と胸に五寸釘の弾丸が突き刺さる。清春はバッテリーの切れたレールガンを投げつけた。富樫が手で振り払う。その隙に飛びかかった。射撃範囲の内側に入ってきた清春の体を、富樫が振り下ろしたライフルの銃身で殴る。清春も登山ステッキで殴る。

倒れた富樫はまたドアの外へ這い出し、二階への階段を駆け上がった。清春も追う。富樫が振り向き構える。清春は伏せずにまた飛びかかった。ふたりはもつれ、ライフルとステッキを奪い合いながら階段を滑り落ちた。清春は滑る富樫の肩を、上からさらに蹴る。富樫が背中を腕を打ち、転がってゆく。ライフルが暴発し、壁を貫いた――


一度目より間近で響いた二度目の銃声に、姉たちの体が震える。

玲美の視界に、窓の外を流れるかすかな煙が入ってきた。本当の火事かどうかはわからない。けれど、間違いなく阿久津くんが仕組んだものだ。

動けない益井の体を介護ベッドから車椅子に乗せていた麻耶が、隅のクローゼットに向かい、散弾銃を取り出した。いち花もナイフを握り、姉たち三人の目が二階から上がってくるドアに集まる。

その一瞬の隙に、玲美は目の前に置かれた陶器のカップを握ると、ローテーブルに叩きつけた。割れた破片を手錠のかかった手で握りしめ、ソファーを飛び越える。

「動かないで」

破片を車椅子に座る益井の首に突きつけた。乾き色褪せた老人の肌に、鋭い陶器の先端がゆっくり沈んでゆく。

麻耶が散弾銃の銃口を向ける。

「どうしても一緒は嫌なのね？」姉が訊いた。「父を殺したい？」

「帰らせてくれないなら、殺す」

「殺されてもいい――父が話せるならそういうわ。代わりに、れいちゃんも絶対殺せって」

姉もサイドボードから刃の長いサバイバルナイフを取り出した。

清春は三階まで駆け上がると、鍵のかかったドアを蹴破った。

女たちの視線が集まる。奈々美、いち花、麻耶だ。車椅子に座る恍惚の老人が益井修介であることも、すぐにわかった。

「帰ろう」清春はいった。

玲美が頷く。

清春を追って、ライフルを構えた富樫も部屋に駆け込んできた。

「銃を放して」玲美が破片を益井の首に押しつける。だが、富樫は構えたまま。

全員が動けない。

突然、益井が低く唸った。動く気配のなかった枯れ木のような腕が、首に破片を突きつけている玲美の手首を摑む。慌て驚いた玲美が手首に力を込める。益井か、玲美か、どちらの意志かはわからない。が、老人の喉は裂かれ、血がどろりと溢れ出た。

「ああ」と遺言のように益井がもう一度呻き、聞いた麻耶は反射的に引き金を引いた。銃声とともに散弾が飛び散り、玲美と益井は至近距離で浴びた。

玲美は膝から崩れ、益井は車椅子から滑り落ちてゆく。ふたりに駆け寄る清春と奈々美。だが、清春は玲美を抱き上げずに、サバイバルナイフを握っていた奈々美の腕を強く摑んだ。そのままうしろに回り込み、彼女に握らせたままナイフを首に突きつける。

「救急車を呼べ」清春はいった。「早く」

玲美は目を剝いたまま倒れ、荒く息を吐いている。益井は口も目も大きく見開き、また動かなくなっていた。

「救急車」清春はくり返す。「電話しろ」奈々美の首にナイフを食い込ませ、流血させた。

「嫌だ。呼ばない」麻耶は散弾銃を清春に向けながらいった。「ごめんね、お姉ちゃん」

奈々美に呼びかける。

「ううん。それでいいの」奈々美は首から血を流しながらいった。

「そうだ。間違ってない」富樫もライフルを清春に向けながらいう。

「お父さんも褒めてくれる」いち花だけは握っていたナイフを捨て、動かなくなった益井を抱きしめた。「ね、お父さん」涙を流している。

「銃を捨てろ」清春はいったが、ふたりは捨てない。

「早く逃げて」奈々美がいった。「だいじょうぶ、元気な子を産むから」

「ふたりで待ってる」いち花と麻耶がドアへあとずさってゆく。そして「さよならお父さん」と続けた。奈々美も涙を流している。

益井修介の死体を残し、ふたりがドアの向こうへ消えてゆく。

「柚木さん」清春は呼びかけた。

玲美は動けない。それでも口を開いた。

「阿久津くん、お願いがあるの」

囁きのような小さな声。

「全員殺して。富樫も田所も、麻耶さんも、いち花さんも、姉も。姉が生んだ子に、私と同じ思いをさせてやりたい。約束してくれたら、あなたに秘密を渡す」

「約束するよ。全員殺す」

「殺させない」奈々美が口を挟んだ。「ね、お父さん」

清春は羽交締め(はがいじめ)したまま絶縁手袋をつけた手で口を閉じ、ナイフの柄で殴った。きれいなかたちをしていた奈々美の鼻が潰れ、押し黙る。流れ落ちた血が、妊娠で大きくなった腹部を覆っている淡いグレーのロングニットを染めてゆく。

「ふたつの弁護士事務所のことは調べてあるよね」

玲美の声は掠れ、さらに小さくなってゆく。

「パスワードとあなたの名前を伝えれば全部引き継がれる。だいじょうぶ。今はまだ何も知られてないから。書類が開封される前、必ず月曜の昼までに連絡して」

「黙れ」ライフルを向けながら富樫が叫んだ。

「少し待ってろ」清春は富樫にいうと、またナイフの柄で奈々美を殴った。「黙ってられないならもっとやる」

奈々美の顔が赤く腫れ、唇が裂け、富樫が口を閉じた。

「パスワードは？」

「あなたの家に」と玲美はいった。「行ったとき置いてきた」

「どうして？」清春は訊いた。

「きっとこうなると思ったから」倒れた床に血が広がり、玲美は失血で震えている。「お願いね、阿久津くん」

「だいじょうぶ。殺すから」

「ありがとう。会ったときは軽蔑してた。でも、今は好きだよ」

「俺もわりと好きになったよ」

玲美は頷いた。「もう死ぬのか、嫌だなあ……」

目と唇を薄く開けたまま動かなくなった。

「柚木さん」清春は呼びかけた。が、もう返事はない。

「さよなら、れいちゃん」奈々美が朦朧としながら切れた唇でいった。

清春はライフルの銃口と富樫を見た。「銃を下ろせ」

「ふざけるな」富樫が返す。「やはり君は害毒だ。僕が間違っていた。奈々美のいう通り、もっと早くに排除すべきだった」

「いいからまず銃を下ろせ。奈々美さんを放すから」

「は？　何をいってる」

「銃を下ろして床に置け。同時に奈々美さんを渡す」

「おまえ、今約束しただろ」富樫が声を荒らげる。

「その通りにしたほうがいいか？　元凶は死んだんだ。まだいがみ合って、争って、もっと死人を出したいか？」

「信用できない」

「うそはつかないよ」

「今まさにうそをついてるだろ」

「まだついてない。この交換が成立したとき、はじめてうそになる」

富樫の両目から殺意が引いてゆく。そしてライフルを下ろした。

清春も奈々美の首からナイフを離した。

富樫がライフルを床に置き、同時に清春は奈々美の体をそちらに押し出した。

顔を血塗れにした奈々美が、富樫の腕の中に崩れ落ちてゆく。

「もう頼むから構わないでくれ」

清春はいった。

「まだ追ってくるなら、今日の録音をばら撒く。おまえたちに助けられた家族の名前も公表する。おまえたちを全員殺す。生まれてきた子供も」

そして動かない玲美を一度だけ見たあと、歩き出した。

「そっとしておいてくれたら、何もしないから」

遠くでいくつものサイレンが鳴っている。煙を見た誰かが通報したようだ。

ドアを出て、争いながら上ってきた階段を下りてゆく。

たまらなく眠い。自分の足元がぼんやりと滲んで見える。

行く先が霞んでいる——

16

則本敦子は柴又の自宅アパートを出た。

義姉に侵入されたのに、結局変わらずここに住んでいる。引っ越しが面倒というより、愛着があって離れたくないと感じたのには自分でも驚いた。離婚後のさえない毎日の記憶しか、ここにはないのに。

七月十九日、木曜。六時三十五分。

杖をついて駅へ歩き出す。

まだ撃たれた脚は治り切っていない。担当医は「諦めずリハビリを続ければ、いつかは」なんて完治しないような言い方をしたけれど、絶対元通りにしてやる。

梅雨明けが発表されたのに曇っている。

六月九日の日下亭での立てこもり事件の後、宮島司と義姉は逮捕され、今も文京区本富士警察署での勾留が続いている。

井ノ原も容疑者として監視を受けながら文京区内の病院にいる。

当初、警視庁捜査一課から事件の信憑性に対する強い疑いの声が上がった。でっち上げか、嵌められたのではないかということだ。だが、元夫が撮影した動画を見せると、態度を翻し、今度は懐柔に出た。

話し合いの末、井ノ原は事件直前に辞表を出し、退職していたことになった。事件は派手に報道されたものの、マスコミの扱いの中でも「元刑事」になっている。

今現在も井ノ原は黙秘を続けている。それでも檜山係長はじめ五課七係の捜査で、益井修介とのつながりが見えてきた。

　益井の妻が息子と無理心中する原因となった自動車事故。

　この加害者の未成年が運転する車に同乗していた、友人のひとりが井ノ原だった。当時十六歳で愛知県在住。両親の離婚前だったため名字も違う。事故後、世間の目を考えたのか、母親や姉とともに長野に移っている。

　いつ益井と接点を持ったのかはわからないが、許しを与えた益井に感化され、取り込まれた可能性が高い。警視庁内では、井ノ原がどれだけの秘匿事項を、益井を含む外部の仲間に流していたのか内務調査も進んでいる。

　問題は、漏洩(ろうえい)に加担していた人間が、他にも複数いる可能性が出てきたことだ。益井に心酔する者が、まだ警視庁内に潜んでいるかもしれない。データ解析を中心とした内偵が続いているが、被疑者の特定には至っていない。

　敦子の元夫のほうは変わらず一部上場企業勤めを続けている。聴取は受けたが、もちろん逮捕はされていない。会社では勇敢さを冷やかされているそうだ。

　事件に巻き込まれた女性との交際は、まだ続いている。ただ、結婚話は保留となった。彼女と娘さんには謝罪の気持ちしかない。会って直接謝りたいとお願いしたが、断られた。当然だろう。娘さんと一緒にカウンセリング治療にも通っているそうだ。

　ごめんなさいと心から思う。

美月とは毎日メールを送り合い、週一回は電話している。来年は中高一貫の都立を受験するといっていた。あの子は深く傷ついているし、今でもすごく恐れている。なのに、それを見せようとしない。その気遣いが、逆に心を苦しくさせる。

敦子と元夫が、本当に命をかけてあの子を守ろうとしたことを、それだけ自分が深く愛されていることを、美月は理解してくれていた。

そう、あの子のためなら何だってやる。この先もずっと。

ようやく柴又駅に着いた。

六月九日以降、清春とは電話で一度短く話しただけだった。

ただ、あの日、三重県津市の森若耳鼻咽喉科医院で何があったのかは、檜山係長から詳しく聞いている。

玲美の遺体は、状況確認に入った消防士に発見された。

死因は散弾を浴び、失血したことによる多臓器不全。三重県警と警視庁の合同捜査本部は、彼女を拉致監禁致死事件の被害者と発表している。

地元では名を知られた医師一家が起こした奇異な事件として、小野島静と重光円香の連続殺人事件と並ぶ注目がマスコミから集まっている。遺族である義両親は、玲美との特殊な家庭環境も相まって、テレビのワイドショーが無理に飾り立てた悲劇の象徴となり、ネットでも出典不明の情報や無責任な推論が飛び交い、悪い意味で時の人となっている。

玲美の葬儀にも無数の報道陣が集まった。

敦子も参列しようとしたが、許されなかった。義両親、特に母親には怨まれている。想像ではなく、電話ではっきりとそういわれた。

藤沼晋呉の母、紀子が玲美を訴えた民事訴訟は、被告死亡で不成立となった。紀子は「天罰」とSNSで発信し、あまりに不謹慎と非難されている。

奈々美、いち花、麻耶、富樫、田所はまた行方がわからなくなった。

医院に残されていたのは、無数の争ったあとと、玲美、益井修介の遺体のみ。捜査本部は奈々美たちの正体を把握しないまま、すべてを森若一家が起こしたものと見ている。

それほど身分偽装は完璧だった。緻密なすり替え、移し替えをくり返した結果、役所のどの公文書やデータの中でも、益井修介たちは完全に森若姓の一族になっていた。

捜査自体も難航していた。

身代金目的の営利誘拐。異常性癖に起因する拉致監禁。両面から調べを進めているものの、どちらの確証も得られていない。過熱する報道やネット内の推理とは正反対に、何の成果も出ていないのが実情だった。玲美の義母の主張する十九年前の実姉の失踪との関連の線も追ってはいるが、捜査本部は本命視していない。

敦子は電車を乗り換え、地下鉄有楽町線のホームへ。

あの日、すべてを見ていた人間がもうひとりいる。

阿久津清春。

だが、彼は現場にいなかったことになった。明らかなうそだが、そのうそを事実に転化する作業を指示したのは警視庁上層部であり、実際に動いたのは、他の誰でもない敦子、檜山係長ら捜査五課七係だった。

どんな手段を使ったのかはわからないが、清春は玲美から秘密を引き継いだ。

結果、清春と敦子の過去に関する人目に晒したくない情報は、世間に発信されることはなかった。彼から一度だけかかってきた電話は、その秘密に関する確認だった。

回収した敦子に関する書類を、一切目を通すことなく、そのまま渡す。代わりに敦子は、六月九日の清春のアリバイ証言を何があっても貫き通す。今後互いの身に何が起きても一切詮索しない。接点を持つことも極力避ける。

文句はなかった。それでいい。

ただ、敦子はひとつだけ質問をした。

「私を軽蔑してる?」

「いいえ」と彼はいった。

そして、敦子の私用携帯にスパイウエアを仕込んでいたことを告白してくれた。

あの日、迷いながらも東京駅に向かったことを、彼のところに行こうとしていたことをわかっていた。

ずに電話を切った。

最後に「ありがとう」といわれ、涙がこぼれた。それ以上言葉が出なくなり、何も返さずに電話を切った。

資料はその後、約束通り郵送されてきた。とっくに破り、燃やしてしまい、今は残っていない。檜山係長も敦子の過去に関する捜査資料を、目の前で破棄してくれた。

もう怖がることはないし、恐れるものもない──そう思いたい。けれど、どうしても玲美の死を胸から追い出せなかった。

友達でも、仲間でもなかった。悲しくはないし、もう一度会いたいとも思わない。ただ、彼女を思うと怖くなる。たぶんそれは、遠くない将来の敦子自身の姿と重なるからだ。

桜田門駅の改札を出た。

エレベーターもエスカレーターも使わず、階段を上ってゆく。見上げる先には、曇り空と本庁庁舎。またいつも通りの一日がはじまる。


清春はエレベーターを降り、廊下を進んだ。

日葵明和本社六階、法務部のフロアーへの入り口で戸叶は待っていた。

彼女はもう本社に戻っている。そして清春も戻されることになった。出向予定だった明和フードシステムズには、結局一日も正式に出社していない。

取消ではなく、異動先変更らしいが、そんな例は聞いたことがなかった。

「人事が許可したんだから、探せば前例はあるでしょ」戸叶はいった。

彼女の本社での役職は、管理ユニット・法務部第二法務課長。清春はその第二法務課内に増設される第二調査係への転属が命じられている。

呼び戻したのは戸叶。

だが、清春の大学での専攻は経済学で、法律の専門知識などゼロだった。

「そういうことじゃないの」

戸叶は清春を第二法務課長室に案内した。ドアを閉め、オフィスと仕切られている窓のブラインドも下ろす。

「警察のまねごとをやってもらいたいのよ」

社内執行部や関連企業の重役会、さらに大手クライアントからの要請で、一般の調査会社や興信所には依頼できない事柄や、より高度な調査を必要とする懸案を取り扱う部署がある。

ただ、自分には無縁だと思い、意識したことなどなかった。

「派手じゃないけど、結果を残せば必ず報われる場所よ。アジア・インフラセクション八課の田乃上課長の許可も得てる」

どう説明されようと拒否権はない。だから代わりに訊いた。

「どうして僕なんでしょうか」

「能力があって、しかも狡賢い人が必要だったから。狡いだけでも、賢いだけでもだめ。勝っても負けてもいけない交渉が必要になるから。頭を叩かれたあとで、もう一回わざと腹を殴らせてやるくらい卑屈になれる人間がいいのよ」

「褒められている気がしません」

「褒めてないわ。あなたの能力のひとつを指摘しただけ。それから、警視庁捜査五課七係の檜山係長からの強い推薦もあったの。知り合いなんでしょ？」

――あいつ。

清春は黙った。自分でも憮然(ぶぜん)としているのがわかる。

「法務二課はいいわよ。そんな顔をしても上司にパージされないから」

戸叶が横目で見て笑った。

「出社は二週間後でいい。今週末、妹さんの結婚式よね。兄としてしっかり妹を送り出したあと、ゆっくり休みなさい。ただ、しばらく休職したいと考えているのなら、その意思を尊重するけれど」

玲美の死を気遣ってくれている。

「いえ、二週間したら出てきます」

戸叶は小さく頷いた。

「主幹と部長には私から話しておく。そのころまでには第二調査係の体制も整っているだろうから。出社再開したら、まずは一緒に警視庁に挨拶回りに行きましょう」

清春は頭を下げ、課長室のドアを閉めた。

会社から早く出たかった。元の所属だったアジア・インフラセクション八課にも挨拶に寄らず、エントランスに急ぐ。知り合いとすれ違うたび、その誰もが気遣ってくれるのは本当に心苦しかった。

恋人を殺された悲劇の男と皆が思っている。今の清春は演じなくても、そんな男の顔をできる。そう、本当に悲しかった。

結真の結婚式への出席も取りやめるつもりでいた。祝いの場に無用な気遣いや哀れみを持ち込みたくなかったし、好奇の目を向けられるのも嫌だった。けれど、誰よりも強く新郎新婦が、清春が当日そこにいることを望んでくれた。

玲美の通夜、告別式には参列した。ただ、玲美の義父母とは一切話していない。目を合わせる機会もなかったが、それで構わなかった。会場は哀悼（あいとう）を捧げる場ではなく、義母の抱く悲しみ、憎しみ、不審を訴える場のようだった。あの日の主役は、棺の中の玲美ではなく、すべてを疑い怨んでいる義母だった。

玲美が「あなたの家に置いてきた」といったパスワードは、すぐに見つかった。

彼女に出したレモネードのカップの下にメモが敷かれていた。

February 5th, February 5th.

二月五日は清春と玲美にとって同じ意味を持つ日付。

清春はこの日、拉致されてゆく倉知真名美さんを見失い、玲美は実の母、松橋美里の死体が見つかったことを伝えられた。

清春はふたつの弁護士事務所から、自分と敦子に関する秘密を回収することができた。

村尾邦宏の捜査は天才的だった。発生から数ヵ月後ではなく、事件直後、鑑識の撤収からほとんど間を置かずに現場をつぶさに調べ、捜査員と鑑識課員の注意から漏れたすべてのものを、回収し、写真に収めていた。鑑識がまったく調査対象としなかった場所から手に入れた物証も数多くあった。

ただ、すべて燃やし、もう残っていない。

玲美は確かに約束を守ってくれた。

清春が何よりも知りたかった、村尾邦宏が見つけだしたもうひとつの真実も教えてくれた。

その遺産を引き継ぎ、復讐を果たす。

誰のためでもない、自分のための復讐を――

終

清春は都営三田線の車内で吊り革を摑み、ぼんやりと立っている。

走る地下鉄の窓。消したテレビの画面。夜の道。そんな闇の中に、近ごろでは玲美が見えるようになった。

最期の願いに背き、富樫、田所、麻耶、いち花、そして奈々美を殺さないことを責めたりもせず、ただそこに立ち、こちらを見つめている。

煩わしいとは思わない。むしろ彼女が死んだことで、ようやく少しわかり合えた気がする。たとえそれが間違った理解のしかただったとしても。

地下鉄巣鴨駅の改札を出て、地上へ。

大石嘉鳴人とともに、いや、大石を使って倉知真名美さんを連れ去り、暴行して殺した主犯者は今も生きている。

　その男は現在五十二歳。二十年前の事件当時、清春と倉知さんの通っていたスイミングクラブで主任コーチをしていた。

　記憶を探ったが、清春は覚えていない。直接指導を受けたことはないのだろう。

　警察の捜査の対象外で、聴取なども受けていなかった。

　だが、間違いない。村尾邦宏が見つけ出した証拠と捜査記録を、清春自身も徹底してトレースし、検証したが、何度繰り返しても同じ結論に辿り着く。

　最も憎んでいる男が残した証拠によって、その最も許せない男を見つけ出した。

　倉知さんだけでなく、他の少女への性的暴行に関する複数の余罪も見つかった。ただし、誰もが口をつぐみ訴え出ず、どれひとつ発覚していない。

　男は九〇年代無数にあった宅配裏ビデオでの副業を通じて、自分と同じ嗜好の人間を探り出していた。ポストなどに投函されたリストを見て、客が無修正の違法ビデオを電話注文し、業者がそれを自宅まで届ける。男は何度も小児性愛や猟奇系のビデオを買っていた大石の周辺を徹底的に調べた末、声をかけ、誘い、犯罪に引き込んでいた。

　この事実を村尾は、その男の当時のアパートと大石の自宅への数回にわたる不法侵入、男の元カノへの暴力と恫喝を使った聴取、さらに男の被害に遭ったふたりの少女への強引な聞き取りにより暴き出した。

村尾がどれだけ醜悪な人間か、今更ながらに痛感した。

しかも、自分が人生を懸けて追っている連続拉致誘拐とは無関係だとわかると、この一連の犯罪をすべて放置した。清春の人生で一番重要な出来事は、村尾にとって取るに足らない事件のひとつに過ぎなかった。

——柚木玲美だけじゃない。俺も八歳のままだ。

そう思った。小学二年生のあの瞬間の感情を閉じ込めたまま、体だけ大人になっていることに、自分でもようやくはっきりと気づいた。

倉知さんの命を奪った男は今、南大塚にあるスポーツセンターの副所長をしている。自宅は埼玉県新座(にいざ)市。妻と次男と三人暮らし。長男は独立している。通勤経路、休日の動向、交友関係ももう把握している。

清春がセンターにその男を観察に来るのは、これで三回目。恋い焦がれるような気分で通い、どうしようもない昂りを抑えながら、細かく動向を探る。

今はまだ待ち続けている。確実に思いを遂げられるその瞬間のために。

「おはよう」

野菜ジュースとアイスコーヒーの入ったビニール袋を片手に、敦子は登庁した。

「暑いですね」後輩の豊田が挨拶代わりにいう。

「そうね」敦子も感情の入っていない返事をし、自分のデスクに座った。節電が徹底されている警視庁本庁内は、いつも通り朝から生ぬるい。

卓上カレンダーを見た。九月十一日、火曜か。あまり暇だと曜日感覚も狂ってくる。

最近任されているのは、押収品の点検と過去資料の整理。要するにやってもやらなくても、どうでもいい仕事。檜山係長からは「しばらくおとなしくしてろ」といわれている。

女性ふたりによる連続殺人死体遺棄と、その発端である司法取引。警視庁警察官の加担した人質立てこもり。派手なものばかりに関わってきて、妬みの視線も集まっている時期だけに、小さなミスで揚げ足を取られたくないのだろう。

撃たれた脚のリハビリに集中できるし、敦子自身ものんびりやろうと思っている。

ただ、一日がとても長い。まだ午前八時五十分。何をしようか？

ニュースでもチェックするか。野菜ジュースのストローを吸いながら、携帯で事件関連の項目を確認してゆく。まあ、実際は眺めているだけだけれど。

だが、画面をスクロールする手が止まった。

『赤羽　廃ビルで刺殺体』のタイトル。

長期放置されたビル内で、五十二歳男性の刺殺遺体が見つかった。

これだけじゃまだわからない。より詳細な記事を探した。

「北区西が丘の使用されていないビルで、複数の刺痕のある男性遺体が発見された。同ビルでは、二十年前にも少女の遺体が発見されており、警察は二件の因果関係についても捜査を進めている」

――阿久津くん。

そう思った。他には考えられなかった。

警視庁のデータベースでも検索する。二十年前の被害者少女の名は……

倉知真名美。

検視第一報によると男性は他の場所から瀕死状態で運ばれたあと、体の二十八ヵ所を刺され、殺害された可能性が高いという。現場には肉片が飛び散り、一部内臓も露出していた。

男の遺体は、彼女に捧げられた鎮魂(ちんこん)の花束。

素直に嬉しかった。だが、その感情は大きくふたつに分かれている。

目的を果たした彼を沈黙とともに祝福したい。一方で、この異常な殺人犯を野放しのままにはしたくない。

自分の本性を突きつけられたように感じた。そのどちらもが自分にとっての素直な愛のかたちだと、ようやく気づいた。同朋と獲物。彼をどちらとしても見ているし、どちらの彼にも魅力を感じている。惹かれている。

無理に答えを出す必要はない。けれど――
遠くから見守るか？　それとも、命懸けの狩りをはじめるか？
思いは静かに揺れていた。

解説

細谷正充（文芸評論家）

　長浦京の夏がやって来る。いきなり、そう宣言させてもらおう。なぜなら今年（二〇二三年）の八月に、映画『リボルバー・リリー』が公開される予定なのだ。もちろん原作者は長浦京。主役のリリーを演じるのは綾瀬はるか。大正の帝都を舞台にした、美女のド派手なアクションがスクリーンで楽しめると思うと、嬉しくてならない。すでに諸作品が高い評価を受けている作者だが、この映画により、さらに多くのファンを獲得することになるだろう。

　そんな夏に先駆け、第三長篇『マーダーズ』が文庫化された。本書のことだ。いろいろと語るべきところの多い物語だが、内容に触れる前に、作者の経歴を紹介しておきたい。

　長浦京は、一九六七年、埼玉県に生まれる。法政大学経営学部卒業後、出版社勤務を経て放送作家になる。しかし難病指定の病にかかり、闘病生活に入った。退院後に初めて書き上げた『赤刃』で、二〇一一年、第六回小説現代長編新人賞を受賞した。この物語は、徳川三代将軍家光が治める江戸に、殺戮の嵐が吹き荒れる、とんでもない時代小説であった。主人公の小留間逸次郎を始めとするキャラクターもしっかり創られているが、一番に注目すべきは斬り合い殺し合いの連続で進行するストーリーだ。容赦のない殺戮の描写は、通常のチャンバラ小説とは、明らかに一線を画している。実に面白い作品なのだが、どう評すればいいのか、戸惑った記憶がある。

二〇一六年四月に書き下ろしで刊行された第二長篇『リボルバー・リリー』を読んで、その戸惑いが解消される。関東大震災後の帝都を主な舞台に、拳銃の達人であるため〝リボルバー・リリー〟と呼ばれる美貌の元女性間諜・百合が、恩ある人に頼まれ少年を助けたことから、陸軍の兵隊やヤクザ者と戦いを繰り広げることになる。ダイナマイトが爆発し、拳銃が吠えまくるクライマックスの戦闘は、血が滾らずにはいられない。二〇一七年に第十九回大藪春彦賞を受賞した、超ド級の冒険アクション小説なのだ。

刀と拳銃という違いはあるが、この作品のアクションにも、暴力の匂いが濃厚に漂っている。だから、ようやく気づくことができた。暴力だ。暴力なのだ。作者の抱えている大きなテーマに暴力があり、それを表現するために、チャンバラやガン・アクションが使われているのである。そして本書は、暴力というテーマを深化させた作品なのだ。

いささか前置きが長くなったが、ようやく『マーダーズ』にたどり着いた。二〇一九年一月に書き下ろしで刊行された、作者初の現代ミステリーである。ストーリーの骨子は、ある人物の依頼を受けた、会社員と刑事がタッグを組んで、事件の調査をするというものだ。アマチュアとプロのコンビなど、ミステリーでよく見る設定である。だが本書の内容は尋常(じんじょう)ではない。

物語の開始を告げる「序」から、ぶっ飛んでいる。元刑事の村尾邦宏と柚木玲美という女性が、長年にわたり女性たちを誘拐・監禁していた犯人の家に侵入。村尾が犯人に重傷を負わせ、結果的に殺してしまう。病で余命いくばくもない村尾は、多くの未解決事件を追う過程で、警察の気づいていない幾つもの証拠を見つけ出していた。それを譲られた玲美は、村尾のアドバイスに従い、二人の人物にコンタクトを取る。

一人は、総合商社「日葵明和」の社員の阿久津清春だ。妹の結婚が間近に迫り、さらに八ヵ月後にはビッグ・プロジェクトのためにタイに赴任するという、順風満帆な日々を過ごしている。しかし彼は殺人者だった。かつて、小学校の同級生を暴行したあげく殺したが捕まることのなかった大石嘉鳴人と、彼のアリバイを偽証した五人の男を、八年の歳月をかけて殺しているのである。おまけに事件と関係のない、男たちの妻や恋人たちも、一緒にいた場合は殺している。

もう一人は、警視庁の組織犯罪対策第五課七係主任の則本敦子警部補だ。五年前、兄の自殺を切っかけに殺人・死体遺棄事件の犯人と疑われたが、厳しい取り調べの末、無罪となっている。しかし実際は十代の頃、命の危険すらある悲惨な境遇から逃れるために、兄と一緒に殺人を犯していたのだ。

ストーカーに襲われるという異様な状況の渦中で、まず清春とコンタクトを取った玲美。敦子にもコンタクトを取り、二人の殺人の証拠を持っていると言い、ある事件の調査を命じる。玲美が七歳だった、十九年前のことだ。実の母親と姉が行方不明になり、五ヵ月後に母親が死体で発見される。姉の行方は分からない。警察は母親が姉を殺してどこかに遺棄し、それから首吊り自殺をしたという。だが玲美のもとには毎年、姉が送ったとしか思えない手紙が届いていた。玲美の願いは、生きているだろう姉を発見することと、母親の死の真相を突き止めること。かくして清春と敦子はしぶしぶコンビを組み、事件の調査を始めるのだった。

事件を追う探偵役が、なにくわぬ顔をして生きている二人の殺人者。よくもまあ、こんな設定を思いついたものである。それぞれの仕事をしながら、事件の現場に赴いたり、資料を読んだりする、二人の調査方法はオーソドックス。しかし、やっているのが殺人者である。なにげない言葉一つにも、緊張せずにはいられない。とにかく物語の圧が強いのだ。

しかも玲美の母親の件と類似の事件を調べるうちに、どんどん事件の規模が広がっていく。意外な事実と展開の連続により、ノンストップで進むストーリーは、やがて恐るべき真相に到達。清春と敦子とは、また違った、殺人者の肖像が浮かび上がってくるのだ。クライマックスのアクションの連続にも興奮。途方もない物語を読んでしまったと思いながら、本を閉じることになったのだ。

そしてデビュー作からの作品の流れを考え、作者が自己の世界を深化させたと確信した。詳しく説明しよう。すでに述べているが、作者の抱える大きなテーマは暴力である。では暴力の究極は何か。殺人だ。暴力を追究する作者が、その先にある殺人を題材にしたのは必然というべきである。

殺人は主に、同類である人間によって為される。人はなぜ人を殺すのか。人を殺すとはどういうことか。作者は、日常に回帰している（ように見える）、清春と敦子を中心に、殺人者の内面に迫っていく。異常なまでの洞察力や、とっさの判断能力を持つ清春だが、普段の思考は平凡だ。玲美のストーカーの件で関連会社に出向させられると、前任者のミスの尻ぬぐいでヤクザ者とやり合ったりするが、あくまでも有能な社員の範疇に収まっている。また、「無数にある選択肢から、結局、弁松総本店の折り詰め弁当を買った。自分がどれだけ保守的かを思い知らされる」といった一文などからも、彼の普通ぶりが窺えるのだ。その一方で、時に幻覚に悩まされ、事態解決の手段として殺人を頭に浮かべることもある。

これは敦子も同様である。元夫の再婚話を聞き、娘のこれからを心配したりと、やはり普通の人らしい思考と感情を持っている。刑事の仕事にも、やりがいを覚えている。しかし過去の殺人については、生き延びるための手段だと割り切り、後悔することはないのだ。なお、清春や敦子の私生活の描写は、後のストーリーに絡んでくる。本書の構成や描写に無駄はない。実によく考え抜かれている作品なのである。

清春の殺人の動機は、復讐をメインにした幾つもの感情による。敦子の殺人の動機は、自己の命を守るためだ。同じ殺人者といっても、二人の在り方は違う。さらにストーリーが進むと、別の殺人者が登場し、独自の殺人哲学が披露される。また、殺人者である清春や敦子より、玲美や村尾の心の方が歪んでいることも露わになっていくのだ。おっと、村尾は冒頭で殺人者になっていたか。とにかく多様な殺人者を交錯させることで、さまざまな角度から人を殺した者たちを照射しているのである。

異様な圧力のあるストーリーの面白さだけでなく、こうした作者の姿勢を高く評価して、二〇一九年に私は、第二回細谷正充賞の一冊に本書を選んだ。ちなみに細谷正充賞とは、一般社団法人文人墨客が主催し、私が受賞作を決める文学賞だ。一年間に刊行されたエンターテインメント作品の中から、これは凄く面白いと思った五作を受賞作としている。今回、解説を書くために再読したが、あらためて賞を贈ってよかったと思った。それほど優れた作品なのである。

本書刊行以後も作者は、堅実なペースで作品を発表している。二〇二〇年の『アンダードッグス』は、第百六十四回直木賞と、第七十四回日本推理作家協会賞の候補になった。二〇二二年には『アキレウスの背中』と『プリンシパル』を刊行。『プリンシパル』は、心ならずも関東最大級の暴力組織を継いだ女性の血みどろの人生を通じて、暴力の戦後史を活写し、第七十六回日本推理作家協会賞の候補になった。残念ながら受賞は逸したが、作品の価値が変わることはない。作者は〝暴力〟にこだわりながら、自己の作品世界を着実に拡大している。どこまで行くつもりなのか。長浦作品に惚れ込んでいる一読者として、その後を追わずにはいられないのだ。

本書は二〇一九年一月に、小社より単行本として刊行されました。